短篇小说集

孤步岩的黄昏

寒 郁／著

作家出版社

作者简介：

寒郁，1988年生，河南永城人。中国作家协会会员。曾做过流水线工人、建筑工、企业文案、文学编辑等。在《小说月报》《小说选刊》《人民文学》《钟山》《北京文学》《青年文学》等刊发表小说若干。曾获第二届“紫金·人民文学之星”奖，台湾第27届梁实秋文学奖，广东省有为小说奖，《莽原》《红豆》《黄河文学》等杂志优秀作品奖。

目录

总序

袁鹰

中国现代文学发轫于本世纪初叶，同我们多灾多难的民族共命运，在内忧外患，雷电风霜，刀兵血火中写下完全不同于过去的崭新篇章。现代文学继承了具有五千年文明的民族悠长丰厚的文学遗产，顺乎20世纪的历史潮流和时代需要，以全新的生命，全新的内涵和全新的文体（无论是小说、散文、诗歌、剧本以至评论）建立起全新的文学。将近一百年来，经由几代作家挥洒心血，胼手胝足，前赴后继，披荆斩棘，以艰难的实践辛勤浇灌、耕耘、开拓、奉献，文学的万里苍穹中繁星熠熠，云蒸霞蔚，名家辈出，佳作如潮，构成前所未有的世纪辉煌，并且跻身于世界文学之林。80年代以来，以改革开放为主要标志的历史新时期，推动文学又一次春潮汹涌，骏马奔腾。一大批中青年作家以自己色彩斑斓的新作，为20世纪的中国文学画廊最后增添了浓笔重彩的画卷。当此即将告别本世纪跨入新世纪之时，回首百年，不免五味杂陈，万感交集，却也从内心涌起一阵阵欣喜和自豪。我们的文学事业在历经风雨坎坷之后，终于进入呈露无限生机、无穷希望的天地，尽管它的前途未必全是铺满鲜花的康庄大道。

绿茵茵的新苗破土而出，带着满身朝露的新人崭露头角，自然是我们希冀而且高兴的景象。然而，我们也看到，由于种种未曾预料而且主要并非来自作者本身的因由，还有为数不少的年轻作者不一定都有顺利地脱颖而出的机缘。其中一个重要的原因，乃是为出书艰难所阻滞。出版渠道不顺，文化市场不善，使他们失去许多机遇。尽管他们发表过引人注目的作品，有的还获了奖，显示了自己的文学才能和创作潜力，却仍然无缘出第一本书。也许这是市场经济发展和体制转换期中不可避免的暂时缺陷，却也不能不对文学事业的健康发展产生一定程度的消极影响，因而也不能不使许多关怀文学的有志之士为之扼腕叹息，焦虑不安。固然，出第一本书时间的迟早，对一位青年作家的成长不会也不应该成为关键的或决定性的一步，大器晚成的现象也屡见不鲜，但是我们为什么不在力所能及的范围内尽力及早地跨过这一步呢？

于是，遂有这套“21世纪文学之星丛书”的设想和举措。

中华文学基金会有志于发展文学事业、为青年作者服务，已有多时。如今幸有热心人士赞助，得以圆了这个梦。瞻望21世纪，漫漫长途，上下求索，路还得一步一步地走。“21世纪文学之星丛书”，也许可以看作是文学上的“希望工程”。但它与教育方面的“希望工程”有所不同，它不是扶贫济困，也并非照顾“老少边穷”地区，而是着眼于为取得优异成绩的青年文学作者搭桥铺路，有助于他们顺利前行，在未来的岁月中写出更多的好作品，我们想起本世纪20年代和30年代期间，鲁迅先生先后编印《未名丛刊》和“奴隶丛书”，扶携一些青年小说家和翻译家登上文坛；巴金先生主持的《文学丛刊》，更是不间断地连续出了一百余本，其中相当一部分是当时青年作家的处女作，而他们在其后数十年中都成为文学大军中的中坚人物；茅盾、叶圣陶等先生，都曾为青年作者的出现和成长花费心血，不遗余力。前辈们关怀培育文坛新人为促进现代文学的繁荣所作出的业绩，是永远不能抹煞的。当年得到过他们雨露恩泽的后辈作家，直到鬓发苍苍，还深深铭记着难忘的隆情厚谊。六十年后，我们今天依然以他们为光辉的楷模，努力遵循他们的脚印往前走去。

开始为丛书定名的时候，我们再三斟酌过。我们明确地认识到这项文学事业的“希望工程”是属于未来世纪的。它也许还显稚嫩，却是前程无限。但是不是称之为“文学之星”，且是“21世纪文学之星”？不免有些踌躇。近些年来，明星太多太滥，影星、歌星、舞星、球星、棋星……无一不可称星。星光闪烁，五彩缤纷，变幻莫测，目不暇接。星空中自然不乏真星，任凭风翻云卷，光芒依旧；但也有为时不久，便黯然失色，一闪即逝，或许原本就不是星，硬是被捧起来、炒出来的。在人们心目中，明星渐渐跌价，以至成为嘲讽调侃的对象。我们这项严肃认真的事业是否还要挤进繁杂的星空去占一席之地？或者，这一批青年作家，他们真能成为名副其实的星吗？

当我们陆续读完一大批由各地作协及其他方面推荐的新人作品，反复阅读、酝酿、评议、争论，最后从中慎重遴选出丛书入选作品之后，忐忑的心终于为欣喜慰藉之情所取代，油然浮起轻快愉悦之感。“他们真能成为名副其实的星吗？”

能的！我们可以肯定地、并不夸张地回答：这些作者，尽管有的目前还处在走向成熟的阶段，但他们完全可以接受文学之星的称号而无愧色。他们有的来自市井，有的来自乡村，有的来自边陲山野，有的来自城市底层。他们的笔下，荡漾着多姿多彩、云谲波诡的现实浪潮，涌动着新时期芸芸众生的喜怒哀伤，也流淌着作者自己的心灵悸动、幻梦、烦恼和憧憬。他们都不曾出过书，但是他们的生活底蕴、文学才华和写作功力，可以媲美当年“奴隶丛书”的年轻小说家和《文学丛刊》的不少青年作者，更未必在当今某些已经出书成名甚至出了不止一本两本的作者以下。

是的，他们是文学之星。这一批青年作家，同当代不少杰出的青年作家一样，都可能成为21世纪文学的启明星，升起在世纪之初。启明星，也就是金星，黎明之前在东方天空出现时，人们称它为启明星，黄昏时候在西方天空出现时，人们称它为长庚星。两者都是好名字。世人对遥远的天体赋予美好的传说，寄托绮思遐想，但对现实中的星，却是完全可以预期洞见的。本丛书将一年一套地出下去，十年二十年三十年五十年之后，一批又一批、一代又一代作家如长江潮涌，奔流不息。其中出现赶上并且超过前人的文学巨星，不也是必然的吗？

岁月悠悠，银河灿灿。仰望星空，心绪难平！

1994年初秋

序

尊严是我们的生命之盐

叶　梅

这次丛书评定之后，中华文学基金会的秘书长李小慧打来电话，吩咐给寒郁的《孤步岩的黄昏》写一些文字，一想却是早就读到过他的小说。那年在东莞参加一个作家笔会，主办方给我一些当地作家尚未发表的作品，让我交流时做些点评，其中一篇正是寒郁的小说《我们都很孤独》。他写的是一对在都市打拼的年轻人的爱情，一些细节和语言让人过目难忘，女子在两人分手之后再次来到男友的住处，他们争吵戏谑，亦真亦假，透着骨子里的酸痛悲凉，却又含有怎么也磨不开的怜惜与温情。我被这篇小说打动，还提了一些小小的修改意见。

事实上，寒郁对于都市边缘人生活的书写已经有很多篇章，选入这部小说集的《他乡夜雨》《朝低空飞翔》《试探你的温柔》《最后的夜舞》等都可谓这一类的佳作。除此之外，他的写作对象还有他最为熟悉的乡村，从《明月怆》《草木爱情》《树上的女孩》《授粉的女人》等作品里，读者可以进一步看到，寒郁的笔触以一脉深情聚焦于现实乡村和城市平凡的世界；他笔下出现的主人公大都是农户、小商贩、小职员、建筑工、保安、性工作者这些最为普通的百姓，他（她）们如一根根无有声息的小草、一颗颗散落在大地上毫不起眼的小石子，然而，正是这些最为平凡的广大人群氤氲蕴蓄而构成了人间烟火，他们耕作繁衍，爱恨交织，生离死别，他（她）们的故事朴素演绎但却直抵人心。

寒郁 1988 年出生于豫东永城，那里有一座芒砀山，因汉高祖刘邦斩蛇起义而闻名天下，中国第一位农民起义领袖陈胜亦埋葬于此，还有孔子讲学途经此地，避雨留下的夫子崖，说起来当属历史文化厚重之地，但多年来又是处于苏鲁豫皖几省交界的贫困地区。那是一种世世代代绑在土地上苦黄的贫穷，对于寒郁来说，贫穷就好像一根刺时刻扎在身上。但贫穷可以限制对奢侈物质的想象力，却并不能限制对于大地和人性的思考，寒郁很早就开始写诗，18 岁那年，他把一首诗献给了祖母："棉——/ 你的名字 暖 且微咸 / 喊一声 眼里的盐 / 便淹没了整个平原。"我不知道年少的寒郁是如何写成了这样的诗句，如今读来仍然能立刻感到那种暖且咸的味道扑面而来，他以他的情怀淹没了人的思绪。

读书稍长，寒郁带着贫穷给他的屈辱和文学的梦想逃离了家乡，他难以面对似乎望不到头的荒凉贫瘠，此后他行走着，从中原到南方，辗转流荡，武汉、厦门、苏州、运城……他做过保安、配货员、搬运工、建筑工、厨役，经受各种笨重的苦力，见识愚蠢和粗鄙，与人争斗打架，或被打。在这些经历中，他奇妙而又痛楚地感受着红尘深浅和人心冷暖，那些跟他一样怀揣梦想、不甘平庸来到南方都市的外乡人，是如何以青春的激情扑向城市生活，在人海中沉浮游移的。现实中往往不仅没有如浪漫的想象鲜花遍地，反倒是坎坷和羁绊随处可见，城市森林里的确有鲜花怒放，但也荆棘丛生。人们在一个个快节奏的城市里忙于生计、行色匆匆，被生活以它强大的惯性所裹挟，在此起彼伏的喧响中，在霓虹闪烁的灯光下，一边是繁华热闹，一边是内心无边的荒凉，人性的花朵经受着冰与火的多重考验。寒郁将这一切付诸笔端。

他的小说富有张力和弹性，常常将人物心理推向极致，又戛然而止，让读者意识到人性的善恶在生活的压榨之下，是如何步步惊心地倾斜于悬崖的边缘。《雪夜》中失意的打工者是一位心疼女儿的父亲，他在遭遇妻子的背叛和牢狱之灾后一无所有，但他从女儿朝向小提琴演奏的双眸里，看到柴米油盐的生活之外还有另一个辽阔和美的世界，那里山涧清泉自琴弦间流淌，水面上花瓣流转一片芬芳。他豁出命来准备持刀抢劫给女儿买一把琴，然而冬雪中那个身子单薄的女人对自己命悬一线毫无察觉，相反将这男人领进了自己温暖的小屋，以她的善良一点点化开了男人的恶念。《他乡夜雨》中，压抑、卑微的保安用自己微不足道的力量给更加卑微的风尘女子撑起一把遮风挡雨的伞，他们因自己的孤独伤痛而彼此懂得，韧性、小心勤恳地活着。“在黑暗中，他终于无限热烈地拥抱她，并且寂静地流下辣辣的眼泪，不知不觉地难以自禁。而雨声如蚕，沙沙地咬噬着耳膜，静静的，在人间这样水淹的夜晚，仿佛两叶无人关照的小小的船，摇摇晃晃，他们仍然执手相互依偎着，温暖着，倾听雨打红尘溅落的声音和颜色。”很明显，寒郁的小说常常呈现出一种暖色调，充满善意的，明亮温厚的色调，他知道冷雨霏霏中，暖和美有多么珍贵，他希望借助文学的温暖来慰藉自己，也慰藉他人。而且，在经历了早年的颠沛流离和谋求生存的挣扎之后，他懂得了善解人意，血脉里激荡的风声渐复平息，用沉静的心来面对复杂艰辛的生活，以一腔悲悯书写世道人心，对笔下的人物怀有一种格外的体贴。即便是描写到悲剧人生，也由表及里，以对人性的深切观照催人警醒。在《朝低空飞翔》里，男主人公颓唐不振，无力改变环境，迫使相爱多年的情人走上绝路，那一瞬间“烟灰积攒了很长一截。忽然空气震颤着、回旋着一种撞裂般花朵绽放的回声，似乎是从楼下一直传过来的，他手里的烟灰受到了惊吓，一纵身粉身碎骨地落在地上，在黑暗中发出轰隆隆的寂静声响”。

真是惊心动魄。

寒郁说他以柔韧的心去感受命运的恩威并施，从逃离家乡到回归乡村，他的心灵走过了曲折的道路。小时候他常去放羊，倚靠在某个年代久远到湮灭不可考的坟包前，嚼着茅草根呆呆地看云。那些依次排开的坟冢，就如一个个倒扣的饭碗，人们活着时端碗吃饭，死了碗扣过来，压在了他们身上。多年之后他从漂泊的远方赶回故乡，面对坟头跪下的那一刻突然意识到，不管自己逃得再远，也离不开冥冥中血脉的牵连，离不开土地深处的呼唤。他在心里与故乡握手言和，惊喜地发现乡村质朴的大美，陆续寻找到与传统文化的承接，让它们成为自己精神的归宿。

他以一种礼敬的姿态书写草木爱情，劳动的尊严，特别擅长对乡村人物的心理刻画，如临其境地描写那个情窦初开的少年，那个长发半绾的少女，“猝不及防，他一下子被她惊住了，她是这样的美，这样的美啊。他张着嘴愣愣地望着她，她也痴痴地望着他，笑，又流出了大粒的眼泪，笑是真，泪也是真。他惊喜，她也是”（《草木爱情》），让人体会到质朴的爱恋，本色的美妙。那一对相守一生恩爱白头的夫妻就是两棵平原大地上的庄稼，他们一起生长，开花，孕育，经历冷热和风雨霜雪，繁衍子女，最后又一起老去，他们勤谨，待人诚心，受人敬重，是草木爱情，也是具有从容尊严的美好人生。《授粉的女人》写了一位失去丈夫的村妇乔秀，她本来与丈夫掏心掏肺地相爱，可丈夫为了村民利益而不幸遭遇车祸，乔秀以她的坚韧赢得了村民怜爱之外更多的尊重。《明月怆》更是以一位习武的乡村老者之口，道出古道热肠、独步天下的侠义。习武不光是为了防身练性，更是一种代代相传的侠义精神，老者一辈子执念于弘扬功夫，愿学武的年轻人多些血性，做到眼中有泪、心中有火焰，在这世上苦也罢甜也罢，都认真爱恨，好好做人。《石头和流云》里的张成旺，因情人被儿时好友的诱惑离去而一心报复，不断磨刀来宣泄郁积的怨恨，但同时却又一直照料着情敌的母亲和她的小酒店，最后甚至把制作槐花酒的工艺传给了对方，显示出民间的隐忍和宽容。

寒郁的小说除了一个个生动的故事，还有一处处诗意的表达，体现出小说精神的超越升华。“贴着枝干，她耳朵里面听见根须在黑暗的土壤里密密麻麻地生长，还有树身中小河流一样的从下到上源源不断的汁液叮当作响，仰起头，或者枕在合适的枝干上，隔着密或疏的叶子，就看到云中藏着风的形状，看那些随季节变化生长的云朵，几乎永远是那么懒懒地在天空静缓缓地流淌，随风变化、聚合，而地上的人却总是那么忙。”（《树上的女孩》）“巧祯听他的声音出口如雪，是暖的雪，落下来，在巧祯心里在孩子心里却长出了花朵，他字字入心地说，尊严是我们的生命之盐，而诗歌是灵魂里的香甜……”（《孤步岩的黄昏》）那些诗化的景物和人物心理描写恰到好处地道出了寒郁思考的结晶，同时表达出他这些年用脚步丈量过的乡土中国及城市变革中，理应受到关注的平凡世界及其话语。

作为书名的《孤步岩的黄昏》，是一个不长的短篇，讲述了一个本可以在世俗社会中获得成功但却放弃这一切的男人，来到深山小学任教，又继而发现世间最终并无“桃花源”可躲避。“孤步岩”这一山名在他的小说里不止一次别有深意地出现，“他们翻过了那座屏障山，再盘旋而上，就是孤步岩。顾名思义，也就是往上的路，极窄，仅容一只脚的意思。但到了岩上，锋面忽又阔大了起来。说起来，和人生倒有点相像”。用狭窄艰险的山路象征着人生的攀登，而当人们费尽功夫爬到山顶之后，会发现岩壁处有一棵月亮草，草叶上的露水可以让人的眼睛变得明亮。寒郁则想采集更多的露水，施给那些眼中欲望滚滚布满尘埃的人；显然，他在努力探究人的生命其意义所在，追问幸福到底意味着什么，体现了当代人共有的一些思考。

寒郁的小说正是眼中有泪、心中有火焰的书写，看去既从容淡雅，清澈纯净，富有诗意，同时又蕴藏丰富，跳动着敏感而火热的情感，他以庄重宽和的笔墨直面现实，直面人生的困境和暗礁，着力表现生活的美好和崇高，给人以希望。“天籁自鸣天趣足，好诗不过近人情”，清代文人张问陶的论诗绝句也可说是寒郁文学追求的写照。面对社会现实的庞杂变异，相信他会进一步置身于扎扎实实的生活之中，寻找并坚守古老大地上的精魂，继续攀登文学山崖，步步为营，元气充沛地不断写出蓬勃热烈、活色生香的人间世相，写出人民大众的悲欢与尊严。

孤步岩的黄昏

一

他说，再往前走，转个弯就是孤步岩了。

不过何老师又抬眼看了看，对巧祯说，累了就歇歇，眼看着近，往上的路其实还很远，我们尽量走慢点。怕她不解，复说，上山，走慢点，脚下稳，才能走得远。

巧祯点点头，应一声，嗯。攒好身上的力气，随着何老师上山。

何老师转身对巧祯笑笑，是鼓励，也是疼惜。

已是日暮时分，这时的夕阳打在他安静的侧脸上，镀出一个温暖的弧线。巧祯看了一眼，又眯眼看一眼，凭空想起一本不相干的小说的名字：《灿烂千阳》，霞光满天，想想大概也就是这样的场面。

往上走了一段，也没有多远，巧祯看看四周，触目都是杂花绿树，看不见幸福的影子，她还是站在一块大的突出的岩石前，忍不住把双手环护在口边，又喊：幸福，幸福—— 一声声喊出去，像辞枝飘落的叶子，回荡来的只是山谷的徐徐回音，还拖带着颤抖的焦灼尾音。

他们上山是寻找幸福。

何老师也依次喊了几声，安慰巧祯，你别急，隔着这座小山头做的屏障，我们喊怕她也听不见，往前再走走。何老师说，以前我也上山找过她几次，大约总不出这山里，她比你我更懂得这山上一石一木的脾气，所以不急，不妨徐行，看看这沿途的风景。

巧祯其实也知道，幸福可以对话万物，她有这个灵性，上至日月星辰，下至一草一木，再加上飞鸟虫兽，她都可以和它们欢喜私语，说着旁人不解、或大或小的秘密。其他人都说幸福冷僻、孤独，巧祯想你们哪里知道她的心有多么的丰富、多彩。

所以巧祯也稍稍放下心来，一边上山，一边看落晖弥漫中白桦般挺立的孤步岩。巧祯看见软金子一样的霞光从西天一路流溢下来，柔柔地铺满了整面山坡，风一吹，树叶就动，落霞的光线组成的水面也就随着涌动、流淌、起波浪……置身其中，心情也变得柔和、饱满，又静美、轻盈。

此时山风吹来，不惹半点尘埃，至多也就是稍微晃动了一下天边的云彩，何老师迎面不禁道一声，嗬，好凉风!

巧祯看他天真神气，她眼睛里也涡了一点默契的笑意。桃花源小学所有的老师里，巧祯最欣赏的是何老师，因他有魅力。这是历经岁月打磨过的男人，散发出一种安静从容的芳香。

风虽快哉，之后，随风吹上来的是山下旅游项目工程施工的断续嘈杂声，何老师微叹一口气，望望落照，面色苍然，继续前行。

二

老三说入海我兄，你又何必这么固执，放弃这大好的财富功名，非把自己弄得像个苦行僧。何苦如此？

老三说信仰和原则必须是在一个合理的环境下顺理成章坚持的事，众人欢宴之时，就算明知他们盘中是蛆，不过说几句敷衍之辞，你又何必愤愤然拂袖而去，到最后弄得都大不开心。

老三说你以为这样躲在破山谷里教几个孩子你就可以逃避了？你以为这样就能彰显你清白无污的灵魂？你以为你教他们一点可怜的知识就可以改变他们的命运？这就是你以前说的兼济之心，这就是你今后的责任？

老三在何入海的耳边一连串地洒下这些咄咄逼人的问号，甚至老三已经发福的身体都顾不上喘息，说完了这才吸了一口气。这些问号像是施加肥料，老三希望可以唤醒、催生出何入海心里那棵摇摆的入世之苗。说完老三坐在凳子上抽烟，抽烟之前老三从兜里拍出两万块钱。这是我对学校的一点捐款。

老三的意思明显不过，与其在这里清苦地教几个学生死守着被人误解的清白，反不如尔虞我诈红尘中捞取功名利禄再随手捐几个“希望小学”的慈善来得更快、更潇洒。

老三甚至加大火力地收束了一句，老大，你我学了半辈子法律，别人从你手里抢走的东西你竟也甘心？退一步说，就算是为了一些当年的理想，你也应该重振士气，把失去的再收复回来！

老三吐出一口烟气，顿一顿，又吐出四个字，包括嫂子。

阳光穿过房顶光明的窟窿，探进来，照在何入海手里玻璃罐头瓶子做的大茶杯上，茶水里几片山上采来的茶叶，得了山泉的浸养，正悠然碧绿浮漾。总之，老三说来说去，何入海在低矮简陋到破烂的泥质住房里并不言语。

最后，何入海对他昔日的大学室友老三曾经的律师事务所合伙人、现在的多家上市公司法律顾问胡不平先生，说，过去的就过去了，我何入海抗争过、努力了。不说了。老三，像大学你我秋日郊外登高望远那样，我再来不合时宜地给你读一首诗歌，想来这也是最后一次了。

老三曾经的老大此时缓慢读道：

我们头顶美丽干净的天空
那些一直向上生长的年轻
眼睛里一朵云慢慢移动
它是那样洁白无瑕
就像爱情
而只要你从心底相信
它就会一直在你身边
……

我已过够了作伪证为权门奔走钻营打赢官司的日子，何入海说，我不会再同你合作，你不必再劝。我现在很好，心就像初恋一样丰盈、干净，每天看到的是孩子们葵花般的笑容，我又开始读诗歌，也写。入夜，我可以仰面看星，看云朵，看月亮，这些简单美好的事情都需要仰望的。

他还想问老三一句，你有多久没有仰望了。这个姿势，我们都快忘了。但他没有说出来，怕老三不耐烦。

就这，老三简直气急败坏，懒得再说他，一口一口地抽烟，从头至尾把半盒烟翻译成一片深蓝。

可是过了几天，老三又兴奋前来。商机，老大，商机！老三喝醉了一样红光满面地说，我仔细观察了一下，这个叫桃花源的小山村完全可以开发成一个绝佳的旅游景点，这山，这水，这民情，还有后山逢春开放的漫山桃花，这组合得太好了，还有前山的寺庙我也仔细看了，周围是一个向阳的开阔坡地，寺庙修葺一下，完全可以在周围开辟出一片高级墓园，名字我都想好了，就叫它“世外桃源”……

老三还在那里和盘托出他意外的惊喜发现和准备联合开发商打造的雄心计划，何入海看着他因激动的欲望而散发出类似于金属光芒的笑脸，心里一声长叹，过不了多长时间，这里就会水不是水、山不是山，哪里还会有什么“桃花源”。

三

和巧祯一起来这里支教的还有常青及一个男生。这是她们师范学校的一个为期三个月的实习任务。男生待了不到十天，嫌苦，动用了一点家庭关系转到市里的学校实习去了。从来到这里的那一天，吃第一顿饭，常青就后悔了，常青也多次想转，但她是学校的学生干部，平时一副不知真假兴兴头头的积极模样，毕业后想留校，所以现在也不好向系里开口诉苦。当初一看名字“桃花源小学”，以为多好呢。可惜的是，一开始，我们总是容易受骗于纸上的铅字。

巧祯倒觉得挺好，是真的挺好，她是那种随遇而安的性格，比如菊花，笑容柔和，却暗含风骨。

白天，她按时开心地上课，怎么能不开心呢，看着那一双双充满渴望、漆黑闪动的眼睛望着你，巧祯只想把自己所有知道的东西都分享给他们，他们的眼睛清澈如水，流过巧祯的心，巧祯的眼神就好像绽放的落日余晖，满满的，都是对孩子们的柔情和抚慰。

她甚至觉得不公平，这些美好的孩子得到的实在是太少了，比如他们不知道什么是过山车，比如他们从来没有喝过可乐，这些物质的窘迫是现实的；可巧祯想他们也有属于他们自己的快乐，比如上山摘野果子，比如玩抓石子，方式不同，快乐是相同的，这样想的时候巧祯心里才会好过些。

课堂上，巧祯没有办法让他们看见，只有用语言去为他们描绘他们不曾看过的那些场面。这时的巧祯心里最甜蜜也最心酸，甜蜜的是她可以在他们心里种下美好的种子，心酸的是他们不知道哪一天才会亲自体验到。不管怎样，巧祯还是要告诉他们，有那样一份更为辽阔的生活和更为高远的天空，即使不能到达，也要让他们知道还有风景在那儿。这是巧祯最朴素的想法。

何老师也是如此。他用温暖的声音给孩子们讲童话，教他们认识美，教他们认识在这世界上，哪些是眼泪，哪些是污水。尽管有时候他也很难分得清楚。

在讲安徒生、《小王子》、《一千零一夜》至一个段落时，他还会给孩子们读上几首泰戈尔的诗。巧祯听他的声音出口如雪，是暖的雪，落下来，在巧祯心里在孩子心里却长出了花朵，他字字入心地说，尊严是我们的生命之盐，而诗歌是灵魂里的香甜……说得认真且纯净，他相信孩子们的心，会听懂。

在这个美被践踏和作弄的时代背景里，她听惯了灌输着腐烂的美德、教养着死去的学说的课堂，再听他的课，不知道为什么，巧祯往往会有流泪的柔软冲动。

而这些，常青只唇红齿白一句：“神经病！”

常青给巧祯私下里说吃饱了撑的，好好的钱你不大把大把地去挣，窝在这破山沟里教几个冒着鼻涕泡的学生，吃着乌黑的馒头啃个咸菜，还天天对着他们瞎抒情，脑子肯定坏掉了，有病！

常青又对巧祯说这个社会就是丛林法则，物竞天择适者生存，有能耐的呼风唤雨，没本事的凉风也没的你喝，要我说你那个什么何老师就是在社会上混不下去，没有周旋适应的能力，才跑到这破学校里逃避，这样的男人你还何老师长何老师短地喊，有什么可尊敬的？

巧祯只有听着，望着窗外飘过的云，谁对谁错，还能说什么，她笑一笑而已。

所以，可想而知，常青才不会给这些穷山沟里拖着鼻涕的孩子们认真地代课，捏着鼻子敷衍过去几天，周末赶快回到城里呼吸一下繁华的空气，埋怨，请假，装病……但是因为她对村主任笑得好看，嘴甜，到时候属于村主任兼校长所管的实习证明也不会差了。

这一天，巧祯想请她给上几节正规的音乐课，常青学的专业是声乐，谁知道刚一说常青就一口回绝，冷笑一声，撇着嘴说，又没有钢琴，怎么上课。说完了又追加一句，就算有琴，也不看是弹给这帮子破衣烂衫流鼻涕的野孩子听的吗？

巧祯也气了，你不教我教，你别说这样的混账话！

身后常青瓜子皮一样吐出一个字，切！

巧祯只懂一点，勉强会唱几首曲子，但巧祯还是教了，她学过一段时间的手语，教孩子们用眼睛和手指唱《心愿》，也很有趣：

湖水是你的眼神
梦想满天星辰……

刚唱了一遍，他闻声抱着一把吉他出来了，说，后山的桃花开了，我们去那里唱吧。

过了许多年，巧祯都记得那一天，山上的桃花开得正灿烂，孩子们在风中盛开的明亮笑脸，鸟衔着欢快的歌声在阳光里四处播种……这一刻，都忘了贫穷，忘了烦忧，只乘着歌声在时光里飞行。

唱完了，他刚说，孩子们，你们心里要装着音乐，即便很苦的时候……幸福就扑闪着眼睛说，都装上了音乐，那其他的东西装在哪里呢。她的眼睛很大，一眨一眨，像极了蝴蝶扇动的翅膀。

他笑了，有了音乐心就更辽阔了，天空、大地、山，还有河、花草和云朵，都装得下。

幸福也笑了，她不用担心她大眼睛里的东西没有地方盛下了。

四

妻来找他的那天，他正坐在河边钓鱼，或者说鱼把岸上人钓了一个下午。

看到了妻，他没有惊讶，时隔几年，只是忽然发现她老了。

妻的容颜像是搁浅在岸上的旧船，青春的水分一旦耗尽，眼角已有深浅的裂纹。

他甚至都没有起身。

妻显然不快，质问，见面你就这样对我吗？

他晃动鱼竿的浮子，静静回说，我被诬陷身陷囹圄的时候，你走进别人怀抱不也没有和我打个招呼吗？

妻叹一口气，你还恨我。又幽幽地说，要说也不能全怪我，你只顾自己一腔正义地出风头，遭人忌恨，我还想在单位里挣个前程呢。

他淡淡说一句，都过去了。

妻的脸上布满疲倦，是颠簸几个小时路程的结果，他不招呼，妻只有自己在旁边就地坐下来。

妻刚要坐下，他把上衣扔过去，说，垫上，石头上，凉。就这一句话，妻的眼泪忽然地溢满眼眶，继而抱着肩膀，失去黑亮光泽的长发在哭泣中微微抖动……后来妻逐渐平静，终于说，他不要我了。

妻还想提醒他说一句欲言又止的：我们……但妻也觉太突兀，到底没有说出口。

他继续摇动水面上的浮子，往水里扔钓饵，把要衔钩的鱼也吓走了，他根本钓不到鱼。他怕鱼咬钩，会疼。

妻隐隐厌恶他没有态度的沉默。你是在教学生还是用学生来治疗你，你总不能逃一辈子，等到这里成了旅游点，和外面世界不得一样地吵闹，你还能往哪里逃？

他收了钓线。我哪里也不去逃，我被你们在进化中淘汰掉。

妻在身后和老三一样气急败坏地喊他的名字，何入海、何入海——

想来也是，海已经脏了，他不入了，就用心浇灌着这些无人问津的野花野草，也挺好。

五

幸福走了，不知道藏到了哪里去。

一只蝴蝶飞进窗户，幸福的眼睛就迷了路，不再看黑板，并且为这只蝴蝶的翩跹舞蹈而欢欣鼓舞。

常青在上面愤怒，不屑地说，就你，破破烂烂的也敢叫幸福，你给我出去，站外边！

幸福就出去了。幸福就不见了。

何老师知道了，对常青说，幸福非得要绚丽的外衣吗，破破烂烂怎么就不能是幸福了？他招呼巧祯，巧祯，走，我们上山。

已经是下午，也可能下山的时候天色就黑了，但是寻找幸福要紧。何老师拿了把手电筒，怕下山的时候用。他们就上山了。

……

他们翻过了那座屏障山，再盘旋而上，就是孤步岩，顾名思义，也就是往上的路，极窄，仅容一只脚的意思。但到了岩上，锋面忽又阔大了起来。说起来，和人生倒有点相像。

何老师不断地提醒巧祯，踩稳石阶。到了角度较陡的山路，有他搀扶，巧祯并不觉得辛苦，倒是她一直想上峰顶看看而苦于没有机会，此行，正遂了心。巧祯问，听说岩上罅隙里长有月亮草，真有吗？

何老师说，我也没有上去过，我们正好去看看。

月亮草可以治疗人的眼睛，是此地的民间传言。

这时的太阳是一天中最迷人的，娇羞染了半边天，染得触目都是柔和的酡红，巧祯想，不知道摇一辆纺车顺手把这些柔软的光线织成一匹红缎，该会是怎样地好看。

上行约有一二百米，但实际盘旋走了将近几公里，始到孤步岩跟前，和何老师对望一眼，巧祯似觉得还有许多话没有说完，一时立在那里，俯瞰晚霞满天，万语千言其实都不必说它了。

孤步岩上有薄薄的雾霭缠绕过来，黄昏照耀，一切都如此温柔、灿烂。

一转眼，巧祯还没有喊出声，就看见幸福盈盈笑着在不远处的岩壁前站着，因为和岩壁这样贴近，她的笑容好像是从岩石中生长出来的，那她也就是一枝花了。

但是幸福竖起手指立在唇边，嘘——

指给他们看，噢，原来是一棵月亮草正在黄昏中披着晚霞开放新花，幸福怕他们惊吓了它。

他们就在附近的石头上轻轻坐下，屏住呼吸，和幸福一步之遥，眼睛一起注视着月亮草寂静含笑吐花，并且他们要等到黄昏消隐之后，星月升起之时，采集月亮草花叶上的露水，老辈人说这是普天下最干净的水，可以让人的眼睛变得明亮深美。他们要采一些来，给那些眼中欲望滚滚、尘埃累累的人。

明月怆

一

妻说，千山，你不要一大早就苦着你那张地瓜脸，别把我这一车菜也染得都愁容满面。云师傅闻言就呵呵一笑，说，老婆子，你个老辣椒。因他正在弯腰往车上搬朝天椒。

把前天晚上就条分缕析好的青菜都搬到车上，规整好，发动三轮车摩托，妻抱着电子秤挨着他坐了，车就上了路。

远近的村镇还都蒙着头沉睡在深浅的夜色里，一路相伴的唯有鸡鸣，天地大静，他的心也是静的，这和他梦里的场景有相似之处。开着车，在这黎明前辽阔的寂静里穿行，他眯着眼，继续把夜里没做完的梦再连缀上：

明月高悬，茫茫如雪，细看月下，一人手提长剑，风吹动，翻过剑身，雪花般的月光下，你看到的剑很冷，你看不到的心，更冷。忽然间寒光一闪，剑花闪耀成一片，如流水乍泄，在这水流中对面之人纷纷倒下，只留下他们一地惊讶的眼神，如落花缤纷，飘零在他剑尖周身……他是独步天下的侠客，他杀的，都是江湖上肆意妄为的恶人。而随着最后一个敌人倒地，这时他孤自独立，对着月亮，风掠过骄傲的剑锋，他看到了雪白的寂寞……

妻看一眼，不由分说照他头上打了一巴掌。死人，你又在发什么愣，有闭着眼开车的吗？

他正为被妻子打断的梦境懊恼，冲她说，我心里有数！

路上连个鸟也没有，半天才有一辆车，还能开到沟里不成！再说这条路都走了快二十年了，也没见有过什么差错。

不想不觉得，一想，二十年了，云千山徒然一叹，可不是二十年了，上五十岁的人了，心里茫茫的，觉得一阵悲凉。这么多年过去了，除了卖菜，还能怎样？

——看来这一辈子的一个心愿，算是完不成了啊！

可真的就不能实现了吗，他天生一颗硬气的心，又有不甘。不再多想它，除了痛心。对身边的女人说，坐稳！把车开得飞快，似乎在疾驰里，心里才隐隐有一点的快意涌起。

妻斥他，你疯了，开这么快！

他循例地不说话，一直到县里的市场街，才停下来，在地上铺好毡布，卸菜，摆放，支好电子秤和塑料袋，然后坐在一旁，抽支烟，看妻子守着菜摊和顾客争斤论两。妻有时故意回过头，说，你远点儿，烟，呛！他就掐了，到对面的早点铺里买两碗胡辣汤，连同油条，放在妻子跟前。

不像邻着的菜摊，都是从市场批发来的，折腾了好几回。他们的菜是自家地里种出的，昨天还长在地里呢，是以色泽鲜艳，绿的芹菜、黄瓜，红的萝卜、辣椒，紫的茄子……惹人眼目，都是个正经颜色，所以卖得比较快。往往不到中午，就基本上卖完了，就收拾摊子，回家。妻说，你坐后面。妻子不让他开车，说，回去人多，你别再给我开睡着了。

他还是笑笑叹口气，好好，不怕累你开就是了。

回到了家。张罗完了饭，稍歇一会儿，妻必定又扎在菜棚里，浇水、拔草、割菜，莳弄那半亩菜地。妻是个闲不住的脾气，除了爱唠叨他几句，她是一个好妻子。

忙的时候他在棚里和妻子一起操持，不忙的时候他就和本村的他的两个徒弟，在家的后院里练祖传的武艺，或者用妻子的话说叫“四处丢人去”。

但不管再忙，有月亮的晚上，他都要在月光下把从小练了四十多年的拳法完整打过一遍，八八六十四，一招一式打下来，微微有汗，神清气爽。打完了，气随意念，都聚在丹田，仰面望着头顶的月亮，立在那里，默默无言。

再看他的身影，如松如钟，一个普普通通的庄稼汉，竟有一种悲壮的庄严在月下弥漫，他叹一声：

——我对不起祖宗呢。

二

这个地方名为军屯，因一代枭雄曹操攻打洛阳在此驻军屯垦而得名。此地自古贼寇和英雄丛生，或者贼寇动静大了，弄出了局面，也就是了英雄。

村子虽小，承袭古风，有军事传统，好武成风，就连村人相见，也多行师徒礼仪。是以村中男子各个身矫体健、身手不凡。

此地祖辈传下来一套拳法，叫四面八方通背拳，千百年间靠着家族式的代代习练，未得失传。忙时下地干活，农闲时练功，是村里最古老的传统。

从拳派上讲，此拳属于少林派罗汉门的分支，先为防御，一旦进攻则势大力沉、刚猛雄劲，有大刀劈砍的架势，更兼有阴柔狠毒的招数，若是搁在当年的战场上，实在让敌方很难防范。

最出奇的是，这门武功酷似武侠小说里盛行的“金钟罩”和“铁布衫”，功夫练到了家，拳脚打到胸上、背上甚至裆部，浑然无事。比如云师傅，裆部可以承受一二百斤的重物击打，睹之唯有称奇不已，简直不可思议。真是民间高人，多有神奇。

云师傅说，这个拳法的原理出自易经八卦，认为拳功拳技皆依赖背上督脉运行，拳法所谓四面八方，是指拳打四面，脚踢八方。拳法认为气随意转，浑身处处不丹田，习练成功者可以练成铜头、铁裆、铁背的硬功，威力刚猛。

其实拳法练起来并不复杂，关键在于韧性，先练“软功”，旨在提高身体的柔韧性。然后再循序渐进练拍打功，就是根据经脉的运行路线，用力拍打身上的各个部位，以锻炼身体的抗击打能力和爆发力。拳法套路上主要有老架、炮锤、劈山等，兵器套路主要有通背枪、通背刀、通背锤等。六十四路拳法，功夫到家，老武师们施展开来，招招取人性命。

县志里记载，抗战时候村子里武师王青海在战场上，曾一招把一个日本鬼子的头硬生生地扭了下来。

在军屯村，向来是功夫好的人有威望。

而云师傅的功夫，当然最为村人敬重。

三

云千山，他这一生最大的心愿，是开一个武馆，把祖上传下来的这套拳法能更好地发扬光大，也不枉他夜夜练它练了四十多年。

可是，难。

他念叨了大半辈子，如今土快埋到了脖子，还是没有开成。种点庄稼、种点菜，支撑一整个家的柴米油盐，哪会有什么额外的闲钱留着让他开武馆。

开不开武馆，这和日常的生活无关。

就连他最器重的小儿子，也对他晚上要求练一遍拳法的提议表现得越来越不耐烦，说急了，青筋暴起，大眼珠子瞪着他，质问道，你说，练它有什么用，你练了一辈子练出了什么名堂？

他哑口无言，颓然坐下，却没有坐准凳子，一屁股坐到地上，掏出烟，机械地点燃，架在唇边，“呼——”，吐出一片苍蓝。

小儿子一帆看他那样子，也于心不忍，拉他在凳子上坐下，把茶水端给他，爹，你又何必这么认死理呢，指着它又挣不了钱，小时候练练强身健体不就行了，哪能做个一辈子的事业呢？

妻子也批判他说，傻千山，你憨！也不知道你脑袋瓜子里搭错了哪根弦，一辈子就揪着这个曲儿不放了。恨恨地说，我三天不给你吃饭，看你还练不练！

大儿子早在城里开了个小饭馆，一年难回几次家，肚子都隆起富态的弧度，小时候那点儿功夫，早就像撂荒的土地，荒草丛生了。他对爹说，这么大年纪，我也懒得说你，有空你多种点儿菜多卖几趟，我将来肯定要在城里买房，到时候你也能添点儿，说出去不也显得你脸上好看！

妻子一边在头发上抿着针脚缝着衣服一边絮絮叨叨些陈谷子烂芝麻，从她刚嫁过来一年一年地开始数落，你云千山除了一门心思开你那个虚构的破武馆，从来没把心放到其他的上面……一件一件地道来，记忆力惊人，但无论如何她都有本事把落脚点最后归结到后院上，说，前些年人家要租它你不愿意，现在人家洪钧要买你还不愿意，这么高的价钱你不卖，你非要留着它天天练功，就算到最后你这把老骨头埋到那里我也得天天对着你骂，骂得你不安生！

把他气得不行，哭笑不得。心想这一辈子就这一件事情，还没有完成，想想真觉得羞愧。捡起地上的砖，运好气，大喝一声，在头上开断。

妻子制止不及，骂他，神经病！那是给小儿子建新房用的砖，她心疼。

一帆也劈开红砖，只不过是一个游戏，不过他是两块，父亲一次可以断四块。一帆为了安抚父亲的情绪，说，爹，来，陪你练一回，过两天我也要出去打工、挣钱。

四

村子有两个半大的孩子，上学余下的时间，跟着他练拳。妻子虽然照旧是唠叨他，但每次还是把饭做得多一点，让阿顶和阿明也在家吃。

妻子认命地说，我就当你是个精神病人吧，走火入魔了。

他还说，好。

把妻子气得拿饭勺敲他的头，咚咚，倒有金鼓之声。他那是练了几十年的“铜头”了。妻子气得想笑。给我把菜拣好再去练！

他和两徒弟阿明、阿顶应声说，好嘞！

一个朋友给他写了大幅草书“武痴”二字悬于后院墙上。妻不认识，问写的什么，他说：挣钱！妻点着他的脑门，一笑而已。

为了让世人知道这套拳法，周末的时候，他和两个徒弟去县城的小广场表演。四面八方通背拳，原是出于为了应战，并不具有多少流行表演观赏性，远不如做促销那边几个小姑娘露露胳膊踢踢腿扭扭屁股吸引观众。卖力打了一通，抱拳施礼，观者寥寥，云千山寂寞之感顿生。

无奈之下，只有一再表演他的铁裆功，让两徒弟稳定一个支架，类似于秋千，不过荡的链子上做了一个木头长槽，槽里满装沙子、石头和十来块砖，好几十斤的重量，让好奇的行人从一端高高掀起锁链，往这头稳扎马步气沉丹田的他的裆部撞去，只听一声重物撞击肉身的闷响，他被俯冲下来的巨大惯性力量撞开，但收了气，调匀呼吸后一脸笑意，连一点疼的样子也没有。

这实在不可思议，观者睁大眼纷纷称奇，连声叫着，这可是裆部啊，怎么可以，怎么可以？！

其实也没有什么奇怪的，他练了一辈子，不存在任何水分，铁裆功已然达到顶极，完全是真功夫。这本来只是拳法中附带的一个防身招数，但是路人往往买椟还珠，对拳法没有什么兴趣，只是有一些重物击打裆部这怎么可以的猎奇而已。

这是云师傅感到悲哀的地方。

等到路人终于满足了好奇而他又没有其他吸引眼球的新鲜刺激招数之后，人们对他对于拳法渊源的讲解，提不起多少兴趣，在他冗长的讲解中围观者陆续走开。

倒也有几个好奇的年轻人慕名来拜，是那种想学点功夫耍酷的念头，并非真心向武。几天下来重复地扎马步、负重，不断由轻到重击打背部、腹部等处以增加肌肉柔韧性，很单调、枯燥，来的年轻人想了想还没有学街舞扮酷来得快，就不学了。

确实，祖宗传下来的这套功夫没有投机取巧的成分，哼哧哼哧练得很艰辛，容不得半点水分。甚至未练成之前，也没有多少美感，如宗教苦修一般，因为它本身就是一个战士对自己身体和意志的不断磨炼和挑战，是身体的锻打，更是心之修炼。

正因为这些，村子的年轻人已经不像祖辈、父辈对它那么热心，他们要么打工要么上学，很少有人再对一套没有什么前途的辛苦拳法用心。到了外面，不免染上一些坏习气，抽烟、喝酒、找女人，欲望已经刺激了他们的心，荷尔蒙腐烂又腥甜的气息，控制了他们年轻而盲目的身体。甚至有几个人加入了黑社会势力，用那点儿习练不精的武艺助纣为虐，实实丢尽祖宗的人！

云师傅教导他的两个徒弟，就如当初教育他的两个儿子，你们要记住，习武更是做人，它不光是为了防身练性，更是一种精神，侠义之心要长存，我们不欺负人，但遇到恃强凌弱的人，出手要狠！

云师傅说我一辈子不甘心，要弘扬这套功夫，用心还是愿学它的年轻人，多些血性，多些意念，做一个眼中有泪、心中有火焰的人，在这世上苦也罢甜也罢，都认真爱恨，好好做人。

这期间因他表演的铁裆功实在让人惊艳，地方和省电台的娱乐和体育节目都来采访过他，他于是不得不在摄影机跟前脱了衣服只着内裤一次一次地现场操练这份功夫，配合完成他们的采编任务。播出了，他也有了点名气，虽然也没有带来什么实际效益，但至少让这套拳术在观众之间稍有普及，哪怕也只是仅仅满足他们的惊讶和好奇。

白天，他是菜市场一个卖菜的小商贩，谁也看不出来普通到破旧的衣服里面，包裹的是这样一个通背拳一代宗师，以及他一颗不甘的心。

建一座武馆，是他这一生的信仰，他所有的心思都耗在了这上面，持续了几十年，这种静默绵延的力量，让知道他的人，嘴上也都说着他迂腐，但看见他安静地走过来，心里有点说不出的酸涩，近于伤感。

搭上一生的心力和时间，能把这一件事做好，也就死而无憾了。

一有空闲，他就平整后院，其实这么多年被他弄得已经很平整了，但仍然不时地铲铲补补，这样做他心里好受点，觉得总算是没闲着，想象着这片地方会是一处兴旺的武馆，他看着年轻人高声武气热情洋溢地在里面习练，他脸上刻着的皱纹舒展开来，像喝了酒，容光焕发。

好吧，既然想尽了办法也没有人赞助，那只好舍下这张老脸，在酒吧里在饭店里表演，表演那早让他感到悲哀和厌倦的铁裆功，挣客人惊叹之后那十块二十消遣的小钱，有生之年，能挣一点是一点吧。

谁让咱没有办法，好歹得对得起传下来的这套拳法，能不能开成武馆，云千山想我这辈子都尽力了。

阿明、阿顶跟着师傅没说什么，有活动就赶场子挣那点钱，慢慢地他们家长不愿意了，嫌这丢人现眼，本来这战场上刀枪相见的拳法就不可以用来表演，亵渎先人，现在他在酒店大厅里和那些小姐一样，被食客消遣，实在有些上不了台面。

云千山对此，一笑淡然，他点一支烟，对阿顶、阿明说，这世上有些人生来是星星，发光芒，受人宠；有些人是石子，血肉之躯供养着别人的声色辉煌，被人踩在脚底，只有仰望的份；而我们，无权无势的习武之人，除了一身不合时宜的剑胆侠气，我们依靠心里的太阳活着。

这黑暗中的太阳，就是对所习练拳法的信仰。

五

隔了一年，小儿子云一帆过年回来了，还带着他谈的女孩子。女孩子好看，只是儿子黑了、瘦了。

妻看着突然出现在眼前的儿子，把眼神看湿了，漫了一脸泪水，抹着眼，骂一帆，你个龟孙儿心可真狠啊，两年才回来一回……儿子也流了泪，拉起身边的女孩，说，妈，这是小晴，小晴，这是咱妈。

女孩很乖巧，就顺着一帆近前大大方方喊一声，妈。

一句妈喊得母亲眼里笑开了花，手脚和话语明显不同步了，答应着，招呼着，泡茶，拿水果，斥责老头子去买饮料……亲热得略显慌乱。

一帆拉住妈，说，妈，不用。云师傅在一旁站着，眼中发芽的泪意未来得及擦去，当一帆转过身对小晴说，这是爹，也是我师父时，云师傅使劲眨了几眨眼，像被沙子迷住了，连忙答应小晴清脆的喊声。

吃饭的时候，一帆说，爹，也不能说你教的功夫没有用，没有它，我也保护不了小晴。就用柔情的目光去看小晴，眼睛里亮晶晶的，把小晴看得有点脸红了。

小晴好看，她们那条生产线的检验员想欺负她，一帆把那人打了，才和小晴慢慢好了起来。

云师傅没想到在关老爷跟前教他的仁勇侠义的拳技，只为儿子的恋爱多了一份竞争力，笑笑，看看妻，似乎在说，怎么样，老婆子，功夫不管怎样都算使上了吧，要不你上哪里找这么好的儿媳妇去？

妻瞪他一眼，颜带笑意。

吃过了饭，说话，多是一帆说他在南方打工的见闻，间或说说他和小晴的交往，屋子里融融的都是温馨。

窗外预报的雪如约下了下来，云千山盯着飘舞的雪花，回过头对一帆说，来，在这瑞雪里，咱爷俩打一通拳，祛祛寒。

一帆似有不情愿，但是不想拂了父亲眼神里殷殷心意，站起来，还带着骄傲和崇拜的笑，对小晴说，爹的功夫那才叫厉害，你也开开眼。

小晴就接过这份崇拜看着云师傅。

云师傅欣慰地笑笑，就到了院子里。雪下得还小，像瘦花瓣，轻轻地飘飞。一帆扎了个架势，云师傅这才注意到儿子的左手一直戴着手套，他说，摘下来。毕竟打拳不方便。

闻此言，门里面小晴和一帆对看一眼，都忽然没有了笑脸。云师傅仔细看一帆的手，觉得不对劲，用了拳法里的巧劲逼近一帆，顺利摘下他的黑手套，手就露了出来。

云师傅抱着手套直着眼睛呆在原地。

做母亲的一愣，急忙失慌跑过来，一把抱住一帆的手，眼泪和疑问同时哭出来，孩儿啊，你的手咋了？

一帆的左手还有三个完整的指头，食指和中指都只有最末一个关节。显然是机械齐齐截断的。

一帆收回手，自己也看看，若无其事地笑一笑，不碍事，误不了吃饭。爹，只是你练了这一世的通背拳，我怕是给你传不下去了。

不知道是不是落下来的雪花染白了他的鬓发，云师傅沉沉叹一口气，好像一下子苍老了许多，什么也说不出来，仰脸看天上的雪。

雪越下越多。

一帆安慰心疼的母亲，妈，没事，咱没吃亏，赔了三万多块钱呢，再添点差不多够结婚用的了。

六

此处地近少林，村子里信佛的人跟他说，佛法里讲：妄想自缠，如蚕作茧。你又何必这么执念，到了这个年纪，含饴弄孙，轻轻省省过你的黄昏晚景，不就行了。

云千山他也自言自语，是啊，我又何必这么执念？两个儿子的任务都完成了，妻子贤惠，家里和美，大儿子的一对儿女都聪明伶俐，一帆家里的转眼也要再给他添一个孙子。上天没给他荣华富贵，但也没有故意刁难，他问自己，我又何必这么执念？

一帆代替了他，在家种菜、卖菜，又开辟了两个菜棚，换了一辆新三轮摩托，每日里早起晚归，里里外外场面弄得比他还红火，日子越来越好过。

妻为儿子感到骄傲，时而不免对比之下说他，老头子，你说你前些年要是也像一帆这样，咱家的楼不早该盖起来了，你天天琢磨着你那不切实际的盖武馆、盖武馆，盖了一辈子也没见你兑现……

他笑笑，借一杯酒掩了脸面，别和我比。牵了小孙子云海的手到院子里逗黄狗玩儿，心里其实重重地被妻子刚才的话伤害了一下，揭开他最疼的伤疤，他心说，一沙一泥，一砖一瓦，盖了几十年，我早就在心里盖好了，只是你们都看不见罢了。

日子忽然闲了下来，每一天都成了漫长的空白。他可以花更多的时间在练功上了，可是他一个人的风景，没有个观众，觉得孤独，特别是当他在月下把一套拳法酣畅完整地打下来的时候，孤独感更厉害。就像是一株老树，环顾四周都找不到可以与之对话的树木。

他老了，再好的功夫，传不下来，都不过被时间打败，最终湮没在岁月的尘埃里。

村子里的年轻人基本上都出去了，不出去的也忙着做小买卖，再不是忙时种地闲时练功的年代了，钱就像挂在驴子眼前的那串胡萝卜，人们眼里再看不到其他了。

就连他的两个徒弟阿明、阿顶，此刻肯定在沿海哪家厂子里打工吧。只有他还固守着这一点绝艺，也不知道还有没有意义，他的功夫和其中包含的侠义，传不下去。

现在，他的闲情也不过陪五岁的云海逗着大黄玩儿，有时候心血来潮，也教小家伙扎个马步。大儿子有一次回家看见他教小海练头部的硬功夫，他刚想拿着一个包着毛巾的木棒上去击打，大儿子劈面霹雳一声呵斥，哎哎，爹！小孩子，你可别给我瞎胡练，伤着了怎么办！

他尴尬地收回手，看着儿子发怒的样子，他的眼神有点无奈、有点乞求。儿子说，爹，你这一辈子算是没治了。说毕，还不可救药似的摇摇头。

他一声喝，把木棒在头顶劈断，说出儿子未说出的话，一点不假，我就是个神经病！

也不知道到底是谁病了。

儿子还不依不饶地顶他，可不是吗，病得还不轻！你看你吓着小海了吧，你闲着看看蚂蚁上树吧，你那功夫自己留着，别见谁都教！

他被噎住，都堵在胸口。孤独又挫败的伤感，带着悲凉还有点怨怒，都搁在心里，他一杯酒一杯酒地把它们蚀烂，一口一口地吐着旱烟，坐在那里，把心里的武馆推倒再一砖一瓦地推敲着重建。夜里头，蘸着月光，他把心里的功夫用他那有限的文字一点一点落实在纸上，落在纸上功夫就已经走了样，一招一式的起承转合，文字总是表达不出那种言传身教的效果。他把写成的纸片又凑在打火机上烧了，看手里捏着的那一丛稀薄的火，温暖不了他的心。火续不上。风一吹，就灭了。

受户口的限制，到了上学的年龄，大孙女云英没法在城里公立学校上学，就回了来，在镇子里上中学。他也就安心带大儿子的两个孩子，孙女云英，孙子云海，在内心的煎熬里尽量平和地重复着过他的日子。

常常人都走了，妻和一帆在菜市场卖菜，儿媳小晴也跟在摊上，云英去上学了，院子里就剩下他和云海这一老一小，偶尔大黄在旁边汪汪叫两声。

他真是如儿子说的那样无可救药了，偷偷地，他还在教小海，扎腿、倒立、翻跟头，可喜的是小海愿意学，还觉得挺好玩的，和他比倒立的时间，和他比谁先用手掌把小瓦片开断，他总是输给小海。小海于是笑得灿烂。

他心里算是有那么一点欣慰在。

七

日子一天天不紧不慢地过，那个秋天，快中秋节了，他被当地一个专科学校的体育队请过去给学生们演练一遍通背拳，学校还给了他五百块钱，他很高兴。走过商场给孙女云英买了一身衣服和文具，给小海买了一套玩具，回到家，英子高兴，小海也高兴。妻还调侃他，你还真指着练了几十年的本事挣大钱了啊。

英子在一旁说，爷爷，上星期我们学校作文比赛，我写了你哎，还得了个第一名。

他就问怎么写的爷爷。云英作文写得好，还在《中学生报》之类的报纸上发表过，笔下有灵性。

英子说，我把你写成了一个守着传统绝艺的老侠客，又英雄又悲剧。英子怕他不懂，进一步掰开解释给他说，就是你在那里唱个歌，唱了一辈子，也没人回应的意思。

他听懂了。

英子这番话让他心里即时一个柔软，差点感动得掉下泪来，活了几十年，也就是这孩子懂他一点心思了。他在那里反复地说，英子，我的好孩子……你好好学，爷爷就算上街卖艺去，也供你上大学。

英子也笑，脆灵灵答应他，好哎，爷爷，到时候，我把你写成书，让人都知道爷爷你有多厉害！

他心里酸辛交织，一时竟凄然无语，说，好闺女，爷爷算没白疼你……眼眶里就涌出细碎的泪，当真是悲欣交集。他没想到云英这么小，却是这世上最懂他心的人。他慨然一声长叹，这叹息贯穿他一意孤行的五十多年，不知道是感慨还是安慰。

英子打声招呼就骑着他专门给她买的漂亮小轮自行车上学

去了。每一次他总不忘赶在后面叮嘱一句，英子，骑慢点儿啊，别急慌！

英子也总是朗朗地答应着，嗯。亲亲身后追着的弟弟，就骑车走了。

那一天，不知道为什么，他一直跟着英子出门到路上，他看见英子小杨树般正在拔节生长的身体里涨满了初生的秋风，他忍不住又叮嘱一遍，英子，骑慢点，过路口左右都看看啊！

英子答应了，骑着车子走远，看不到她的背影，他才回过身牵着小海的手往回走。

可是，英子终于还是没能等到上大学。

放学回来的路上，英子她永远停留在花蕾的年纪，没有机会再绽放。放了学，她又在班里写了一会儿作业，回去路上有点黑了，是一辆酒后超速的车，飞驰过来，带走了她所有清澈的笑和脆灵灵的声音。

英子还穿着他给她买的新衣裳。他看着衣服上的碎花开在血泊里，他蹲下来，小心捧起来这个最懂他的孩子，浑浊的泪无声地淌着，颤抖着双手，可他怎么也没有办法把破碎的英子再捧起来……他把英子抱起来，眼前一黑，栽倒过去。

……

这一年秋天他是真的老了，硬铮铮了一辈子的他，这一次老得很彻底，像一座房子，撑了几十年，经这最后一个大震，动了根基，从里到外一点一滴都坍塌了。

他老了。

肇事的是当地一个家庭有深厚背景的少年，那些背景不用多说。对方提出如果私了，赔 10 万，或者还可以再多点，但要是起诉，那就尽管按程序来，后果自负。

折腾了几个月，他们赢不了，最多也就是形式上判那个少年几年的刑期。

他们斗不过。

到最后，大儿子都哭着认命了。

他不认。拒绝那笔钱。

亲人开始是愤怒，时间长了，也都是一副很认命的麻木神情。他这时候还坚持，大儿子甚至转怒于他了。

英子不在了，活着的人还要生活。那毕竟是一笔不小的钱。

他常常独自一人来到英子小小的孤单的坟前，对着坟前新开的一朵小草花想象她皎洁的笑脸，英子笑着对他说，爷爷，我把你写成了一个骄傲的侠客，月下带一柄长剑，独来独往，锄强扶弱，显得又悲剧又英雄……英子说，爷爷，将来我要把你写在书里，让别人都知道您……

他抱住自己的头，过了许久，压抑的哭声从颤抖的臂弯里传出来。他说，英子，我的好孩子，爷爷从来就不是什么英雄，只是一个失败的老人，失败了一辈子，已经不再怕失败了，这个官司爷爷一定要打下去!

他把后院卖了，又开始四处到酒店里卖艺，在食客的称奇里一遍一遍静默表演他的铁裆功，换取一点廉价的叫好和零钱。他说，小海，你爹他们说得对，爷爷是一个病人，你不要再练功，好好学习，爷爷希望你将来能去留学，去深造，学法律。爷爷供你!

武者小侠，他想，日无私照月无私覆的，只有，法。

翌年中秋，云千山给英子坟前送了月饼回来，独自在院子里徘徊，到了夜半，万籁阒寂，只月明当空，他脱了衣衫，在院子里把四面八方通背拳从头到尾打了一遍，一招一式都虎虎生风，闪躲腾挪之间仿佛都是铿锵金属之声。

打完了，他最后收了脚步，调停气息，抬眼去看天上，长风茫茫。

月，亮。

草木爱情

平原上的那条瘦弱小河叫条河，不过是一条河的简称罢了。河水弯弯曲曲流过村子的时候懒懒地睡了会儿，便泊成了一个小小的湖，湖水极是清澈，因形状像一瓣雪花，人们便管它叫雪湖了。湖的周围散布着几十户人家，他和她便是这村子里的。不过一个在村口，一个在村尾。

她的爹四棍儿是天生的一副好吃懒做的风流嘴脸，自从想方设法娶了她没过门就大了肚子坏了名声的娘，就去了一棍儿，变成了赌棍、恶棍、酒棍三棍儿了。她娘生她的时候是第七次了，之前的六个丫头四个被她爹卖成钱赌掉喝掉了。生她的时候，她的娘还是从破烂的席片上挣扎着爬了起来，挺着个鼓鼓的肚子趔趔趄趄扶着墙，给供奉的送子娘娘烧上了三炷凄凉的信仰……然而及至看清了婴儿腿间，她的娘哇的一声吐出了一大口血水。这个曾经冰雪风流的俏女子认了命，决定以后不再生了。

她的爹回来一见还是丫头，隔着襁褓一

脚把她踢了老远。她没死。她的爹又想把她卖了，她的娘就拍着席片疯了一样哭号，哭喊的不外还是她处处不称心的命……之后，也就只有风一阵雨一阵地养下了。因生得孱弱，软软的，就那么一把，可可怜怜的，都说怕养不活，喝了一些鬼先生画的符咒烧成的脏水，竟也磕磕巴巴地活了下来。她的娘巴望着她的命会平坦暖和一些，就叫她棉。当然，叫得多的还是小三儿。

村子里的孩子就像猫儿狗儿一样，没有什么童年可言的，但她记得她是在爹娘无尽的争吵中长大的。爹喝醉了就砸东西，骂她娘大腿叉了几百回老子日辛夜苦倒绝了后，然后再打。打起劲了也拉过她的被他爹卖剩下的两个姐姐大丫头二丫头补上两脚几巴掌。她躲在娘敞露不整的怀里，睁大眼睛惶惶地看着她娘拍着泥地一板一眼已经流不出泪地干哭，还有她瞪着充满酒精度数的眼珠子暴跳如雷的爹，以及两个蜷在墙角瑟瑟发抖的瘦小姐姐……

他则是家中的老大，下面还有两个弟弟，一个妹妹。也无非春种秋收，一棵庄稼走过了汉又经过了唐，走不过的是代代轮回的手掌，家家都是一样的四季更替罢了。

村里的孩子都很野，逮鸟，捉鱼，放牛，偷瓜，瞎跑，打架……什么事都不怕，都做得出来，玩得也格外地野，但是却没有人愿意和她们家三个丫头玩儿。他们当着她们姐儿仨的面喊，嗳，小破鞋儿小破鞋儿……在乡下，这是最恶毒的骂一个女孩子的混话了。她们的娘年轻时唱花旦，做过不清白的事，她们自然而然也得是。

也说不清为什么，谁说得清呢？慢慢地他发现了，他真是欢喜见到她，他喜欢她。他比她大。他先是心疼她。当身边的男孩子一蹦一跳朝她们喊小破鞋小破鞋呼啦啦傻笑的时候，他看见她迅速地低下头去，红着脸颊从他们一片叫笑声中极快地跑过，像一只受到惊吓的小兔子。他没有附和着叫，也没有笑，他只默默地站在男孩子堆里，静静地看着她惊惶地逃跑，他知道她肯定伤心地哭了。

有一回,他们几十个男孩子在新犁后的田地里打土坷垃仗,大家一边用一只手护着头护着眼睛，一边拼命地抓土坷垃，你砸我，我砸你，大呼小叫，大大小小的土块来回地飞，很疯，他领着弟弟也参与其中。玩得正热闹的时候，远远地看见她跟着两个姐姐来地里挖野菜，他们不打了，却突然把手里的坷垃一窝蜂似的掷向她们,大姐二姐挨了几下,随手反撒了几把土,眼看敌不过就骂着跑开了。她们一边跑，一边朝她喊，小三儿快跑快跑啊……她跑得慢，也许是饿着，跑着跑着就没有力气了，跑不动了，所以挨到身上的坷垃最多。辫子散了，鞋跑掉了一只，浑身上下都是碎土。那些土砸在她小小的身子上，他知道她会很疼。傻了吧唧的二牛蛋子捡了她的鞋在手里傻乎乎地摇摆着,还喊,小破鞋儿钻野地儿,公鸡上了母鸡的背儿……男孩子们也都这么喊，小破鞋儿钻野地儿，钻野地儿……他冲到二牛蛋子跟前想夺回她的鞋,还没挨身就被石头一把推开了,照他屁股上连踢了几脚，骂道，想干什么？石头是他们这群孩子的头儿，是大哥，说一不能二的，谁开罪了他就再也别想在男孩子中间玩儿了。对男孩子来说，这是那个年纪关系极为重大的事情。他看了看石头，愤怒又犹豫，他没敢反抗，他不想被伙伴们孤立。石头就站在田垄上命令说，砸她，砸小破鞋儿。男孩子们得了令就再砸，起着哄。唯独他迟迟没有，抓了一把土，看着她，又任它们从手里落下。石头和其他的男孩子看见了,不满地冲着他说,你咋不砸呢大海？是不是看上小破鞋了？噢，小破鞋是大海的花媳妇了啊，噢噢……他不砸，男孩子们就叫着起哄说她是他媳妇,这是极羞辱难听的话。然后他们说,你和女的玩去吧。这表示他们就要从队伍里开除他了，这样一来，他不得不砸她，但她没躲。他砸的时候心里喊着丫头你快跑啊，你快跑啊……她没跑。虽然他没有用力砸，但他仍然看见坚硬的土块一点一点重重地击在她单薄的身上，像砸在一道彩虹上。她剧烈地趔趄了一下，然后她皱着眉头，慢慢地弯下腰来，蹲在地上，紧紧捂住被砸的胸口，看着他，一句话也没有。他想他还是砸疼她了。就这样一个场景，他这一辈子都会记得，他看见她眼睛里溢出并慢慢滚落的惊愕和难过。他低下了头，眼睛像被马蜂蜇了，脸上羞愧得发烫，不敢再看她，周围仍然是同伴们的笑声。他只记得她眼睛里的泪水，她的眼睛很大，也很美。他的心里比她还要难受。

他为此愧疚了好几个月，直到知道她真的没有受伤，压在他心里的大石头才算长出了翅膀。事情过去了，也不是什么大的事情，但是他永远会记得那一场景：她疼得捂住胸口，慢慢地蹲下来，眼睛里带着惊愕和痛苦的神色，小心地擦去挂在颊上的眼泪……他在心底对自己说再也不许人伤害她，再也不会了。

他被打的那天，是个寻常的夏天的晴日。蝉嘶哑着喉咙高一声低一声地叫，风止树静，连叶子都不动一动，热气扑面，似乎还带着好几吨的重量，空气里铺满了滚滚的沉闷。他们一帮野孩子在湖里扑扑腾腾地洗澡，打骂，玩水，到后来被路过的大人骂上了岸，怕他们不知深浅泅到了深水里。他们就在岸上光着屁股玩玻璃珠，其实大多是比较圆的小石子儿。

那天，她扎着辫子，穿着一件她娘用旧布料改做成的小裙子，跟着她大姐来湖里捞水草回家喂猪。本来是离得很远的，但是男孩子一见忽然就来了精神，纷纷跳水游到湖的那边，手舞足蹈去嬉戏她们取乐。他们向她和她姐姐撩水，扮鬼脸，模仿着做一些男孩子一知半解道听途说来的下流动作。在这样沉闷的午后，百无聊赖的男孩子忽然就野得越来越过分了，他在心里也只能默默忍了又忍，攥着拳头看着他们，直到石头他们伸手去扯她的裙子。他在一边终于愤怒地哭了，血直往脸上涌，他跑过去，跳起来伸手奋力去掴石头的脸。他没有够到，他没有石头高大。石头把胆敢造反的他举手就扔到水里，扑上去狠狠揍他，并且看着他挣扎。石头哈哈浪笑，翻来覆去揍够了，然后站在岸边往他身上撒尿，志得意满地再大笑……他把自己鱼一样沉在水里，他不想让她看见他在流泪，不是因为挨打，而是他满心的愤怒还不能保护她。他久久地躺在水面上，水里的眼泪咬着牙无声地流淌。男孩子们都走了，天都快黑了，他从浅水里爬起来，恨恨地吐了口唾沫，洗了把脸，就看见了她还在岸边树下静静地守着他。他看她的时候，他看见她笑了，那是他第一次见她笑，以前他以为她不会笑的。但是后来回家的时候，他拉着她的手咬牙切齿地说，我会长大的，等着看吧，谁也不敢再欺负你。她看着他，扑闪着大眼睛，认真地点了点头，并且踮起脚去给他擦眉脸上的泥水。她信他。

随之，他就像一株庄稼一样，迫不及待地带着一股子愤怒在心里恶狠狠地命令自己的身体拔节、生长、长大、长高。要很高很大。他要保护她。足够的高大，才能保护她。那是他最柔软和心疼的想法。

那一年他才七岁，她四岁。

从那以后，逐渐再没有人敢当着她的面喊她小破鞋了，他为她一次又一次拼命地和取笑她的男孩子打架，他让每一个骂她的人怕了。刚开始的时候他还是那样地小、单薄，打架的时候他就拼命地打。没见过他那样打架的，是真拼命，缠着人家打，不放过了。但是渐渐地就没有人敢惹她了，因为这时的他已经长得非常接近高大威猛了。

他和她一块去割草，放羊，捉蚂蚱，放风筝，等等。他上树掏鸟儿，她心疼那些刚孵出的鹅黄初覆的小鸟，他就不掏了。她柔顺地跟在他后面，很安静，但他知道她此刻的心是快乐的。

有时候他也和她调皮，比如捉鱼的时候，故意潜在水里不出来，然后猛地从水下浮出一串笑声和一个水淋淋的脑袋，手里抓着一条大鱼向她挥舞，闭上眼他也可以想见她在岸上担心着急忽又惊喜的样子。他水性好，总可以在别人不敢潜入的深水里捉到肥大的鱼。怕她在家里吃不好，他就在河沟里架起火用河水给她煮鱼吃，他却舍不得吃，把剩下的带回家，给弟弟妹妹吃。他叫她棉儿或者叫她丫头。一见到她，他心里就那样呵呵地欢喜，恨不得把所有的话都说给她听，但又常常只是看着她，就什么都也不用说了。他笑，她也笑，她眼睛亮亮的有水也有云。她让他把衣裳脱下来，她给他缝补，把女孩子眉间、心上一抹尚不解风月的绵长切切实实地缝合在密密的针脚中。她总是很柔弱，很懂事，很安静，让他心疼。

十五岁那年，他已经初步长成眉眼炯炯初具规模的男子汉，也就意味着开始用还正在加宽的双肩去试着担起家中入不敷出的负担。他随父亲去县城卖布，来回一百几十里地，一天一趟，两副扁担，四条腿，渴了路上就近喝一瓢凉水，饿了咬几口杂粮煎饼，一天星出去一天星回来。他不觉得多苦，祖祖辈辈都是这样过来的，只是心里念想她，发慌，止不住地想。那些想就像柳絮，轻轻一触就起，飘啊飘，落满了心上为她生根发芽的柔软土地。挑着扁担走在来或往的路上，往往是越想越厉害，心里说不出的那个地方，毛茸茸的，说不出的痒，恨不得会飞，又很韧，丝丝缕缕的，特别特别折磨人。每次经过村口他都有忍不住扑到她家里的冲动，看上一眼就好，就看上一眼就好。但是他起身的时候她还没醒，他回来时她早已睡了。他见不到她。

她，其实也是。

那天早晨，其实还是夜里，经过村头她家门口，他说爹，我怕是闹肚子了，你先走着，我解个手就来。爹挑过他的担子，一步步走了。他实在是受不了了，几步奔到她家土墙屋后面，贴着耳朵听，其实什么也听不见，想喊她，思前想后，又不知如何开口，焦心得难受，急得上墙的心都有。磨蹭到最后，他也只是捶了一拳斑驳的土墙，长叹一口气，抹了把眼睛，只能垂头丧气地走开了。他还是见不着她。

她心里也着急。她家两间屋子，姊妹仨一张小床，外面就是爹娘的床。那两扇摇摇欲坠一碰就吱呀作响的破门，她半夜装作解手偷偷试了几次，都没有办法不让它发出不知轻重的声音。

他和她还隔着两道该死的木门。两颗着火的心，现在还烧不到一起。

直到后来，攒了点钱，他家买了一匹健壮的驴子，并配了一个木车，也就不用刚半夜就起身了。他的爹也因长久的负重受寒，腿部静脉曲张得几乎不能走远路，大多数生意就交给他去料理了。爹有时替他赶赶车，腿实在疼了，就只能在家里歇着。

他第一次自己赶着毛驴车从她家门口走过的时候，天刚刚泛起稀稀落落的亮色。他心里憋闷得慌，就唱了一支野朗朗的歌儿。但是，他忽然听见木门吱呀着开了，探出一个人，是她。她靠着门框迈出左右鞋穿反了的左脚，犹自喘着起伏的粗气，头发还没有来得及梳理，乌黑的一片长长地散在身后。猝不及防，他一下子被她惊住了，她是这样地美，这样地美啊。他张着嘴愣愣地望着她，她也痴痴地望着他，笑，又流出了大粒的眼泪，笑是真，泪也是真。他惊喜，她也是。可是，他太惊喜了，情急之下却扬手给了毛驴一鞭子，毛驴遂振奋仰头颠簸着走快了。他回头，见她还在后面看着他，渐渐就看不见了。

他心里已经有了明确的想法，他要挣钱。娶她。

那天回来的时候他买了两把木梳子。听说这样的梳子梳头不伤头皮，一把给娘，一把给她。他还把梳子和扎头的丝绳、簪子，还有几尺最好看的红布包在一起，远远地扔给候在路边装作割草却不住地望着路上动静的她。

他高声吆喝着毛驴走了。驾，驾。他心里快活极了。

第二天他比平常赶车早些，经过河上的小桥，看见她挽着个篮子在水边捞水浮菱，她黑且长的头发用丝绳松松扎着。望见他来了，就从贴身的衣裳里小心取出那把木梳子月牙般斜插在密密的云发间，向他害羞地笑笑，低了点头，看脚尖的绣，又忍不住不时地抬眼迅疾地看他一眼。他忽然跳下车子，大步急跑过去，没有迟疑，就拦腰抱住了她。他说丫头，想死你了。她红着脸颊想着挣扎两下，低下头，也就安静了，眼睛里溢满了水汪汪害羞的亮，任他透心透肺地紧紧抱着，她的心可是跳得好厉害呀。她想啊，抱着，真好，原来是这么的好。她从身上掏出一个荷包，上面绣着花朵和符咒，出门在外是避邪的，她要给他戴上。他先是看着，当然也抱着，后来他则不断亲吻她柔美的发，由初时的迟疑到密集，甚至有些莽撞了。他说丫头，要什么你说啊，我给你买回来。她拉着他的手摊开又合上，摇摇头，贴在他的心口。她说她什么也不要，就要你好就好。她想，一辈子最好的也就是这样子了吧。河水流啊，心在跳，也不知过了多久了，他说，棉，哥走了啊……但是他没有走，也没有松手。他又说，我该走了啊……说了却还是舍不得松开手。她忽然回过神来，伸手提醒他，哥，你看，车……听话的毛驴大约怕打扰了他们，已经自顾自上路了，已走了老远了。他才最后又最后狠心用力抱了抱她，说，丫头，你等着我。他急忙回到路上，快速追赶前面的驴车。

这一年他十八岁，她十五岁。

但事实上并没有他想的顺利。首先他家里就不同意。女孩子虽好，但生养在那样的人家，太说不过去了，落人笑话。他长得英武俊气，又是长子，父母心里当然是想给他找一个人品家世都好的。他不乐意。他心里，满满的，除了她，还是她，他还能再中意谁呢？媒人上门提亲，他不能不理，倒水倒茶张东罗西，可就是不往亲事上说话题。他有他的主意。吵闹了几回，也没有结果。他脾气很倔，就这样和家里耗着。

隔上十天半月，她偶尔也能浅尝辄止地见上他一面，虽然也说不上几句话。满心的深情和火热却又只能用力地暗暗藏起来，翻来覆去的夜里，把心底滚烫的心事辗转化作当空的明月，只能远或近地看着。有几次他也失心得发疯，就想天不管地不顾地硬着头皮找个借口约她出来，抱着她，反反复复地说话。对她，他有说不完的话。但大多的时候也只是想想罢了，偶尔费尽心思见着了她，就又什么也顾不得了，都顾不上说话啊，一遍一遍热烈地交换彼此心仪的羞涩和潮湿，完全没有法子停下来。真想天天都是这样啊。真想啊……

喜欢一个人，你说还能怎么样呢？不见了不由得就灰心沮丧，见了，哪怕是远远地看一眼，就开心，天地都明媚，就觉得好，什么都好，身上有使不完的劲。

日子就这样和河水一样一天天也苦也甜地滑过。

那天夜里从村口突然传出来的惨叫声，其实村子里很多人都听到了，但谁也没有去管问。人们宁愿相信不过是两口子吵架罢了，习惯了。

先是她的爹三棍儿哎哟哎哟鬼哭狼嚎和声声凄切的告饶，然后是噼里啪啦的各种杂物包括骨头的碎裂声，后来则是她娘的哭声，那哭声特别地锥心和凄厉，一声一声高高地盘旋在村子黑魆魆的上空，久久不散，最后好像是她们姐妹撕心裂肺的哭喊……

过去当地婚俗里有一个约定俗成对女人生死攸关的婚姻程序叫作晒红，即婚后的第二天新娘子拜了公婆吃了饭之后的第一件事就是要洗昨夜的床单。洗当然只是个意思，最重要的是把床单上清白女儿家骄傲的夜红炫耀出来，摆在床单最显眼的地方，洗好之后，挂在门前路边早就拴就的麻绳上，有些展览的意思，目的当然是向夫家和村中众人彰显新媳妇在娘家做姑娘时清白的品行。所以这是关乎一个女子一辈子做人脸面和两大家子大人颜面的大事情。但是村口三棍儿家的两个丫头过门第二天就被夫家鼻青脸肿地打回了娘家，人们才知道这一家的女儿花早就被人采过了，实实丢尽了八代祖宗的人。人们议论说这一家人还能指望会长出什么好品种呢？

其实事情就发生在那天夜里。她的爹伙同别人抢了一家士绅，事发后被拿了，软骨头经不住敲打，就把同伙们一五一十全都供出来了。她爹挨了几顿打出来了。同伙们那可不是剥下一层皮的罪，他们其中有人犯了命案还抢了人家姨太太、糟蹋了姑娘。他们没死的出来后自然就是报复她的爹和她家了。底下不必细说了吧。

吃饭的时候，无意间就引上了这个话茬，他的娘说你看见了吧，个个都是……那两个字没有说出来。他娘说，茅坑里你还指望有块嫩豆腐吗？你说小王庄的那姑娘多好，要个儿有个儿要模样有模样，你说你看都不看人一眼，成天和那下作的小狐媚子眉来眼去不怕人笑掉大牙……

啪。没等娘说完他就忍不住把筷子重重放下，到院里铡草喂驴去了。

谁也不知道他心里怎么想的。娘只知道夜里他翻来覆去一夜没有睡踏实。第二天入黑的时候，他把她约到了离村子较远的河边，并且给她带了一身鲜红的衣裳。到了河边，他什么话都没有说，就开始脱她的衣裳。她按着他的大手，按着按着，她哭了，她说大海哥，我脏了……她难过得再说不出话来，他不会要她了。他没有言语，默默把她寸寸柔和地打开了。她真是美。他叹息了一声，给她擦去脸上的眼泪，把她抱起来，走进了清凉的河水里。他轻轻给她清洗她如雪的身体，洗着洗着他就滚滚落下了大颗的眼泪，觉得她是这么地珍贵和易碎。他心疼。

后来，他把她从水里抱上岸，给她穿上红衣裳。穿好了，他就说了一句话，他说三儿，都过去了，哥不嫌你。

那个夜晚是他主动要了她。他说谁想说什么就说去好了，不管发生了什么，他还是要对她好。

那一年，他二十一岁，她十八岁。

他们的事村人慢慢就都知道了。知道就知道好了。他还是村子里那个高大结实、知礼懂事的男子，卖布，种地，建设家园，村人莫不交口称赞。在那个多难多乱的年代，日子虽然支离破碎，因为有个奔头，却也有滋味，活得硬气，若风雨无阻，他想他可以给她幸福。

她的胆子也渐渐大了。她敢在路边等他了。在他出村没人的时候，她甚至伸出手给他整理熨平衣襟，摸摸他粗糙刺手的胡楂和分明的眉脸。都默默地站在那儿，你看着我，我看着你，两个人打心里涌出安静和眷念。这样的感觉是那样地好。还是他笑，她也笑。他看见有桃花在她俏丽的脸颊上朵朵次第开了。他伸手拍拍她云朵般蓬松的发，回身，朗朗地喊了声，驾。他走了。他觉得路很宽敞，很平坦。

但是事情总是不那么如意。她老不成器的爹三棍儿却在一天输红了眼把她在赌场上许卖给了上扬镇一家乡绅做填房。

那个乱世里哪有道理可讲？

直到轿子来接她，他才知道，就急忙抄根扁担心急火燎往村口赶，正撞见几个汉子把她往小花轿里塞。他奔过去，先是老远就暴喝一声，跑到跟前更是霹雳般暴喝一声，一扁担砸碎了轿子，随即飞脚踢在一个汉子的小腹上。他喊，放开她。他头发散乱，两眼圆睁，像激怒的雄狮。那是完全不要命了的拼命架势，一根扁担虎虎生威，在场的人都被镇住了，没有谁愿意为这把命搭上。几个人只有虚着叫了两声落荒跑了。他迈步上前左右给了她爹两个大耳光，一脚把他踹到门口粪坑里了。他帮她整了整被撕扯破烂的衣衫，虎啸一声翻身扛起她，走了。

……

我所知道的祖父和祖母年轻时候的故事基本上也就结束了，我实在是想不到晚年慈祥寡言的祖父和白发婆娑操持家务的祖母还有这样近乎传奇的爱情。即使作为长孙，他们也不曾给我讲过，我也是从村子里起落的口舌里断断续续听说的。也许村子里随便那些有年头的树木，那些风雨道路，那些一茬茬流传的庄稼也比我知道得更多吧。但是这些都不要紧，因为他们终于能在一起了。

这年秋天，祖父给他的两个弟弟陆续都说妥了亲事，打点好了房子，才在老屋里和祖母完了婚事。他们把新造的房子给了爹娘和弟妹们住。

我们那里以前古老的婚礼上还有一些小插曲，比如吹眼睛，堵耳朵，咬心口，新娘子给公公婆婆以及丈夫洗一次脚，等等。我扼要地在这里说几个吧。

吹眼睛是新娘子在婚礼上轻轻吹灭男子的眼睛，因通往男子的心是要经过其眼睛的，现在给他吹灭了，就看不到其他女子的好处了。堵耳朵就是男方用一朵小花或者是金银珠玉之类的饰品堵住新娘子的耳朵，堵之前是要对着耳朵说一段情话的，说得女子耳朵红得好像熟透了的果儿，就可以堵上了。这双耳朵就只专属于一个人的嘴巴和誓约了。堵耳朵在闹亲的时候往往是最热闹的了，因为参加的人可以起哄，要新郎说情话。还有就是咬心口，女子要在男子心口上切切实实地咬上一下，是要让他一辈子在心里记住她给他的疼的意思。

虽然是早已走失的风俗，你也可以试试。

祖母在咬祖父的时候，他问她，还疼吗？她知道他是指那次在田里用土坷垃砸了她。她绯红着双颊说，不疼了。祖父就轻轻拂开她的鬓发，说那你这回可要使劲咬啊。祖母的一把眼泪忽然就噎住了喉咙，她咬得很仔细，她给他的疼是一辈子。

第二年祖母生下了父亲。

那年她二十岁，他二十三岁。

底下的事情同那一代人一样，他们跑过反（逃日本），遭过难，挨过饿，日子坎坎坷坷……但是这些也都不重要，重要的是他们心心爱着，风里雨里都搀扶着，相濡以沫。

他们一生勤谨，待人诚心，是村子里的人非常敬重的夫妻。我在一首诗里写过祖母：

棉——
我轻轻地喊
生怕隔世的怀念
惊醒你三尺黄土下
寂静的长眠
棉——
你的名字暖且微咸
喊一声眼里的盐
便淹没了整个平原
想你初嫁时长发半绾
汁液丰满
祖父的旱烟勾勒出你洁白的温暖
老实的誓言驻扎于你内部的柔软
你左手持勺右手握锄
让日子和土地皆是温情平坦

开花结实把苦难和疼痛
在太阳下晒干
在纺车上
蘸着月光
把心事纺成线织成布
丈夫和儿女衣着体面
穿出贫穷却从容的尊严
你是——
粗糙而细腻的棉
或是芳香的茧
八十余年
默默无言
……

祖父最后是在祖母怀里走的，很安详。他最后什么也没说，只是一直握着祖母的手，带着最后一抹笑意，就走了。

她是他今生最美好的田垄，任他反复商量和深耕，生长出五谷和爱情。她是他最适宜的墒情。或者是两棵最普通的庄稼，他们一起生长，开花，孕育，经历冷热、风雨、霜雪，繁衍子女，最后又一起老去，并且给子孙留下一段回忆，作为他们最温柔最美的埋身之地。他们是村庄里最普普通通的草木爱情，甚至油盐酱醋里磕磕碰碰，他们从来都没有想过这就是爱情。

这一年，他八十一岁，她七十八岁。

祖父走后，祖母又守着他的相片想了他将近六年。

她临走的时候，气色忽然很好，能下床走动了。她缓缓上前用手轻轻地擦了擦祖父的照片，然后才如释重负地安心坐下来，取下头巾里包裹的三尺白雪，让姑姑蘸着热水给她梳头。她跟姑姑说他喜欢她年轻时一头的黑亮黑亮的长长头发，他喜欢……说的时候语气沉湎而温柔，微露出女孩子时不胜娇羞的笑容。她还说她就要见到他了，要见着他了……反反复复地念说着，说着，但是她忽然孩子气怯怯地问姑姑，她说，闺女，你说，娘还好看吗？姑姑给她扎好头发，忍着两眼的泪，说，娘，好看，好看着呢，爹会喜欢。

萤

布德老汉走在堤岸上，短短一段路走了他一身汗，上了坡，忍不住弯着腰停下来喘了几喘，叹口气想，真是老了，不中用了。早年他和伙伴们在河边挖沙子时，看见野鸡野鸭，什么工具都不带，几个人空着手就撵得野鸡气喘吁吁最后轰然倒地，然后拔了毛就在河水里洗洗烤熟了，弄点高粱酒大口喝酒、大口吃肉……好光景仿佛一眨眼就过去了，现在呢，老得只剩了一个空壳。他老是听见死亡在身后磨刀霍霍、穷追不舍的脚步声，催租子似的。布德老汉硬硬地叹一口气，搭起手背，瞭瞭河堤，人老了，脾气还不老，一张嘴就是："周乐乐，你狗日的死哪儿去了？赶快滚回家给老子吃饭！"

喊了两遍，带出了一串拥堵的气喘，咳嗽了几声。正是大上午，阳光猛烈倾泻下来，白光中唯见木叶葱翠、流水潺湲，连半个人影也没有。布德老汉胡子抖动着又破口而出几句"狗日的小狗日的！"然后弓着身子沿着河堤往前走，走一段喘匀气息就要骂一句，顺带着把在城里的儿子栓领也骂上："你狗日的倒轻松，一甩手把崽儿留给老子，小狗日的毛儿还没长严实就上蹿下跳敢给老子犟嘴了，和他爹一样，都不是啥好东西，气得老子一蹬腿死了也省得给你们操这份心！"布德老汉像个木桩，一戳一戳气呼呼地往前走。虽然骂骂咧咧的，但仍难掩脸上的焦急之色。

早上乐乐去镇子上理了个头发，染了一撮酒红色，回来这爷孙俩就吵起来了，一个说小的不学好染个杂毛像小混混，一个说老的你懂个屁！老的摔了一个碗，小的一摔门就走了。老的胡子撅撅着在后面吼："小狗日的你干啥去？"小的回一句："死去！"就晃着青春期正在发育的身子骨儿不逊地走远，把布德老汉气得头顶冒烟。老伴劝也劝不住，还被他推搡了一把，怪罪道："你养的好儿子，你好儿子又养的好孙子，翅膀根硬了，会跟老子顶嘴了！"

结果过了中午饭乐乐还没回来，布德老汉嘴上说"有本事就别回来吃，饿死正好！"来回团团转了几次，还是按捺不住去河堤找他。

乐乐平时就喜欢一个人在河边转悠。

河叫条河，不过是一条河的懒省事叫法罢了。奄奄一息瘦弱了一春天的条河得了盛夏的雨势，胖得简直歌唱了起来，把在中途泊起来的雪湖也娇惯成了一片小规模的海。布德老汉在河畔滑了一跤，几乎摔倒，站稳了便破口骂道："老天爷你也不是啥好东西，麦子灌浆的时候你不下雨，现在玉米刚种进地里你三天两头地尿一场，到秋里没有收成拿狗屎供你！"远远看到雪湖对面的莽山山脚下别墅区外围机器轰鸣的工地，他也要气不顺地骂一句："狗日的当官的玩得还怪花哨，莺歌燕舞的，在这山里悄悄建个小皇宫，打着旅游开发的名义祸害俺这地方的风水，早晚要遭雷劈！"这会儿老头儿看什么都不顺眼。

沿河堤走了好远，也望不见孙子乐乐的影子，布德老汉就有些气急败坏，喊了几声：“周乐乐，周乐乐，你这个犟种！”——没人应，他只有罢手，吭哧吭哧地折回家里。

而其实祖父的这一切乐乐都看在眼里，甚至祖父喊他时气力不支拉风箱一样剧烈的换气，他都听得见。直到看着祖父苍然瘦硬的身影消失在正午白茫茫的太阳光里，乐乐也小声而倔强地回了一句：“你也是犟种！”

他在树上，就在刚才祖父站着喊他那地方高高的树干上。他瘦长的身体伏在拥挤的树叶后面，祖父已佝偻的身子抬头都困难，要是能发现他才怪呢。

树荫很密实，遮下一方浓绿的阴凉，过午了，乐乐虽然有些饿，但仍然不想下来。虽则刚才祖父苍老焦灼以致恼火的呼唤让他有一瞬间的鼻端发酸——特别是他在高处一览无余地看到祖父花白的头顶和茫然担忧的眼神时——但这点悔意很快便被另外的期待所取代。

他来到河边，是有隐秘的安排。乐乐盯着河对面山脚那里一片乳白色的楼群，只有他知道，他在等一个人，等一双落花一样的眼神。

自从对面的莽山被规划成了旅游区，山脚下的楼群就多了起来，酒店、旅馆、餐饮，包括美好暧昧的职业女子，也都鱼贯而来。她们和时而涌来的旅游大巴、小车，连同新鲜的普通话和光鲜的衣着、笑脸，构成区别于河对岸广袤而荒凉的乡村之外的另一个世界。这个世界像一扇旋转的门，乐乐只能浮光掠影地远远看上几眼，门后面的情景，他看不见，也想象不出。正如他想象不出午后常来长椅上坐一会儿的那个女孩看着河面时在想的什么。

当然，也没有人知道这个潜伏在树上的男孩，一愣就是半天，他心里想的什么。曾有只路过的飞鸟隔着树枝，把他当作一个奇怪的同类想热情地和他搭话，可他一张嘴，就露馅了，鸟儿遂吓得飞走了。他很失落,连一只鸟儿,他也无法与之诉说。

他清瘦、寡言，桀骜缄默的脸，带有一种青春期敏感而危险的气质,在学校里,那些叽叽喳喳麻雀一样的女孩他不喜欢,那些横冲直撞上网打游戏冲关的男孩子他也讨厌，那些只知道照本宣科灌输一些腐烂美德的老师，他更是厌烦。总之，在学校里他没几个可以说话的人。在家里呢，他更烦得慌，和祖父就像一个大火药桶对一个小火药桶，说不到三句话就要爆炸，要不是奶奶在中间做缓冲带，一天都不知道要吵几回呢。其实他也知道这样不对，但就是忍不住心里的火气，也不知道这火气是哪儿来的,每每祖父还没说他一句他就按捺不住还起嘴来,祖父安排他好好学习，他就顶一句：“学得好有个屁用，到头还不是要打工！”祖父说小乐你上地里看一下玉米。他理也不理，说：“有啥看的，还能长腿跑了不成？你看村里谁还撅着腚吭哧吭哧种那几亩破地,一年收成的粮食不够汗水钱！”……诸如此类，周乐乐总是有本事一句话就让祖父噎住嘴瞪大眼气得七窍生烟。奶奶看着祖孙两个斗鸡似的支棱着红冠子一样的脸,叹口气说:“你们爷儿俩上辈子有没解开的仇怨哪。冤家啊,这辈子投生成祖孙来一点一点地还。”

乐乐说：“算我瞎了眼，投胎时光顾着挑奶奶，谁知道搭配的爷爷是个劣质货，我认了！”

奶奶哭笑不得，布德老汉骂得逻辑都不通了：“狗日的兔崽子，你混蛋！”

乐乐回他：“遗传，爷爷，遗传！”

乐乐就出门走远，把祖父被岁月剥蚀得如枯松的身体晾在身后的晚风中。有时候，已经走了很远，乐乐回过头，看见祖父仍然保持一种既愤怒又关切的眺望姿势，望着他逐渐长大和消失的影子。隔了很远的路，乐乐的心还是猛地疼了一下，他十三岁正在抽穗的身体也抽动着一声轻叹，唉。

但当他走到了河边，心里又不禁惊鸿一瞥地浮现出夕阳下那不知名女子迷一样怅惘的脸，他年少的心就立即被占满，再没有心思想别的了。已有近半个月了，除了中间下雨的两天，每天中午和黄昏的时候，他都要爬上那棵沧桑粗壮的河边白杨，隔河相望，一分一秒地守望花开一样，期待着那女子绽放在对岸的长椅上……通过半个月的观察，乐乐总结出了一些规律，女子常在午后太阳倾斜时，从那边青石铺就的仿古街道上亦步亦趋地走来。大约是刚午睡过，长发慵懒，衣裳也有点皱乱，像是从梦里走来的，这个漫不经心的样子反而更好看。还有一个时间点，就是夕阳快落入低矮苍茫的莽山后面时，女子有时会踩着即将收尽的余晖，眯着眼望着温柔灿烂的斜阳，坐在长椅上。但不管是在哪个时间点出现在河边，女子都要先抱着臂膊看着河面，好像很冷的样子，然后会抽一支烟，再悠悠地看着远处，眼神微茫。乐乐猜不透她在想些什么。他借助刘二狗的小型望远镜，清楚地看见女子低垂修长的睫毛，因陷入心事，偶尔缓慢地眨一眨。每眨一下，乐乐的心好像都被女子的睫毛撩了一下，微微地，痒。看久了，乐乐咽了咽刚发芽的喉结，仿佛女子的睫毛如门帘，他真想伸出手，隔着条河，掀开帘子看看后面是什么样的心事婉转。

女子往往等一支烟慢慢抽完，坐了一会儿，也就起身抖抖裙角，拂落烟灰，起身飘忽地走了。还是沿着青石板，走到那一片仿古的飞檐楼群里，乐乐就看不见了。看不见他也要看，脖子伸得老长，乐乐猜测，那女子可能住在山下招商引资建成的最好一家酒店里。

但是，谁知道呢？乐乐把头抵在枝丫上，愣愣的，看着树叶摇动大面积的风，走过他细长的眼睛，感觉心里的也如这飘落的杨絮，起起落落，飞飞扬扬的都是白花花的寂寞。乐乐忍不住又叹了一口气。

傍晚，乐乐去收购站把积攒的废纸塑料瓶之类的卖了，卖了十二块钱，钱都付了，废品收购站的老板又拉住了他，抢回来两块，因为他往袋子里放了一块石头，老板往外倒的时候才发现。双方都戏谑着骂骂咧咧了一番，各自都不当真。乐乐经常这样干，刘二狗的望远镜是租给他的，一天要收三块钱。他缺钱。他是不会问祖父要的，张口要的话祖父当然会给他，但他实在不想听祖父给钱的同时又要嘱咐他“好好学习听老师的话对得起你爹每个月给你寄来的钱”之类大而无当的老话，他烦。

路上遇见了孔亚丽，乐乐远远地就扭过头去，他是真不想搭理这个眉脸窄小的小狐狸。可孔亚丽却刹住她娇小的自行车，喊他：“周乐乐，今儿下午你又逃课啦！”

乐乐像个肇事后的逃逸者，忽而被对方逮个正着，虽然逃课也不算什么，并且上课坐在那儿也没有心思去学，但被孔亚丽一喊，他还是本能地想起祖父教训他时佝偻的身子和脸上聚集的几世同堂的皱纹，乐乐心生一点愧疚，然而他又恶心这本能的愧疚，所以对孔亚丽当然没有好脸色，回一句：“要你管！”

孔亚丽还是一张笑脸，学着电视上的明星故作性感地眯缝着眼，说：“看你撒，今个上课老师提问你还是我说你请了病假呢。不知好歹！”不到十四岁的孔亚丽翘起手指掩一掩鬓发，像模像样、老气横秋地说：“你们男人哪，都没一个好东西！”

乐乐鸡皮疙瘩顿起，想，不知道河边那女子说话是不是也这样吊着嗓子嗲声嗲气，这么一想，乐乐有一瞬间的小规模感伤，这样偷偷看了人家十来天，竟还没听见她声音是什么样的。应该很好听吧，就像春天雪湖的水往下流的声音，乐乐想，反正怎么着都比孔亚丽现在装腔作势的声调好听。

路边孔亚丽侧着小白杨一样正在抽条的身子，说：“哎哎，周乐乐，跟你说话呢，你魂儿丢了啊，每次都那心不在焉的样子！”孔亚丽跺跺脚，愠恼的样子。

乐乐回过神，说：“好了，谢谢您哪！”

孔亚丽很快接过来：“怎么谢哪？”她手指很俏皮地弹了一下，眼波婉转，有点魅惑的意思了。她在等他说话。周乐乐坐在她前面，当他坐在教室里很容易地被窗外一只鸟、一朵云把眼神带出门时，他不知道后面的孔亚丽最喜欢看他侧着脸望着天空的样子，他的眉毛好看，眼睛也好看，像孔亚丽心中某个小明星的民间翻版。当然，他在前面，后脑勺没长眼睛，他看不见后面，所以不知道。

乐乐想了半天，只是说：“把我的网卡给你拿去玩几天。”他在学校附近的黑网吧办了一张卡，因为班里几乎所有的男生都办了，不上网实在被人笑话，他也办了一张，但去了几次就不想再去。网吧里太嘈杂了，抽烟、脏话、号叫、打架……乐乐不喜欢。他还是喜欢安静一点、干净一点的地方，比如树上，比如河边，比如遥远地看着河对岸那女子安静的脸。

对于乐乐应诺的感谢，孔亚丽脸上明显失望得很，撇着嘴角说：“我才不去呢！”孔亚丽说：“刘金毛叫我几次我都没去呢，还是包间，谁稀罕你那普通机的破卡！”

刘金毛就是刘二狗，很横的主儿。乐乐的望远镜就是租的他的。但是乐乐一点都不喜欢横行霸道的刘金毛，他那个臭鞋垫一样的脸却总是做顾盼自雄状，好像整个条河中学的小女女们都是他的似的。所以乐乐说：“那你就去呗，闲着也是闲着，闻闻新鲜的黄鼠狼尿味儿不也挺好的。”——刘金毛有狐臭。

这回孔亚丽是真有点恼的意思了，跑过来擂了他一拳头：“坏蛋，你讨厌！”好像还不足以表达其程度，孔亚丽又连说了两遍：“你最坏蛋，最讨厌了！”骂完了却又笑出一脸的花，说：“听说城里新开了一家肯德基呢，上次暑假去我爸爸打工那儿，在省城吃了一回，都一年了，都快忘了啥味儿了！”

话说得再明白不过了，乐乐却说：“我不吃鸡。你没觉得不管是鸡蛋还是鸡肉，吃多了，吃到最后能吃出鸡屎味儿吗？”小时候奶奶疼他，却没什么东西给他，就天天给他煮鸡蛋，他吃得太多了。

孔亚丽说：“去死！猪，你就是猪，真恶心你！”

乐乐咧嘴笑了。终于该摆脱了这个缠人精了。一转身却看见刘二狗从网吧那边出来，正好，倒省得进乌烟瘴气的网吧里去找他了，乐乐就是想告诉他，望远镜他要再租一阵子。

这时候孔亚丽刚踏上车子，还没走远，刘二狗看见了，说是饿狗望见了肉一点也不夸张，短短一段距离他跑得像是跨栏，眼里的电力都增加了几十瓦，简直迫不及待地和乐乐大谈刚才他打 CS 是多么英勇，“连干六关哪！”唾沫横飞的间隙眼角余光却都粘到了孔亚丽身上。乐乐把刚才卖废品的十块钱给他他看也没看，嘴说着：“看你，哥们间还这么多事，就这一回啊，下一回别跟我提钱！”又一竿子捅到孔亚丽那边：“美女，等一会儿呗，回家不也就是和你唠叨的奶奶干瞪眼，有毛线意思呢，等着，我去买冰淇淋哈！”说着就往路那边的小商店里跑。

乐乐不冷不热地说道：“看人家金毛对你多好！狗日的，拿我的钱充面子。”

孔亚丽皱皱鼻子，说：“嘁，哪个稀罕！”又趋近一点，问他：“这周末，你去不去，吃肯德基？”

乐乐不置可否：“再看吧，我这一段没钱。”

孔亚丽说：“切，骗谁？不想去算了！谁不知道你爸爸在深圳那边大厂子里做工，给你爷爷寄来的钱都花不完！”

乐乐脸上陡然阴沉了，说：“他有个屁钱，你爸妈出去一年又挣几个钱回来？就算有钱那也是他的，和我没关系。一年就过年那几天来一回，早都记不起他长啥样了，我才不要他陌生的钱！”

孔亚丽笑，一笑更早熟得好看，说："钱哪有陌生的，能花都是好钱，你管是谁给的呢？"孔亚丽说："不过，你说得也是，他们做爸爸妈妈的，过年见了也跟那陌生人似的，亲不起来，我也不大想得起我爸爸上次是啥时候陪过我玩了。"

孔亚丽踩上自行车："说定了哦，这周末，我请你好了吧，小气鬼！"孔亚丽留下一句，"谁变卦谁是小狗！"就踏着车子走远，在夕阳最后的一抹余晖中只留下绷紧的身影一剪。

除了说话爱模仿电视里那些穿越剧演员弱智的台词之外，其实孔亚丽还是很漂亮的，并且还走在继续通往漂亮的不归路上。可惜乐乐对她感冒不起来。看着兴许差不多，可一走路就显出女人的不同来了，没有河边女子身上那种浑然天成的东西，乐乐想，气质，对，就是这个词儿。

乐乐正在瞎想，捧着冰淇淋兴冲冲赶过来的刘二狗撞他一把，问："孔亚丽呢？"

"走了。"

"你咋不留住她，我不说了吗，让等一会儿！"

乐乐被他大块头的身体撞得一个趔趄，要不是眼看干不过他早反击了，没好气地说："你不是跑得快吗，追呗！"

刘二狗把冰淇淋捏碎一甩手扔了，看着孔亚丽消失的方向，说："信不信，不要一个月，哥哥把这小骚妮儿拿下！"

乐乐才不管他拿下拿上呢，说："望远镜再给我用一段。"

刘二狗说："你这回的租金还没凑齐呢，还欠我十块！"

乐乐说："你刚才不说不提钱了？"

刘二狗鼻子都笑歪了，拍拍他肩膀，说："兄弟你太天真了，刚才是刚才，当着女人的面，我得给你点面子。"

乐乐嘀咕着骂："你妹的！"

刘二狗说："啥？"

乐乐说："说你帅呢！帅得苍蝇蚊子都计划跟你联合生第

二胎。”

刘二狗没注意后半句，只听见帅，便摸摸乱蓬蓬的毛发，说：“那是，那是！条河一中你周乐乐算是帅的了，但比着哥哥还差那么一点火候。”刘二狗嘿嘿地笑。笑完了才叮嘱他：“下一次合计在一起是四十块哦，可别忘了。”然后顺带着好奇问他：“你天天拿着望远镜可也没见你看哪个女的啊，那你拿着干吗去了？”

乐乐被他无意间说中，脸上有点晕红，说：“啥也不干，就没事看看水里的鱼虾咋个笑和哭，看看蝴蝶怎么给花做个偏旁。”

刘二狗像看一个不幸的傻子一样看他，嫉妒地嘀咕道：“真不懂孔亚丽怎么会爱和你这个脑袋进水的傻货说话的！”

接下来的这个周末孔亚丽没有去城里吃她心仪的肯德基，在拐入到学校那一段丁字路口的时候她被一辆突如其来的自行车给撞瘸了。当然瘸得并不厉害，是那种需要人搀扶然而却不伤筋动骨的瘸，可以说是恰到好处。当乐乐松松垮垮地提溜着书包走向教室的时候，走廊下刘二狗正亦步亦趋地搀扶着柳眉微蹙的孔亚丽，看到乐乐来了，刘二狗暗自挤了挤眼，志得意满又有点挑衅的意思，那分明是：“小子，怎么着，这小妮喜欢你又怎么样，还不是被我乖乖牵着！”

乐乐把书包抛出一个寂寥的弧线，接住，连教室也不进就走了。脚步带着他走了一圈，最后还是熟稔地沿着条河，走了好远好远，一直走到靠近雪湖的老地方。河边什么也没有，长椅上也空空荡荡，乐乐倚在树上，看着天上的云。云好多，自在轻缓地飘浮着，不知道它们有没有心事，会不会也有不开心，乐乐想，大概也会伤心吧，要不然怎么会下雨呢？

无聊赖间，乐乐看见树杈上有两只鸟，一只大的，一只小的，小的鹅黄初覆，大的大概是爸爸或妈妈，站在枝头叽叽喳喳说着什么，大约是在指导小家伙试飞。小家伙飞了几次都跌跌撞撞的，就有点畏缩，抓牢在枝头上。大鸟在旁边叽喳说了好久，小的还不松开，大鸟就冲过去使劲啄了小鸟一口，小鸟扑棱着，并没有摔下，挣扎了一下就飞稳了，然后它们就欢喜地叽叽着飞远了……乐乐一直看着，想起刚学骑车的时候，也是这样，说好的爸爸在后面给他扶着，扶了几圈，他回头才发现爸爸只是跟在后面，早就撒开手了。还有，小的时候，高高大大的爸爸爱一猫腰就把他架在肩头，让他骑在脖子上，爸爸再快速地转圈，他常常搂紧爸爸的脖子溅落清脆的笑声一片……乐乐心里的恨柔软了一块，他以为自己长大了，不再需要那个叫爸爸现在却在遥远天边的男人了，乐乐抬手摸摸脸上，才知道眼睛下雨了，乐乐反手擦擦，坚硬地想，我才不想他呢。

风吹来，杨树叶子碧绿的声响。乐乐觉得心里好空，好荒凉，很想和一个人说说话，甚至，很想柔软地哭一会儿……但是他想了一圈，火爆的祖父，棉花一样唠叨细碎的奶奶，娇媚的孔亚丽，还有面容模糊的父母，都没有一个合适的。

快晌午的时候，乐乐从树上下来，走了很远，绕过河面，到对岸规划的旅游区那边，乐乐想，长椅上的你，会陪我说说心里的话吗？

鸟回答着云，风回答着花，但没有人回答他。

低矮的莽山实在是北方很普通的一座山，不大，但树木繁茂，条河环绕，所以空气很好，又有几处温泉，是以周围几个县城的有钱人和官员在山腰上修建了许多隐蔽的度假屋。本地打着老流氓刘邦在此处做过亭长的所谓“汉兴之地”，塑了个像，摆点文化的架子，骗一些不知底细的旅游效益，但其实旅游的人并不多，阔大的“汉风广场”很多时候都是安静的，几家酒店以承接官方背景的旅游团为主，并不喧闹。乐乐在广场上转悠了半天，始终也猜不透那女子会从哪个酒店出来。那些好的酒店，都在专有路段的警戒线里面，他进不去。就好像那么多的人，那么多的心，那么多的门，他却不能进去找到一个可以说话的人。

已是下午，乐乐不再抱希望今天会遇到她了。找到广场边上靠近河边的那个长椅，乐乐坐在了之前在树上观看的长椅上，用那女子的眼光打量河面和周围的景物。景物也都很平常，看不出什么特别的来。他把望远镜架起来，投在酒店那边，看了一会儿，不经意间，忽而一辆黑色的车驶来，很快闪了过去，镜筒里划过一个身影，这么迅速，一闪而过，乐乐凭着眼里残留的影子还是在心里拼凑出了河边女子的那张脸，旁边似乎还坐着一个男的。待乐乐奔跑着想看得更清楚一点，黑色轿车早已飞驰走远。

乐乐猜了半天也没猜出个所以然。望远镜架在眼前，连着他的身体，像一枚站着的大问号，很茫然。

到了学校乐乐仍心不在焉。被班主任臭骂了一顿，最近他逃课逃得确实多了一些。现在的乡下公立中学不收学费之后，也没有了升学指标，好一点的老师早都谋到私立学校挣钱去了，剩下的老师要么是师范招教考来的年轻毕业生，要么是熬着等退休的编制教师，学生早恋、玩、逃课、上网，老师懒得管，也管不住。乐乐盯着班主任硕大的不停开合的嘴巴，心想，要是我也像刘二狗那样给你送些礼品之类的，你恐怕就闭嘴了。没意思。乐乐想，真的好没意思。

被班主任骂过，刘二狗幸灾乐祸地围绕他说："嘿嘿，我说你也傻，你给他弄个手机充值卡啥的，哪怕你就是在教室里打 kiss，保准他也不会管你！"

以前乐乐觉得老师都好高尚，蜡烛啊园丁啊太阳啊什么的，其实满不是那么回事，孔亚丽就说过教体育的代课老师总爱借着给她纠正姿势摸不该摸的地方，还有初二年级的数学老师，爱让学生去他宿舍里单独补课……多了去了。

乐乐说：“充个屁，我又不欠他的。”

刘二狗说：“你不欠他的，可社会欠啊，他就那点儿合同工资，他要是好好教课才怪呢。不说这个，嘿，哥们儿给你猜猜，孔亚丽的咪咪多大了？”

刘二狗暗黄的眼珠泛着精光，亢奋得有点把持不住地想和乐乐分享。

乐乐觉得他那样子真猥琐，有些倒胃口。就拿着书包往前走，刘二狗跟着他滔滔不绝。乐乐知道他是故意说给他听的。刘二狗：“嘿，你还不信，我把她抱到卫生所的，就隔了一层衣服我还看不见？”刘二狗说：“怎么样，你服气吧，嘿，她不是不理我吗，这还不好办，我让晕三这小子在校门口撞了她一下，我就赶快把她抱到卫生所，哈，直接就越过说话递纸条那些小把戏了，怎么着，哥哥高明吧？告诉你，这是经验，你想要和她发生点儿关系，先得有联系！——‘咣唧’撞一下子，立马不就联系上了！学着点吧，跟哥哥比，你还嫩着呢！”

然而孔亚丽突然在后面大喝一声：“刘金毛，我日你先人，原来是你预谋的！”

刘二狗傻了眼，脸都绿了，不再炫耀得唧唧歪歪了，慌不择路地说：“嗨，刚才不见你在座位上睡着了吗，我说等一会儿就送你回去呢……”孔亚丽又问候一声刘二狗的先人。她确实是在座位上睡着的，但乐乐回来的时候她就醒了，趴在那儿偷偷看他。谁知道刘二狗这货一得意嘴就把不住，声音还这么大。

乐乐想笑。笑笑也没多大意思。刘二狗解释不通，已落荒而逃。乐乐也要走，孔亚丽说：“周乐乐，你给我回来，别想走，先送我回去！”孔亚丽一发火声音就是本土妞的本色了，气呼呼的，但反而更可爱。

乐乐说：“刚才我看你不还蹦起来要踹刘金毛吗，应该没啥大碍呀？”

孔亚丽扶住腿，说：“哎哟，这会儿又疼了！疼！”

乐乐没法，只有把她抱到自行车后座上，送她回去。

本来顺着主道没有必要旁逸斜出的，乐乐却把自行车往广场那边骑，孔亚丽问：“嗨，你干啥去？”

乐乐说：“带你转转玩，不好啊？”

孔亚丽很开心地笑，简直有些雀跃了，说：“好啊，好，我腿好了你带我去爬山才好！”

但是乐乐骑着骑着往前看见了什么，忽然把车子刹住了，孔亚丽撞在乐乐的后背上，很欢喜和幸福得气恼：“讨厌，你把人家鼻子都撞疼了！”孔亚丽打了他一下，还想再打，乐乐已经丢下车子跑了，他跑得那样快，背上的书包在肩头大幅度地摇摆。孔亚丽顿着脚，在后面喊：“乐乐，周乐乐，你去哪儿！”

乐乐根本没听见。

孔亚丽喊了好久，都喊出气愤的泪意了，乐乐也没听见，没有回转。娇小的自行车摔倒在地上，前车篮都摔破了，孔亚丽气性没处撒，又照车子上踢了一脚，本来就跛了一只腿还没好，重心不稳，趔趄了一下还是摔倒在坚硬的青石板上，孔亚丽又气又委屈，落了泪。待她骑着受伤的自行车往前看清乐乐跑到河边长椅前，是为了和坐在那儿的女子搭讪，孔亚丽掉头就走，一瘸一拐地咬着牙负气说：“周乐乐，我要再理你我不是人！”

乐乐激动地跑过去了，待到了跟前，就像到了门前他怦怦跳的心又没有勇气掀开这一层门帘了。乐乐局促不安地站在女子附近，佯装看一脸酡红的夕阳和莽山缠绵，心里却默念着“要有关系得先发生联系”这句刘金毛提炼出的至理名言，念了几遍，壮了壮胆。女子扭过头，四目相对，短兵相接，乐乐逼出一句话：“你也喜欢看日落吗？”

女子看着他，微微漾起嘴角，没有说话，眼睛里含着一抹柔和的光线，神情柔软而平坦，似乎在等着他说下去。

乐乐受到鼓励，说：“我喜欢看，虽然那么短，接下来就要黑了，可它好看。”乐乐说，“你也喜欢，不是吗？”

女子迷离地笑了一下，扬一扬头发，说：“嗬，我为什么喜欢呢？”

乐乐说：“我不开心的时候，坐在山上看看日落，心里就会好些。你也不快乐，我知道。”

女子直起一点身子，说：“有意思了，那，你还知道什么？”

“我知道你上午坐的黑色的车，还知道好几天前你在这里哭过，哭完了还咬着牙骂人，”乐乐说，“谁欺负你了吗？”

女子一瞬间惊讶地张大了嘴，掩着唇，像看一个天外来客，以至于什么也说不出来了。她不知道连这些也会被眼前这个瘦弱拘谨的男孩知道。女子警惕地说：“你是谁，是谁让你监视我的，你到底是谁？”

男孩羞涩地笑了，说：“我叫周乐乐，你呢，你叫什么？”

女子收起了和善，冷冷地说：“叫什么都可以！”

乐乐鼓了鼓劲，说：“那我可以喊你姐姐吗？”

女子看着河水，夕阳下，河面上流动着一片片碎红。

乐乐说：“我没有姐姐……可以喊你吗？”乐乐觉得自己要哭出来了，但是想哭的感觉原来也可以是这么的好。他带着一种热烈的慌乱，将自己在河对面用望远镜看她的情景说了一遍，当然了，乐乐说他那天是无意间看见她在哭的。

女子笑了，看着他很大的眼睛，眨着，很小心又委屈的样子，心知刚才的反应过于激烈了。女子想着什么，鼻端一酸，两目不禁泫然，急忙忍住了，抬起脸，说：“乐乐，你过来。”

乐乐刚走过去，还没想好是站着还是坐在长椅上，就被她一把抱住了。她喊：“乐乐，乐乐，喊我姐姐吧，喊吧……”

乐乐就喊：“姐姐……姐姐，你怎么哭了？”

女子却不说话，只是很突然地抱着他，抱得很紧，好像乐乐是她前世的亲人。夕阳落尽，夜色渐渐弥漫开来，乐乐低下头，看见女子的两臂上的小朵油彩，仔细看了看，一边是一只蝴蝶，另一边的是什么，他没看出来。

很快，女子平静了下来，让他也在椅子上坐下，她掩饰般地说：“看见你，就想起了我……你叫乐乐是吗，很好听的名字，那你怎么还不快乐呢？”

乐乐指着她肩头的文身，说：“姐姐，你这里停着一只蝴蝶，那你也不会飞啊，不是吗？”

女子点了点他的脑门，说：“你倒是会反驳。”女子晦暗地叹了一口气，说：“只怕再也飞不起来了……”

乐乐此时还不明白她的意思。乐乐现在只想知道另一边的肩头上是什么，蜻蜓？茯苓子？蜈蚣？——好像都不是。他问，她不说，只呵呵笑了，就带过。经不住他的缠磨，才说：“日落了，就是夜，夜里头最黑，有时候白天却比夜里还黑，我指着它发出一点微光，给我照一点路，好让我左肩膀上的蝴蝶在黑暗里飞……你明白吗，乐乐？”

乐乐点点头，又摇摇头。他也不知道是听懂了还是朦朦胧胧。但是他希望自己会懂。

女子拍拍他的头，说：“我回去了，乐乐，谢谢你陪我这么大会儿。”

乐乐急忙说：“我还可以再见你吗？”

女子笑，没说，只反身挥挥手，一步一步走远了。河风吹过，她纤细美丽的身影似乎也涨满了晚风。乐乐揉揉眼睛，感觉像做了一个好梦。

第二天、第三天，乐乐仍然在这个时间点去广场河边，但是再也没有遇见他叫过姐姐的那个女子。乐乐看完了落日，眯着眼睛，接着看天上次第绽放的星星。乐乐知道他还得等。

与此同时，孔亚丽不再和他说话，并且不可思议的是，她竟然又和刘金毛和好了，一起吃饭一起走路，俨然一对小情侣的样子。唯一的就是每次经过乐乐跟前，孔亚丽都要“哼”的一声把头扭到一边，然后猛地再和刘金毛亲近一点。但是有一回乐乐看见她和刘金毛吃完饭回来，乐乐紧走几步躲在大树后面，想避开他们，省得尴尬照面。孔亚丽似乎也看见了他，但再转眼看时却找不到了，他们走过时，只听见她说：“刘二狗，你咋还攥着我的手？”刘金毛说：“是你刚才先拉住我的好不好！”孔亚丽大概是使劲甩开了，说：“别跟着我！”就气哼哼地大步走了。留下刘金毛在原地茫然发愣。

乐乐都懂。但不吭声，见了孔亚丽也当她是一阵风。再看看她摔坏的自行车，脸上有点挂不住，想：“傻妮子，你不是就想去吃个肯德基吗，攒够钱了就请你好了吧。”

可是乐乐没钱。没钱就欠着。乐乐心说我慢慢地攒，孔亚丽，你就等着好了，不就是欠你一顿饭吗，我会还的。

夏天到了末尾，仍然是接连的阴天，乐乐很少去对岸的杨树上去观望了。刘二狗的望远镜因为没钱续租，也被收回了。莽山的边上有一个小山头，叫孤步岩，很窄的一个锋面，雨后云霁的时候，乐乐爱去那儿坐在峰顶看日落。他看了许多次，直到看到第二十三次的时候，那个女子也没露面。乐乐觉得她像是一片早落的树叶，不知被哪阵风给吹得纷飞成灰，再也找不见了。

雨季还没结束，祖父就病倒在床上了。这个倔强的老头这回是彻底被打败了，脑血栓。老头到最后还是没拧过叫命运的东西。在乡医院挂了几天水，拿了一些药，就坚决要出院，奶奶不愿意，但是给他插上的针头一转眼他就拔掉了，回出的血染红了床单。奶奶要给儿子打电话，老头梗着脖子说：“你打，你敢打我做鬼也饶不了你！”老头子心知肚明，不逢年不过节，千里遥远，打了电话儿子也不好请假，人都飘远了，心哪里还会记挂这破败的老家？祖父说：“我还没死呢，死了再打，你拖不动我，他怎么说也得回来埋我！”

乐乐把爸爸过年给的压岁钱都交给奶奶。奶奶哭了，看着那些红色封皮都没打开过的压岁钱，显然乐乐从来没有正眼看过。奶奶说：“你家老的小的都心硬，你也别恨你爹，他在外面想来也不会容易……”乐乐没听下去，又来到孤步岩，默默坐在晚风里。

接连下了几天的大雨，雨水把条河养得肥头大耳。祖父卧在床上，还在念叨他地里种下的二亩棉花。奶奶说：“村子都快浮起来了，哪里还有庄稼？”又叮嘱乐乐，“到处都是水，你可不要下河啊！”

乐乐点点头，也不知道听到心里去了没有。夜里奶奶的关节炎犯了，疼得呻吟不止，乐乐起来，在厨房里好不容易才用潮湿的柴火拢了一堆火，等火燃烧稳定了，移到屋子里，让奶奶烤着。折腾了好久，乐乐才迷迷糊糊睡着了。

半夜里又下起了雨，外面雨声如注，乐乐感觉睡梦都是漂浮在水上的。亦真亦幻间，正在上自习课，刘金毛他们跑过来很兴奋地说：“雪湖里淹死人了！”又可以看热闹了，他们呼啦啦都跑出去了，刘金毛甚至还热情地牵着孔亚丽一起去。乐乐没去。只是听他们回来说淹溺的是个女的，因为人已经沉下水面了，他们看到的只是水草一样的长头发，刚开始的时候发梢还在湖面上漂摇，后来一个水花打过来，就彻底没有了。许久许久，唯有一个小漩涡在水面上涌动着。水那么深，没有人愿意下去湖心捞起这个只看到一缕长发的女人。刘金毛他们回来，意犹未尽地谈论着这个不知名的女人。乐乐以为自己在做梦，但他们的脸是那样的亢奋和真实，连刘金毛右边脸痦子上的毫毛都纤毫毕现。乐乐无意间听到一句："左肩有一只蝴蝶，跟真的似的，在水里还要展翅飞的样子……"乐乐一听，把桌子都撞翻了，也跑到湖边，湖水丰沛宁静，像谁的泪水溢满眼睛。风吹皱水面，波澜轻缓，雨后干净的云朵倒映在湖里，知了蹲坐在树枝上声声叫破夏天……一切似乎什么都没发生。

下午的时候，广场那边的警笛回响了许久，后来有人说是酒店里出了事，城关派出所的所长张四清一丝不挂地死在浴室里。同一天死了两个人，乐乐分不清这其间的关系。迷迷糊糊的，他摸了摸自己的身子，摸到的都是空气，他团团转了几圈，甚至找不到自己的身体。但奇怪的是旁边的人他看得那么清晰，孔亚丽扭过去的头又扭回来，对他咬牙切齿地说："周乐乐，你赔我的自行车！你赔我！"

记忆里好像孔亚丽没这么凶过，乐乐想，到底是他先惹了她了，凶就凶吧。一转脸，乐乐发现刘金毛在微笑着喊他，刘金毛笑得这样好看，占了谁的便宜似的，洋溢着怂恿的热情贴过来脸说："乐乐，哥们儿弄点钱去，你有胆没？"

乐乐疑惑地看着他，说："什么？"

刘金毛笑得更丰富了，杀人越货似的压低声音密谋说："你知道雪湖那边的度假区工地吗，他妈的那些建筑商太精了，说是给山上修庙，这样附近的人就不敢去拿点东西了，怕惹了菩萨，折福，其实他妈的是修小别墅！嘿，我去看了，好多宝贝，线缆、钢筋、铝合金……堆了好多，连个喘气的看守人都没有，你的水性好，怎么样，趁傍晚咱弄点过来卖点儿小钱？"

乐乐不答话，一瞥眼孔亚丽又对他笑了："你答应带我去城里吃肯德基呢，乐乐！"乐乐以为眼花了，揉揉眼，孔亚丽却不见了。对他笑的人变成了河边长椅上的女子，女子还是那样宜人而忧伤的气质，迷离地笑，那么好看。刘金毛拽了拽他的胳膊：“你到底去不去嘛，看你，多大点事，咱就拿点钢筋啥的，再说拿公家的那点儿东西也不算偷，是吧？”

乐乐说：“是。”他确实得有自己的钱，才能独立地和叫父亲的那个人划清关系，不需要花他没有温度的汇款单；有了钱，也才能偿还孔亚丽那一顿饭；才能替冤家对头一样的祖父偿还医药费……乐乐说：“不过，我要一半的钱。”

刘金毛夸张地打了个榧子，说：“好，成交！”和乐乐握了握手，笑。透过刘金毛的笑，乐乐看到那女子在似乎很遥远的地方冲他使劲摇头，像是在阻止他不要去，乐乐看她手忙脚乱比画的样子，倚在走廊下，轻轻笑了，他说：“姐姐，你知道吗，我一点都不喜欢这里，我想走开，不去找爸爸，我也不知道我想去哪儿……去哪儿似乎都不会快乐，爸爸被拴在厂子里打工，妈妈也是，他们好像早就忘了我，爷爷老是骂我，奶奶对我好却没法和她说什么，姐姐，好多年了，就你上次抱过我……”乐乐都惊讶自己怎么说了这么多，还说得这么流畅，他平常实在是敏感寡言的人。迷迷蒙蒙，乐乐想我是不是又在做梦呢？

那女子远远地看着他，长发掩住了脸，微微一声叹息。

到了傍晚，天上下着小雨，乐乐吃完饭推开碗就又要起身出去，祖父厉声说：“这么晚了你还上哪儿逛去？”乐乐没答话，就走远。祖父忍不住又吼他，“你给我回来，兔崽子，你翅膀根硬了，老子说话你都当耳旁风！”……乐乐几乎是跑着，幻想自己成了一朵蒲公英，搭载一阵风就可以轻盈远行。

到了湖边，刘金毛已经准备好几个废弃的大轮胎，并且都绑在了一起，在上面放几十公斤的线缆和钢筋都没问题。他们拿了绳子推着轮胎潜进水里，很顺利，工地上除了几只蛐蛐光着膀子吹拉弹唱，其他没一个出声的。刘金毛眼里露出贪婪的光，抱了三次32号扎梁用的钢筋，乐得什么似的，不停地念叨着说:“嘿，这回好了，有钱了。是的，有钱请孔亚丽去玩了。”

到了湖边，刘金毛建议把绳子既拴在旧轮胎和钢筋上，又拴在他俩腰上，一个在前面拉着，一个在后面推。乐乐水性好，在前面引路，绳子拴在他腰上，他仍然在水里游得很顺畅。到了湖心，乐乐在用劲往前拨水的时候，隔着暗黑的水面，竟然看到了那女子熟悉的笑脸，乐乐惊喜地喊：“姐姐，姐姐，你也在呢？”女子只是笑，并不言语。乐乐就扎了一个猛子，要抓住她，和她说话。刘金毛在后面感觉到了绳子的松紧变化，急忙喊：“周乐乐，你捣什么鬼呢？”但是接下来刘金毛感觉脚脖子上像是有只手在猛地往下拽他，他叫一声“不好！”知道是遇上湖心的激流漩涡了。山脚山腰修建的酒店、别墅，都是从湖里挖出的沙子，湖底现在到处暗藏的都是深不见底的窟窿。乐乐一个猛子扎下去，许久不见升上来，刘金毛手中的绳子一紧，赶忙把绳子从身上解下来，然后把钢筋拔掉，自己拼命抱住轮胎。后来他还回想，自己怎么会把绳子解开得这样快，也许在他要求乐乐把绳子系到腰上的时候他根本就只象征性地缠绕了一下，在后面推着轮胎的时候有一瞬间他确实是想过发生点什么，这样，孔亚丽就不会和他在一起的时候还心猿意马了……

乐乐缀着几十公斤的钢筋，沉得更快，终于在水底抓住了女子的长发，乐乐说：“我知道你在这儿！”女子不理他，淡淡地说：“你应该升上去，你听，你爷爷奶奶出村子找你呢！”

这时候，骂骂咧咧的祖父还是颤颤巍巍地循例满村子找他，天都很黑了，还下着雨，奶奶也出来了，神色黯然地一路念叨：“这孩子，会去哪儿啊？”……最后，他们朝河边深一脚浅一脚地找来。乐乐隔着厚厚的水层看见祖父又气恼又焦灼衰老的脸，就想笑，他心说:“老头儿你尽管骂好了，我就是不答应你。”

这一会儿他淘气得像个孩子，或者说他本来就应该是。

乐乐依偎到那女子跟前，说：“姐姐，酒店里的那个所长是你杀的，是吗？”

女子这回笑了，是彼此洞知心事的默契意思。

乐乐说：“为什么呢，他欺负你了吗？”

女子在水中妩媚地笑，又沉沉地叹息，说：“终于完成了，等了半年，终于做到了……”她的声音有一种黄昏一样苍茫的悲怆。女子转身，抚摸着乐乐的头：“要是你有个妹妹，被污辱死在这地方另一家酒店的包房，你也会这样，不是吗，乐乐？”

乐乐想了很久，重重地点头，说：“嗯。”又说，“要是我姐姐这样，我也会。”

女子就抱着他，轻轻地笑。

这时候祖父和奶奶，还有村庄上叫来的人已经转到河的这一边，他们在岸上发现了乐乐的衣服和鞋子，刘金毛这个傻蛋只顾着上岸把自己的衣服鞋子穿上吓得抱头鼠窜，而忘了乐乐的衣服。布德老汉看着鞋子，仰天哭喊了一句：“狗日的你作死啊！”奶奶则张开臂膀扑向湖水，因为被众人拉着，牙齿已经掉光了的嘴巴弯向湖面，似乎要把所有的悲伤都倾倒出来……女子推开乐乐，说：“乐乐，你听话，赶快潜上去吧！”

乐乐倒不着急，说：“姐姐，你还没告诉我你右边肩膀上文的是什么呢？”

女子拉开衣服，给他看，让他看清楚。女子说：“这一年来，我看着妹妹才十七岁的照片，就是白天，我也觉得好黑，黑得像人的心。我就文了一只萤火虫，让它在黑暗里给我一点微光，将我的绝望和悲伤照亮。我左肩上，你知道，原来就有一只细小的蝴蝶，它得在夜里飞翔……”

乐乐说：“真好。姐姐，你把你的萤火虫点亮，我们在水里一起快乐地飞吧。”

晚　妆

熟悉的人都知道庆林这人脾气不多好。但是很少有人真正怕他，虽然打也不一定打得过他，但总还可以跑，毕竟他赶不上。他是个跛子。所以，说到最后怕他最多的还是桃子。桃子当然是他的女人。

当庆林颠簸着身子背着破蛇皮袋回来时，桃子在大门口迎着他。

这是春三月的黄昏，夕阳像一枚红透的浆果，摇摇欲坠地弥漫着如水的晚霞，天地间流淌的都是寂静而温暖的酒红色。庆林本来是一路气冲冲地走过来的，但看着落日的余晖映在女人略微浮肿的脸上，反射出温顺柔弱的光芒，庆林的气愤就没有那么理直气壮了。一瞬间庆林意识有些恍惚，好像自打他走后，桃子就一直站在那儿，扶着门框等着他回来。

这个恍惚让他心里即刻一个柔软的激荡，粗拉拉的眼泪一下子就溢满了眼眶，不过庆林想了想还是预先扬起了巴掌，女人不能惯，该疼疼该打还得打。到家的这几步他走的步幅很大，像是圆规，一条好腿带着另一只坏腿在地上划拉着往前走，看着很费劲，实际上庆林走得却很快，他的身子像一片树叶被牵引着往前剧烈摇摆。

到了桃子跟前他就把准备好的巴掌亮了起来，嘴里还气冲冲地说着："走前我不是给你说好了吗麦收回来，你是没有记性还是欠打？你有啥事你说你半中间把我叫回来？"

桃子很害怕地眨着眼耸了一下眉毛，倚着门框，一双眼睛里藏着两只受惊的小羊一样，她闭上眼，看着男人，绽开嘴唇笑了，眼泪随即也落下，在夕阳里镀了色，红红的，像是零落的小花瓣。

庆林叉开的大巴掌还是落在了女人脸上，不过不疼，倒像是抚摸，但是动作扎得很大，胳膊拉了多长，真要使劲打的样子。庆林还教训女人："你又不缺胳膊少腿，我看你哪儿都好好的，你说你叫我回来干啥？"庆林生气是有理由的，他跟着村里人在县城修桥，临走说好的麦收回来，女人这几天却几次捎话让他回家。他以为出了啥大事呢，就心急火燎地赶了回来，女人却一根汗毛也没少好端端地老远就站在那儿。他能不气吗，来回请假五六天下来，几百块钱就没有了，挣不到了。他想女人都是这样黏糊的货，要是十天半个月的就让回来一趟，那这活儿还怎么干？庆林想，不行，不能惯着，得打一顿，打一顿就不三天两头捎话让回了。

桃子接过庆林手上的蛇皮袋，把气鼓鼓的男人拉进了屋子里，放下袋子。庆林重拾起刚才功亏一篑的气愤，狠了狠心，终究还是照桃子屁股上揍了一下，说："记住了这回，是麦收才回，麦子还没抽穗呢！"

庆林打出去的手掌就没有收回，被桃子攥住了，桃子捏着他手心里的茧花，把大手放在自己身上，就站在那儿，看着男人，桃子笑。桃子的笑是一层层打开的，就像花开，完全是看到牵念的人心里的那种张灯结彩，脸上也就笑逐颜开，只是桃子不能用嘴巴表达出来罢了。桃子看了许久，看得忍不住眼睛湿了，张了张嘴说不出什么，就看他。庆林被她看得心里发毛，犯嘀咕，心里的气先惊跑了一半，大声问她：“是不是谁又欺负你了，说，是不是啊？”庆林摇着桃子的肩膀，“你说，是不是啊？”

桃子不说话，庆林撇下她，跛着腿在地上画了一个大圈，终于寻见砍柴的斧头，“日他奶奶，你说，谁又欺负你了，我砍死他！”庆林脑门上有几道蚯蚓在爬。怨不得女人急着捎话让回呢，肯定是在家受欺负了！庆林对自己一路上对女人先入为主的气怒很愧疚，大手擎着斧头，斧头上的光芒跃跃欲试的样子，“桃子，你说是谁，谁我也饶不了他！”

桃子没说，还是看着他，还是笑，笑得更好看了。好看得都有些凄凉的调子了。看不够的样子。

男人还叫嚷着，“你倒是说啊，是不是又是柴龙这狗日的，是不是啊？”庆林就后悔上一次没有把柴龙的狗头给砍下来。柴龙其实也不是十恶不赦的坏人，就是爱戏谑，上一次当着许多人问庆林，“你和桃子做那事时，嫂子也不会叫吗？”——就这一句话，庆林掂着瓦刀在后面追了他半天，把柴龙逼急了，上到了村里的老槐树上一天都没敢下来。

这会儿庆林又要拉着斧头去找柴龙，被桃子拉住了，桃子对他摇摇头又摇摇头。这一摇头庆林就懵了，想，还是谁呢，对了，肯定是三全这色眯眯的老东西，每次放羊从这儿走过一双小眼都要在桃子胸前贪婪地推敲一番。庆林说：“那就是三全了，看我去找他！”

桃子仍然拉着他的胳膊不放，又摇摇头。庆林就急了，他快上三十了才娶上桃子，才成了一个活得有劲儿的男人，平日里虽他可以雷声大雨点小地打打骂骂，但旁人若有一句话一个眼神惹了桃子了，他瘸着腿也会和那人拼命的。这是他的女人。

庆林把斧头掷在地下，“你倒是说啊！我给你出气，你怕啥！”

桃子拉着他的手，笑了，有些负气，又有些埋怨，噘起了嘴唇，桃子用眼睛说：“我要是会说话，还会找你这个笨呼呼的大个子吗？”

庆林就嘿嘿笑了，挠了挠头皮，但一想女人没被欺负却把他叫回来了，这一来一回耽误的，他还是心疼那钱，就又板了脸，“那你是啥意思呢，让我半路上回来，才干了两个月？”

桃子的意思是，让他猜。

他那个五大三粗的笨样，猜了一下没猜出来，没猜出来他就自暴自弃地恼了，不猜了。桃子却不放过他，拉住他胳膊，看着他，眼神汪汪的，都是期待。看他猜不出来，桃子指指自己脸上。庆林这才看见桃子脸上有些虚肿，还有一些绯红的斑点，他说：“咋的了，桃子，你让蜜蜂蜇脸上了？”去年桃子去油菜地里拔草，就被蜜蜂蜇了几下，庆林训斥她不要在油菜地里拔草了，反正已经开花了，有草也长不大，可桃子还拔，她是喜欢那连片明亮金黄的菜花。再说，她也不是拔草，是挖荠菜，荠菜包了饺子，庆林爱吃。

桃子这会儿淘气了，比画着说：“你才让蜜蜂蜇了呢！”桃子继续提示他，就张大了嘴巴，做了一个呕吐的姿势。庆林摸摸她的额头，说：“咋，你反胃，干哕？”庆林有点生气，“想吃啥你就说呗，钱都你管着呢，想吃啥到街上买呗，值当让我中道儿回来吗？”庆林还惦记着耽误的工期，觉得桃子想吃个东西就把他那么远叫回来，有点娇气了。

桃子低头笑，跺跺脚，指指肚子，在肚子前面画了一个圆，摊开手，看着庆林。这一串动作庆林看得眼花缭乱，一头雾水地说：“咋，你肚子疼了？要不我给你烧个热水敷敷，揉揉。”他记得桃子每个月身上来时肚子总要疼半天的。

桃子弯腰而笑，拍了一下他的脊背，指了指猪圈。这一回庆林听明白了，说："我不是呢，我就俩腿，我也没那么胖。"桃子把圈里的两口猪喂得肥嘟嘟的。

桃子算是放弃了，不给他猜了。桃子想没见过这么笨的人呵，桃子打定主意这回就不说破，看他这个笨家伙啥时候能猜出来。桃子怀着一个温馨的小憧憬，就自顾狡黠地笑了，看着男人老实巴交的样子，桃子静静笑着笑着忽然温暖地想哭，想哭桃子就哭了。这一哭把庆林吓得不轻，手忙脚乱却也是手足无措地站在桃子跟前，一副做错了事的模样，不住地说："你咋了桃子，我没惹你啊，你让我来我这不就来了吗，钱不挣就是了，我不骂你了……"

桃子心说："就会说咋了咋了，就知道死劲挣钱，就不会说个其他的啊？"桃子看人家电视上男的都会说些个让人脸红心跳的话，庆林就从来不会。桃子想，女人长两只耳朵难道是摆设的吗，还不是为了装一些甜话的，桃子就骂："猪，真是猪啊！"

案板上的饺子桃子早就提前包好了，单等着男人回来就下锅里煮。庆林要去劈柴火，桃子命令他在矮凳上坐着，不许动。男人在外面遭累，脸上黑乌乌的，又瘦了一圈，桃子看着，心韧韧地疼。庆林就坐在凳子上，咧开嘴嘿嘿笑，桃子说："样子，傻死了！"

桃子引火，往灶里填柴火，烧水，把饺子下锅里，煮，直煮到饺子在锅里"噗噗"往上冒，盛在碟子里，放了醋，让男人吃。

庆林真饿了，一口一个，吃得很欢实。吃一个还要看看桃子，"你也吃呀！"桃子不饿，没胃口，但也陪着吃一个，然后掐着虎口，把胃里萌芽的呕吐平复掉。男人吃吃看看，倒像个大孩子，桃子就用手势训斥，"吃慢点，没人跟你抢！"男人就再夹一个饺子放在桃子跟前，黑眉黑眼地笑，真是傻死了。

桃子心底很好看地叹了一下气，“唉，我咋就会看上这个傻大个儿呢？”下意识地摸摸肚子，很轻柔，心里满满的，很踏实，桃子就轻轻笑了。笑都跑到唇角了桃子也不知道，看着眼前一个虚无的点，眼睛里涡着迷离的浅浅笑意，脸上呈现出陷入美好幻想的轻微钝感。

男人吃完了，把碗一推，就起身去喂猪。桃子从出神中收回，没拦住他。桃子从后面看着庆林宽阔的脊背，心里涌起大剂量的踏实感，桃子的手环护在腹部，肚子里是沉甸甸的果实成长的下坠感觉。结婚两年，终于有了，自从医院检查确定之后，桃子最近总想哭，想哭给男人看。以前桃子不这样的，看着柔弱、安静，桃子心里是有主见的女子。当初一家人都不愿意这门亲事，桃子硬是坚持，才嫁给庆林做了妻子。

她觉得这个男人指靠得住，看着粗嗓大腔的憨傻得不得了，他心好，知道疼人。

庆林喂了猪，又去劈柴，其实他年后走时劈的一大堆柴还多着呢，桃子也不拦他，知道拦不住，就让他干吧，不干点活他心里也不踏实。桃子就烧水，留给男人洗脚。

庆林劈完了柴，又把院子清扫了一遍，才满意地收了手。庆林想干完了这些，明天就回去，得挣钱呢。娘走的时候落下看病的钱刚还清，得再给桃子挣钱呢，因为，还没给桃子买个电动车呢，桃子爱看电视，家里的小彩电都看旧了，还没给她买个大电视机呢……还有许多许多，庆林跟自己说：“明天就回工地，不能让身上的劲儿闲住了，得赶快多挣钱啊，好给桃子花。”庆林只顾着想这些，桃子打了水让他洗脚，瞪了他几次他都没看到，桃子把水花撩到他脸上他才反应过来。

他洗脚，桃子在一旁剪纸，剪得很细，庆林凑过头来看，桃子问他：“这是什么？”庆林说：“娃娃。”桃子再问他她为什么要剪娃娃，庆林就不说话了。桃子嫁过来两年了，都没有怀上孩子，庆林不敢回答，怕触到这个话题，惹得桃子伤心，哭。庆林其他的不怕，就怕桃子流泪，一流泪他就眼目发呆，完全没有了主意。庆林岔开说：“桃子，明一早我回去。”说得斩斩截截的，很硬，生怕自己软下心来似的。

桃子手里的剪纸就多剪了一道缝，剪坏了。桃子收了剪子，抬头看看他，低头还接着剪，剪得很慢。接着没几下，一个抱着鲤鱼的胖娃娃就从红纸上跳出来了。桃子用大头钉固定在床头的立柜上，盯着剪纸看，眉眼都很柔软。

庆林洗完了，凑过来，也说：“好看！”眼睛却从剪纸上滑了下来，瞧着桃子的腰身，嘿嘿傻笑了两声，还是说“好看”。庆林笨手笨脚地从床沿挨近了桃子，像一堵移动的墙。桃子闻着男人身上熟悉的汗味，就领会过来了：他想了。男人想了。搁在平常，桃子就顺应着躺在床上，把自己也随着夜晚铺展开来，让男人在田垄上随着墒情浅耘深耕。但今天不行，桃子站起来，去闩门。庆林会错了意，还站在那里等着，桃子转身看见他眼巴巴的眼神，心猛地疼了一下，男人不容易，饿了两个多月了，饿得眼睛都绿了，这次不给他，下一回还不知道在哪儿呢。桃子就有些动摇，主要是男人的眼睛太让她可怜了，庆林喉咙间“咕咚”咽了一口唾沫，馋得很了，把桃子都逗笑了。这一笑给男人一个委婉的引导，男人就欺身过来，大手大脚地就拽她腰带。桃子又下意识地摸住肚子，两只手本能地揪住裤腰带，不放开。庆林以为妻子是和他闹着玩，就粗咧咧地使劲拽了几下，却没拽开，像是一个吃不到糖的小孩，庆林就拽着腰带仰脸急哧哧地喊一声：“桃子……”声音低低的，沉沉的，满是委屈。庆林再喊一声“桃子”，桃子的心就软了，手就松了，门就开了，庆林就进了来……桃子也想，她也成了一摊水，但她又从水里积攒了一些力量，她踢，她咬，捶他的脊背，就是不让庆林把她抱到床上。她可以放他进来，但她不能让这个傻大个子压着肚子。庆林很不快，抱怨似的哼哼着，可抬眼看见桃子两眼的泪水像是扑打的飞蛾，扑棱棱地要从眼窝往外飞，庆林就不使狠劲了，就听桃子的，站着好了一会儿。桃子的手抚摸到庆林头发上，男人便像一艘小船摸索着进入自家的港湾，劈波斩浪却也温柔流连起来，把该干的事干了。桃子不会说话，眼泪很丰沛，伤心和开心都会流泪。要完了，庆林累了，汗涔涔的，要撒开手喘口气，桃子不让他撒开，让他继续用劲抱着。好久好久他们都没有说话，然而沉默也是好的。桃子在庆林怀里默默流了一会儿泪，贴在他"扑腾扑腾"打夯一样跳动的胸膛上，桃子想，电视上常说的幸福，也不过是这样子吧。

好完了，桃子打了热水，洗了身子，换下花边葱绿夹袄，换上一件素色的，坐在奁前梳妆。庆林不知道她干什么，就躺在一旁眯着眼看她。他好像从未见过桃子这样梳妆，他忽然觉得桃子很美，一种他的笨嘴所不能描述的美。桃子的脸色有一种像水一样的温柔，连在水盆边用手拢长发的动作也很柔软，庆林在一旁看得入神。他看着被月光照得昏黄的墙面，映着桃子的身影，她的影子映在墙上，摇摇曳曳的，像黄昏里一棵正开花吐蕊的芦苇。

梳妆已了，桃子来到堂屋间的八仙桌子上，点了香，点了烛，摆了一盘水果，一盘馒头，额外还插了一枝从地里摘的梨花。桃子把娘的照片从旁边取下来，擦了擦，放在梨花掩映下。

桃子拉过庆林，给娘磕头。

当初桃子家里反对就是因为庆林嘴笨手笨，一只脚还有毛病，孤儿寡母的，桃子又不会说话，家里万一遇见个事连个挡门面的人都没有。可桃子愿意。先前给她介绍的一个小伙子，人长得是挺好，但是处了几天，去山上庙会玩，碰见他的朋友，那个朋友看看桃子，问他，"你对象啊？"那小伙子看着朋友有点同情的眼色，到底还是吞吐着改口了，“哪儿，不是，嗨，这不是临近村子的吗，顺路带着她到山上玩儿。”还是嫌弃桃子是个哑巴，上不了台面。以为桃子都没听见呢，桃子都明白的。介绍到庆林，谁也没想到会成，庆林那个笨痴痴的木讷样子，桃子却长得那么好，庆林娘也没想到会成，但桃子就是看上这个笨人了。桃子知道庆林爹殁得早，他打小吃的苦多，一边挣钱养家一边照顾着母亲，心气硬，说话粗粗拉拉的，不会表达。但桃子和他处了一段,就慢慢发现他的好了,他想对她好，却不懂方法，给桃子买衣裳，他也不会挑拣，看着好看的一个样式的就能买好几件；桃子的头发长，他买梳子，一股脑买了一大包，回来让桃子挑；他人虽木讷，但手巧，会木工，给桃子做了一个梳妆台子，雕着花，那么精巧，用一辈子桃子也不舍得丢掉……谁要是敢喊桃子一句“小哑巴”，他立马就蹿起来划拉着腿和人打架，那真是拼了命的架势。柴龙那么逞能，被他追赶了一次，以后再也不敢了。桃子怕他真和人打架，常劝他，“是哑巴还不让人家喊呀，喊就喊吧，又不累咱。”庆林吃着饭气得把碗都摔了，他叫着：“我就是不让他喊，谁也不能喊啊……”他自己说着说着竟粗啦啦地流下大颗眼泪来了。“真没出息，”桃子比画说，“傻瓜，你再打个镯子，拴住我吧。”庆林在娘的老镯子基础上又打了一对新的，戴在桃子手上，牵着她，就娶回了家。桃子娶到家里一年多了，忙着家务时，娘还总爱从后面偷偷看着桃子，替庆林感慨一句：“傻人有傻福啊……”说一句眼睛就忍不住要潮湿一阵。娘喜欢她，欢喜到心眼里了。桃子除了不会说话，哪地方都不比别人差，做饭、洗衣、喂猪、绣花……家里的活儿都出众。

娘走的时候拉住桃子的手，说：“庆林这孩子，人笨，可他心实诚，你就把他当个大孩子吧，他舍得疼人……”娘要桃子替她照顾着庆林，桃子都流着泪答应了。娘患的是脑血栓，查出来之后怎么劝也没有用，就是不上医院，娘的心性硬，庆林发脾气也没用，庆林和桃子就哭，求她。娘说："哭啥，我不去，娘怕扎针，疼。"娘说完还笑。娘不是怕疼，是怕糟蹋钱，盖房子娶桃子的钱还欠着呢，娘不能干活了，就不愿再花钱。结果娘熬了半年，走了。一手拉着庆林，一手拉着桃子，嘴里已经说不出话了，把桃子和庆林的手放在一起，娘就笑，娘走得很安详。

……

桃子收拾好桌子，就拉庆林。庆林还没跪下，就"哇"一声哭了。娘走了一年多了，这个清明节是要好好地祭奠一下的，桃子当然祭扫了，可庆林在外面，这一磕头就算是把清明节的补上了。

看着庆林伤心地哭，桃子也动了情，娘对她也好，疼她疼得甚至有点捉襟见肘，什么都想给她，又觉得给她什么也都不够。连庆林大声一点对她说话娘都不依，她耳朵听不清楚，庆林给她说话都像是吼叫，娘就吵庆林。娘最遗憾的可能就是没看着她生一个孩子。桃子一想起，就觉得心里愧疚。

桃子的手从腹部滑落，这些天，她总是忍不住过一会儿就要摸一摸。才两个多月，除了偶尔的呕吐和乳房疼痛及容易疲倦之外，并没有太多明显的反应。可桃子总是感觉肚子里在开花结果，在一点一点地长大。小家伙像一颗种子，在破土、发芽、长大，桃子一想她就要结出果子了，心里就沉甸甸的，压满枝头的都是等待收获的欢喜。桃子想，多不容易啊，终于要有自己的孩子了。还有啊，医生安慰说，没事的，不要怕，下一代不会是哑巴，这一般不会遗传的。

可是这个傻人还在娘的相片下哭呢。桃子就看着桌子上的娘，相框里是娘身份证上临时放大的遗像，一张被岁月和生活打磨后仍精神的脸，散发着慈柔的芳香光芒。桃子喊了一声娘，问她，“娘，你是要孙子呢还是孙女？”娘似乎在笑着说：“都好，都好呀……”

桃子把手放在腹部还没有隆起的弧度上，这一会儿都忍不住想跟庆林说了。从检查出来，这个秘密她藏了一个多月了，心里的甜蜜都积攒得扛不住了，随时都有溢出来的危险。看着庆林的后影，磕了头，桃子算是正式跟娘说了，有交代了。桃子到底还是没有说破，好像她和照片上微笑着的娘约好了，桃子心里也笑，她们娘俩单等着，看家里的这个傻男人什么时候才会猜出来。

屋子外，大半个月亮斜挂在窗棂上，涂抹了一层银白的光。明天一早男人要走就让他走吧，男人想着给她挣钱啊，拦也拦不住他。桃子收拾了一下，煮了一堆咸鸭蛋，还擀了一挂面条，明天一早好下给庆林吃，让他吃完了好到镇子上去赶到城里的汽车。桃子心里对庆林说：“傻人，当着娘的面我都给你说了，你笨，还猜不出来，那就别怪我了。”桃子想，麦收回来就麦收回来吧，反正他总还走不出她心窝窝里。到了麦收时候，桃子想肚子都该起来了，到那时候这个傻瓜要是再看不出来的话那就真是个傻子了，就不要他了。

收拾好了，桃子开了门，把盆里洗漱的水迎着月亮倒出去，倒像是“哗”地倒了大半盆月光。桃子立在院子里看了看天，月其实并不圆，桃子却觉得很亮，很满。

庆林在屋里睡意蒙眬地喊一声：“桃子，别着了凉……”一句话没说完，鼾声就拉响了风箱，呼呼的。桃子回到床边，看着庆林的睡相，照他身上打了一下，心说“死鬼，就知道睡”，听着他呼噜声此起彼伏，像院子里挂着的金黄玉米，一嘟噜一嘟噜的。桃子捏住他的鼻子也不管用，照样睡得波澜不惊。肯定是从镇子上下了汽车没舍得花那五块钱坐个摩的，一路走来的，这个傻家伙。知道男人累了，桃子说着“傻人哪”，也躺下来，枕着庆林的胳膊，依偎着，轻轻咬了他一口，没敢使劲，怕惊醒了他。桃子埋怨地说：“就知道自己睡，也不知道抱我！”把庆林的胳膊枕着绕了一圈放在身上，她抱着，枕着他的暖，桃子也睡了。

雪 夜

日子总不过一身白衣裳一身黑衣裳轮换着穿，不急不慢，一年一年就把它穿旧了，扔弃了。男人在这轮换中活了近四十年，才算理清了一点悲凉的头绪：这世界就是强的欺负弱的。蚂蚁小心翼翼地呼吸还得被人踩在脚底下。

男人原来也不这样想，男人原来的日子虽也灰暗，但总觉得还有点奔头。开着杂货店的时候，看着女儿粉扑扑的笑脸，男人觉得满世界都是明媚灿烂，都是春天……可那是以前。说起来其实也并不遥远，两年前。

街边的商店音响里撕裂地唱着：如果有一天，我悄然离去，请把我埋在，在这春天里，春天里……男人在心底默然冷笑，春天会来，当然也会过去，但春天没有工夫收藏你。男人沿着街一边走一边搓着两手抱在嘴边哈气，哈，哈，哈出一团一团的白气，却始终还是无法温暖自己。

预报上说今夜会有大雪。此时天正阴着，大约下半夜才会路过这个小城市。

男人有点暴躁，显然是被这风里头长出的尖爪子弄得精疲力竭，对这恶意般刺骨的冷，他防不胜防。男人骂骂咧咧地使劲搓了几把冷木木的脸，把冻扁的五官恢复原位，望了望天，恶狠狠地骂一句，狗日的！缩缩膀子裹紧破棉衣，继续哆哆嗦嗦地沿街往前走。

一路上男人想是真没有办法了，干它一票吧，真他妈没有办法了啊……男人坚硬的眼泪竟差一点掉下来。男人恨不得照自己脸上扇几个耳刮子，骂，你个怂货，真他妈活该受欺负，活该！这点事儿转了半天,你还没那个胆,你叫人踩捏死算了！

男人抬起脚恨恨地踢路边的一个易拉罐。没想到压扁的易拉罐已经冻结在路面上，男人用力太猛了点，冻僵的脚趾立刻反馈回来钻心地疼。男人蹲下来捂住脚，所有的失败和屈辱都积在心里，男人反而攥起拳头捶打自己的脚面，对自己的右脚喊，疼，我让你疼！……黑沉沉的天空压下来，没有人会看到他此刻的疼痛。

男人在路边先是蹲着，后来索性一屁股在马路牙子上坐了下来，等脚上的疼痛缓过劲再起来。他用奇怪的姿势冰凉地坐在那里，捂着脚，嘴里“嘶嘶”抽着凉气，男人本来想抽烟的，眼神却被一个老人后面牵着的小女孩给带走了。爷孙俩走过的时候，小女孩回过头疑惑地看着他，做爷爷的也看见了，用防备的眼色盯一眼胡子拉碴的他，赶快拽了一下女孩的手，加快脚步走开。女孩被爷爷拽着，但还是扭过头看坐在路边的男人，眼睛睁得很大，不知道是好奇还是害怕。那样新鲜鹅黄的稚嫩眼神，像一个小小的网，很轻易地就把男人俘获其中，男人的眼神像一道渴切的绳，绳端系在小女孩身上，女孩每走一步男人恨不得头就往前伸出一些。男人只顾着看，下意识地点烟，打火机的火苗就杵到下巴上而不觉，触疼了才惊愕地直起头，女孩看到他这个滑稽的样子，“扑哧”笑出声来。那笑声是这么好，这么明亮，像是烟花一下子在男人心底柔软地绽开，男人没有忍住，眼泪突然奔涌着流了出来……再抬头女孩已经被爷爷抱着走远，看不见了。男人抽着烟，在烟雾里，女儿微微笑的小脸蛋儿浮现在他的眼前，那笑脸在他心里汪汪地弥漫成一片，他的心就猛然地一个柔软，水就要溢出来……

——他想女儿。

两年多了，真不知道小雪现在胖了还是瘦了，还是那么喜欢对着电视机听歌吗……以前他在家的时候，每当看见电视节目里宋祖英等歌唱家出现，女儿就指着屏幕，仰着脸，如小瓣葵花，黑黑的眼珠流动着亮光，跟他说，爸爸，小雪儿长大了也要当歌唱家！女儿是雪天生的，就叫小雪。小雪说的时候还带着手势比画着，使劲地伸开手臂，似乎把整个世界就抱在怀里了，黑亮的眼睛一眨一眨，清澈的小脸望着他，像极了雨后一朵新开的花。

男人仰面去看那黑魆魆的天幕，只是阴沉沉的混沌一片，低低地压在城市上空，大面积的冷也源源不断地从乌黑的云团中投放下来。女儿还说，她要让满世界里都充满歌声，就像天上的星星闪烁……

男人想着，眼泪就又掉了下来。

抽了一支烟，男人从思绪里回到现实中来，再一次止不住地哆嗦，把烟蒂掼到地下，梗起脖子站起来，想，干就干了！反正又不是没有进去过，进去正好，倒省得受这份割刀子似的冷了。这样逼着自己狠下决心来，男人紧了紧腰带，又开始往前走，走路的时候四处瞅看的神态就略微凶狠、从容了一点。

不远处昏黄的路灯下，一个老乞丐瑟瑟地蜷缩在椅子上，守着那片二十五瓦的稀薄温暖,旁边一只破碗忠实地蹲在脚边。路过的时候，男人想，也真是，活得还不如乞丐呢，自己腿脚健全，连个乞讨的资格都没有。男人咒骂着这冷得不近情理的天气，不停地晃荡着身子，好像一旦静止就会生生冻在那里。

这时候，肚子也开始持续“咕咕”地响，男人搓着手“嘻哈”着又抽了一支烟，连烟头上最后一口烟也吸进鼻腔里。可那些云彩烟不是粮食，喂不饱空荡荡的肚子。男人摸摸兜里，掏出来数了数，还有二三十块钱的样子，还是问工友老赵借的。男人左右看了看，迈步走进一家超市入口处那种常见的快餐店，进了里面，发现早就没有饭了。也是的，都将近八点了。只有一些粥，冒着有气无力的蒸气，服务员们正在准备收拾店面打烊。他问了价格，买了一份海带萝卜鸭肉汤，一纸碗，好歹还是热的。又在超市里几块钱买了一小瓶那种最便宜而烈性的二锅头，坐在角落里抱着纸碗交叉着暖他那两只皴裂的大手，迫不及待地喝上一口，大口往嘴里灌一口酒，把那几块仅有的骨头也狠劲地嚼碎尽量咽进肚里。

正在他喉结翻卷的时候，一只穿着棉夹克的雪绒绒萨摩狗嗅着跑到他跟前，还没看他一眼，后面的女主人就柔声喊，宝宝，快过来，脏，那边多脏！

他没嚼碎的骨头噎在嘴里，闻声愣了一下，“噗”的一口，都吐在雪白的宠物狗身上。

女人一见就炸了，抖着皮草大氅跳着脚唇红齿白地骂了个抑扬顿挫，你什么人弄脏了我家宝宝你怎么这么恶心人你什么素质，等等。女人正骂到尽兴处，他“嚯”一声站起来，盯住她看，把女人倒吓得往后一个趔趄，骂骂咧咧地牵着萨摩走了。

男人坐下来，继续呼啦呼啦地喝汤。

男人对狗向来没有什么好感，想，三年前要不是前面邻居陈家的那块骨头惹了他家的狗，他的女人也不会陡然间就感到和他过的日子是多么地寒酸，可能也就不会和刘二这个狗日的好上，那他也就不至于被弄到监狱里蹲了一年又六个月，现在也不会落到这个局面,连自己的女儿都没有脸再回去看上一眼。

说起来，他在小镇子上开着一爿小杂货店，指着卖个锅碗瓢盆，确实也挣不了几个大钱，但是他也没有太亏着女人和孩子，别人有的他也尽量往家里买。可女人老是嘟囔嫌他没有本事，说她穿来穿去还是陪嫁的那几件衣服，说到现在还骑着一个破破烂烂的二手摩托车，说吃的没有吃的喝的没有喝的，说女儿想买个玩具都买不上……女人本来挺漂亮的一张脸对着他唠叨时，耷拉着眼睑，不看他，总像是不营业的门面，说不出的淤积的怨气。他一天到晚埋在店里，是不想看见那张哀怨的脸。

女人的嘟囔让他有一种受伤的挫败感。女人总让他觉得，他亏欠她。

其实女人也是闲得找气，凡事都要和前边陈家相比。陈家做生意发了财，盖的是三层的仿欧式小楼，直接遮住他家的一部分光线，他女人吵不过财大气粗的陈家婆娘。陈家女人也不是个省油的灯,抖着上面批准的宅基证说,看见没小骚娘们儿,这是经过批准的，老娘想盖多高盖多高，老娘愿意！陈家女人长得三角眼辣椒脸，和他家这个陈家女人骂她长得“狐狸脸桃花眼”的匀称女人向来弄不到一起。他女人斗不过陈家，只有转过来骂他没有本事，住的还是漏雨的平房，扑在他身上，声嚷着让他去打陈家那嚣张的小婆娘……

那一天,陈家女人拎着一块骨头和他家几个月大的小毛狗,来到他院子里，扔下狗，说，我这骨头可是炖给我儿子考试吃的，你最好看住你家的馋嘴货，下一次可就不这么客气了！说完，骨头扔在地上，就叩着高跟鞋嘚嘚嘚地走了。小狗也真不懂事，女人前脚刚走，它就赶紧上去一嘴扑咬住骨头埋在桌子底下呜呜地吃，一脸的穷酸相。

他的女人自始至终没有抬头看，依然纹丝不动地吃着泡酸菜就饭，陈家女人走了之后，女人放下碗，环顾一周屋子里陈旧的摆设，又看看衣衫寒酸的女儿，女人抬头漫不经心地乜了他一眼进了卧室。

女人这一眼像是泰山，又像是锋利的箭，把所有的重量和芒刺劈头盖脸地都甩在他身上。他一脚把桌子底下的小狗踹出去老远……

这会儿男人终于把纸碗里的汤一滴不剩地喝完，空酒瓶也拿开水涮了一遍都倒进嘴里，方才抹抹嘴，咽了口酒气，说，好酒呵！

出了店门又来到街上。

风一吹，当然更冷，但总算身上有了些热量，男人大步地往前走。借着酒劲，男人想，要么干它一票弄点钱给小雪买把琴，再被抓住关回监狱，不过是如此了。乘着酒力，男人心里涌上一点缥缈的豪气，隔着衣服弹了弹腰间揣了半天的水果刀，似乎那锋芒也在想象中鲜活地跳跃。

他的小雪，同他一起到城里进货时，经过琴行，隔着玻璃看见墙上的大屏幕上莎拉·张在演奏柴可夫斯基《D大调小提琴协奏曲》，他也不懂，都是后来小雪给他说的。只看见一个有点胖胖的红裙子女孩站在那里拿琴弓拉动着弦，就有山涧里的水自琴弦间流淌，并且这水面上似乎还有花瓣流转……他虽然听不懂，但也觉得好。他是读过一点书的人，知道柴米油盐的生活之外还有另一个辽阔和美的世界在。小雪当时睁大眼睛，扒着玻璃墙，在外面早已经听得呆立不动。他看着华丽雅静的琴行，再看看他的小雪，他的眼泪就发了芽，长出一股心酸的水花。他知道小雪从小对音符是多么地敏感，对着树上的鸟声也能仰着小脸研究半天……可他给了她什么呢？

他能给她什么呢？

他当下决定这回货不进了，给小雪也买一把！

但当他进去问了问琴师价格，口袋里的手就没有好意思掏出来。可他看着小雪还在那里举着小手，好奇而虔诚地抚摸着琴身，轻轻地，柔柔地，像抚摸一只白鸽……

还没来得及攒钱再买，他就出事了。

再接着就两年多没有再见小雪了，两年了……半年前，他被放了出来，没有脸也不愿意回家，就在附近的这个城市郊外找一份建筑工的活，每天拼死拼活地干，还是夏天，毒辣辣的太阳底下，扛着一袋一袋浸蚀骨肉的水泥，他也觉得心里美气。心里琢磨着，一天天熬下去，熬过这几个月，到年底的时候，就可以拿到一万多块钱。有了这些钱，不但可以给小雪买把琴，完成这个积在心里几年的心愿，还可以回家过个年，和女人能过不能过再另说，但至少可以再重新经营他的杂货店，和以前一样，天天能看着他的小雪，他的乖女儿。

可谁能料到呢？到了年底，当初许诺好的临近发工资的时候，工头却撂下一句话说过了年再发，就跑得没影儿了。他是欲哭无泪了呵。杀人的心都有，可他去杀谁呢？……

雪到这时候，还没有下。

预报上还说，下了这场雪过几天就要立春了。但是眼前只见寒冷肆虐，阴霾的天气，风漫天地刮，仿佛春天就是个遥遥无期的谎言。

在西城的小广场上，他停了下来，翻出口袋，寻出一根变形的纸烟，点燃，架在两片冻裂的嘴唇中间，深吸一口，吐出一大片湛蓝。吐纳之间才想起今天是腊月二十三，小年了，他想怪不得今天一路上看见这么多人吃饺子呢。

男人沉沉叹一口气，唉，可又是一年了。把烟蒂狠狠在鞋底碾灭。起身，还往西走。

这时候街上已经很少有人了。这么冷的天，有家有室的谁不在家里待着，陪着家人，享受着融融的天伦之乐。男人看着不远处人家窗口里泛出的橘黄色灯光，他可以想象那窗台后面一家人在一起的温馨景象，可他也只能是想象。他低下头，不去看那些灯光，使劲咳嗽了一声，鼻音里带着浓重的水分，眼泪几乎又要控制不住地滚落。

……

过了小广场，是几个小街巷。男人放眼瞅瞅，站在路灯下，任虚黄的灯光斜打过来，把他孤单的影子挂在路边低矮的电话线上。

这里便是这个城市的“红灯区”。是男人今夜此行的目的。

所谓的“红灯区”不过是这小城里的下等烟花之地，暗娼集散的地方。有一些女人开着有篷的电动三轮车，在路边佯装载人，谈好价格，拉到她们的出租屋里进行另外的交易。底层生存如此地艰难，就算是这样如女人们自嘲所说的“局部开发一下”，也没有什么可笑话的。

男人翘着脖颈，冻得在原地打转，看了一圈，路灯的小巷口有一个，洗头足疗的招牌后面有一个，挨着广场的那条路有几辆三轮车，看不清车篷下的人脸。男人再看看，沉吟一下，又折回广场边的路上。

要搁在平时，早就有女人体香扑面地追上来了，还往往一把攥住男人的关键部位,职业性地媚笑着拿眼神邀请男人上身，大哥，洗个头吧，住个宿吧。都是听工友老赵说的，老赵说的时候还模仿着，绘声绘色。

街上车和人来往都很冷清，显得空空荡荡，看来真是要过年的样子了，能回家的差不多都该回家了，不能回家的这么冷的天也不会出来受这份罪。看着远远近近几个零散分布的女人，男人在心里盘算着数了数。可想着想着思绪都岔了路，脸上呈现出一副出神时的茫然神态。

他也想他家里的女人——他近三十岁上才娶进门的女人，一笑眼睛有着涟漪般纹路、柔软多汁的女人，让人又念又恨。可就算断了骨头还连着筋，他再恨，那也是他的女人。

这两年男人算是用劲地恨他的女人了，每天都在心里更新着崭新的仇恨，他是一个懦弱安分的人，他是怕哪一天醒来忘了恨了就再恨不起来了，就只有咬牙切齿地提醒自己，这样的女人，得恨！恨到一定程度上，男人夜里静下来想想，其实也不能都怪女人，有这个念头的时候他恨不得再抽自己一巴掌，骂自己，女人都叫人翻来覆去白花花地睡了还给她开脱！

但设身处地地想想，男人觉得还是自己的责任，女人骂得对，谁叫他没有本事呢。老实说，女人很美，更想美，他总无法翻新她的美……

我说大哥，去哪儿，住店吗？

猛不怔地，吓了他一跳，把他从纷乱的思绪里拉了回来，男人没好气地说，不住！

女人停下三轮车，咋，大哥，我会吃了你不成？

那女人自顾自地笑，见他不言语，便发动三轮车跟着，凑上来说，这么冷的天儿，要不你再多转两圈儿？

男人也停住脚，回身打量这个女人。

女人看上去三十多点，有一张瘦小皎洁的脸，眼睛半眯着，柔软又执着，望着他，睫毛略长，就显得毛毛的有些媚相了。

男人在心里掂量了一下，好吧，既然是你找上门来的，那这就是天意了，可怪不得我了！心底暗自说，就是你了。她这瘦弱的体型，万一反抗起来也好对付。

男人稳住心气，语气沉甸甸地说，一宿多少钱？说得中气十足，凶巴巴的，倒好像他腰缠万贯的样子。

女人没想到他一开口就直奔主题，一看就是个“生瓜儿”，眼风一带，流露出些微职业的习气，递上一个笑脸，大哥你看呢？

——这就有些撒娇使媚了。

男人一麻，眨眨眼，想，小婊子货！不知道他是在心里骂眼前的女人还是连家里的也一起骂了。下意识地食指并起中指摸了摸刀子，有呼之欲出的锋刃。两年前他就是这样在刘二肩上扎下去的。

一百万！男人愤愤然地说，眼神明显地是陷入某一个回忆片段，心说，钱，钱，看你可值不值！

女人无声地笑了，点了一支烟，熟稔地放至青紫的唇间，吐出一股缥缈的幽蓝，烟气盘旋在男人脸上，氤氲后面女人一张淡淡的笑脸，弹一下烟灰，把手里的烟棵掉过头插进男人嘴里，那可就是这个价了啊，哥。

男人噙着烟蒂，表情有些僵硬，一时愣怔住了。他除了在家的女人，哪有之外的历练，男人就有些气缩。

女人一努嘴，上车。

男人就噙着烟晕乎乎地上车了。

女人开车前走。

一上车男人就后悔了。

风掠过女人的头发,从前面的挡板玻璃口往里头呼呼地吹。男人想起老赵曾说的，有一类女人，把男人拉到车里，到僻静处被预先就埋伏好的姘夫狠狠宰一顿，剥扒得到最后只剩个裤头。稀里糊涂就上了车，男人想莫不真是这样，心里就一颤。男人于是就在风声中冲着窗口对女人喊，哎，我说，你那离这有多远？

逆着风，风大，女人可能没听见。

男人在狭窄的车篷里如坐针毡，一遍一遍隔着衣服摸着刀柄，心里豆腐般颤颤的软才逐渐感觉有些硬，就又横下心来，盘算着想，这女人穿得还算得体、收拾得也干净，应该会攒下些钱，这样说来，看来这一票没有看走眼……这样想的时候，男人反而慢慢不再有惧意，顺着这点儿念想，想到后来倒觉得刀子都跃跃欲试的样子，像在家麦收时候掂着把镰刀对着一地金黄的麦子。男人想，雪儿，爸爸总算能给你买一把琴了，今年年下说什么爸爸也要回家抱抱你啊。想到这，男人才意识到他的怀抱是多么地荒凉，两年来，除了在牢里、工地抱砖头石头，他什么也抱不住。男人把右手贴在最里面贴着胸口的口袋里，左手覆盖在上面，拍一拍，默念着，雪儿乖，来，爸爸抱抱……

这时车子猛地一个震荡，把他颠簸得剧烈一晃，他看看路面，过了一个下坡，再往前面就是立交桥那里了。立交桥下的道路就像是一段幽暗的隧道，里面的面积很大，行人荒芜，犯罪便如细菌一样在这里扎根繁殖，诸如抢劫、打架、强奸之类，屡发不止。

这真是天公助人哪，男人眼里掠过一丝有把握的兴奋。使劲拍车的挡板，停车，我说停车！

这回女人听见了，转过头，但没有熄火，问，怎么了，大哥？还是那种娇小的笑脸，毛茸茸地望着他看。倒和他刚结婚时候的女人有些相像。

男人看着她的笑脸，女人把她的弱不设防地给他看，男人的脑子里空白了一阵，心立刻有些怯、有些软，拿不准到底出手还是不出手。在车里男人心劲鼓动得好像不小，可真到跟前，真动刀子抢劫，男人脑子里闪过的仍然是犹豫、慌乱。

说到底男人从来也不是狠硬的人。

男人的手慌张了一下，手背抵在衣兜的硬柄上，一咬牙，一旋腿下了车。动作很猛，好像一下子下不来就再不敢下来了似的。

下来了，男人一大步再一大步走到车前面，四处撒望一眼，手抄进兜里，刚要出手，左眼边似乎扫过一个人影，定睛看看，什么也没有，再一次想拔刀，倒又觉得有个影子在右眼边一闪。

女人在车上踩着踏板，又对他一笑，问他，大哥让停车，有啥事？

男人看着女人，几乎是脱口而出，我上厕所，要……尿！

男人的手终于从兜里出来了，掏出的却是一个空瘪的烟盒，男人错错哆嗦的双唇，是个笑笑的样子，喝多了，攒，攒不住了。嘿嘿笑笑。男人仓皇地吞吐着解释了一句，心底几乎同时长出一口气。

男人自始至终两个手抖得不成个样子。

女人笑一笑，看看车篷，挡风玻璃烂了一个大窟窿，车行时冷风一个劲地往里灌，女人拍拍挡板，有些歉然，手指着前面，说，对不住啊大哥，前面这就到了。女人把护在膝盖上的破旧军大衣掀下来，要不这大衣你披身上，看你嘴唇紫的。

男人连忙摆手，不用，不用！

男人几乎是小跑着到大石柱子后面，解开皮带，拉开拉链，抓摸了好久才把那个废弃般的东西拽了出来，抖了半天，也尿不出来。男人心里的懊悔啊，恨不得掏刀子捅自己几刀，你个怂货，两年前那一刀你咋能扎进去呢？男人恶狠狠地骂自己，闭着眼睛努力想尿出来。都忘了时间，男人忽然感觉有水珠子滴在手背上，男人愕然看看，发现竟然是自己的眼泪，男人用大巴掌使劲拍自己不争气的眉眼，一拳砸在石柱子上，男人几乎是带着哭腔破口骂：

谁他妈叫你问我冷不冷啊？

男人涌出了满脸的泪。

多少年都没有人关问过男人的死活了，仿佛有几百年那样的漫长，男人这一瞬间委屈得倒像个孩子……

再回到车上，女人笑他，哥，你这一泡可还真足分量。

男人也对应地笑笑，喝，喝多了。

上车啊。女人催他。

男人抬起头，说，我……不去了，你走吧。

女人困惑，咋，妹子不值你说的那个价了？

男人尴尬地笑，把头摇摇。

那就上车啊，妹子还等着回家吃饭呢。说着把大衣扔给他，走吧。

男人鬼使神差地就又坐车厢里了。

真如女人所说，大约半支烟的时间，就到了。是常见的那种外来务工人群集聚的城中村，灰黑色的老房子多打着一个歪歪斜斜醒目的“拆”字。推开破铁门，进了院子，是二楼一间靠里面的屋子。

出乎男人意料的是，女人的屋里格外地整洁，如白雪。墙上的裂缝和污痕都用白纸贴上，陈设虽然简单，但居家的物件俱全，并且收拾得有条不紊。床上靠墙贴的是几张剪纸，剪的大红喜字和一个胖胖的大娃娃，平添了许多可爱和情致。很温馨，到底是女人。

男人在旁边小凳子上坐下，没敢坐床上，也不知是不是怕弄脏了床单，在那里侧着头抽烟。看女人在屋子里忙活。

小方桌的案板上有饺子馅，也有和好的面，看来是没来得及做。女人在往电饭煲里倒热水煮面条，煮好了，盛在碗里吃。问男人，要不要来点？

男人夹烟的手摆摆，可抑制不住喉结的翻动。女人就笑，给他也盛了一碗，吃点，暖暖。又说，这天，可真够冷的。

女人问他几句话，诸如家是哪儿的、什么工作之类，见他也不热情，虚虚掩掩的，也就不再多问。

男人也真是饿了，推了两句还是抱起了面碗，呼噜呼噜连汤带面就倒进了肚里，放下碗，一股暖流随即自胃部向周身绵绵扩散，那真是一种无比美好的感觉。特别是这样的大冷天里。

身上有了一点暖意，趁女人收拾锅碗的间隙，男人开始思量自己的处境，看形势这院子里大多数的人都回家了，如果他此刻下手，万一女人喊起来，会不会有人听见？男人再迅速地打量屋子，钱，钱会藏在什么地方，床头的盒子里，对面的柜子里，床底下的鞋里？像，又都不像。看来只有先控制住女人才能知道了。看着女人背着身在水龙头下洗涮，男人又不忍了，刚吃了人家的热饭啊，这个念头刚想发芽，男人立马像掐烟一样把它掐灭了，在想象中掴自己的脸，狠狠地想，就他妈是这样一次一次地临时变软才弄到这个局面，待会儿你拿什么给人家？再鼓动自己——动手吧，快，趁她还没转过身，快！

男人猛地站起来，心说，真的，大妹子，好人哪，是真没办法了啊，我真不多要，一千多块钱就够了！

男人迅速扑过去，抱住女人！情急之下，倒把自己逼出了翻卷的泪意，但是终于抱住了，刚要伸手往女人脖子上掐——

大哥，你看你，急什么呀！

——女人以为他急咻咻地想要她。

女人转过身，手里的碗掉落在地下，声音很脆，啪，碎了。女人口说着，“碎碎”平安，收拾碎片。嗔他，洗脚去，热水在壶里，给我也倒上。

男人愕然，青筋暴涨的手终于沮丧地垂下来，女人的笑脸，女人的温暖和风情，再一次让他柔软起来。男人几乎是夺门而出，不干了，老子不干了！男人在心里绝望地喊。

刚一开门，“呼”一阵冷风伴着未成形的雪粒子坚硬地扑过来，围剿男人身上那点儿可怜的暖。男人浑身打一个寒战。

预报的雪，到这时候，终于纷纷扬扬地下了起来。

女人在屋里斥，你个傻大个，快关上门啊，冷死了！

男人迈出去的右脚又沉重地收回来。这样的天气，他要是再去街上溜达，根本都不用想，就知道冻死的可能性有多大。

男人关了门，男人转过身，“扑通”一声就给女人跪下了，眼泪也随之滚落而下。因男人身形高大，这膝盖同时着地之声近于天崩地裂一般巨大，震得屋子似乎都为之一颤。

女人张着嘴巴，显然是被这突兀的举动吓住了。连忙奔过来拉男人，拽着男人的胳膊往上提，但她拉不动。

男人跪在地上，一边流泪一边往外掏他屈指可数的几个口袋，两个裤子口袋，一个上衣口袋，另一个烂个洞，里面一个内衣口袋，都翻过来，所有的东西共计一个打火机，一包所剩不多的劣质烟，一张包了几层塑料纸的照片，半个捡到的已经像砖头一样的馒头，零零散散的一些钱，有硬币有纸票。唯一不见的是那把未曾见人的刀子——开门的瞬息男人已把它扔在楼下的雪地里了。

男人开始去数那些皱巴巴的钱，再清楚不过，一共是二十七块五毛钱，再也不会多一点了。

就这些，都收下吧。男人把钱都递给女人，不敢看她，埋着头说，白让你跑这一趟。男人瘫坐在地上，要骂你就骂吧。

男人抹了一把脸，慨然地长叹，妹子，我……你……是好人哪！……

女人看着，开始是被戏耍了的恼怒，柳眉凝重，这会儿倒撒手负气地笑了，点一根烟，也扔给男人一支。大哥，这大冷天的，可真有你的。

看了他有一会儿，女人深吸一口烟，吐出一口苍蓝的叹息，起来吧，地上凉，看你一个大男人也是不得已。女人望望一闪一闪的苍白灯光，算了，算我倒霉。伴随着叹气，女人近乎宿命地说，都倒霉这些年了，也不差你这一回。望望男人，起来吧，都不容易。

男人扶着小凳子，颓颓然又惭愧地坐在上面，默默抽烟，抽到后来，看着女人说一句，来年挣了钱俺一定给你。

女人不置可否地笑一笑。随手拨弄那张相片，拿在手里，仔细看，挑眉问，你闺女？

男人点头，嗯，女儿。

丫头好看，比你好看。

男人除了显得朴拙憨厚了点，其实也算好看，眉眼都浓，线条分明，只眼角有一深深的疤，是监狱里留下的。

男人露出一丝笑意，抚摩着照片，说，嗯，随她妈。

不经意的一句话，让男人一时又想起他的家，曾经是多么温馨的地方，有女儿的笑声，有热乎乎的饭，有女人……她妈，死了。男人又追加了一句。

男人还是恨她，他所恨的是，一个女人，被另一个男人打开心门的时候，总得有一句话让她即时一个柔软，半推半就间就打开了门闩……这两年来男人日思夜想就是想不出到底是什么样的一句话，他的女人就愿意了！刘二那个狗日的矮墩墩的像个冬瓜，一副黄中带白淫亵的眼，不过是开着个砖厂压榨了一些工人的血汗钱，她的女人，也跟他过过一段风调雨顺日子的女人，怎么就会变心，怎么就甘心跟了刘二那样的人？

这真他妈的让人想想就头疼欲裂！

可是男人又太爱想了。

夜已经很深了。窗外，雪开始大朵大朵纷纷扬扬地飘落。

男人欲言又止了几次，结结巴巴，还是跟眼前的女人说了，他太想找个人说说了，这个结打在他心里，他就是固执地解不开。

女人听完，你真捅了那男人一刀子？往盆里倒热水，不信。看看他的眼神，得到了确认，便说，这女人，一辈子也算活值了。说这话，像是叹息。骂一句脏话，女人心想，我咋没摊上像这么个男人，穷死，不也甘心。

接着，女人又说起自己，随便念叨了几句。女人老家的男人是个吃喝嫖赌五毒俱全的祸害，包工程挣了一点小钱，找了个相好就不想要她了，动辄打骂，受了几年，女人受够了，就一个人跑了出来。白天在酒店里做保洁，老是感觉胸口绞疼，到医院一查，是乳腺增生。

得自己寻活路哪。女人说得轻描淡写，像说别人的事儿。

男人默默地听着，听完了，把小板凳往前挪挪，手伸进塑料盆里，试试水温，再续点热水，看看女人，不由分说就抄起女人的脚，脱鞋，脱袜子，放进热水里，埋头慢慢地洗。

女人也没有拒绝。

只是，到后来，眼角慢慢有了细微的泪。女人移开眼睛，望着窗外。隔着窗子，外面的雪越下越大了。女人转回视线，男人还在低头给她洗脚，宽阔的脊背俯在她面前……女人闭上眼，仿佛雪花也在她身体里轻柔地飘落下来，女人觉得自己轻盈而洁白了起来。

男人把女人抱到床上，给她盖上被子，掖好，说，妹子，你睡吧，今儿个的钱俺会给你的。

女人止住他，算了，别说了。拍拍旁边，你也睡吧，床大，睡得开。

男人的脸慢慢红了。

女人就笑。

女人一笑可真是好看。

男人挨着床，用大衣包着脚，羞愧地说，妹子，就这就够对不住你的了，咱还说说话吧。

女人也不勉强他，展开另一个厚被子，只要求他也坐床上，暖和点。

男人顺从了。

男人说得很少，多数的时候是在静静听着女人说，女人说了一段，也就停下了，他们一起看着外面的落雪。然而，这沉默也是好的。

雪下得很缓慢，女人觉得今天夜里似乎比往常要暖和些。

又过了一会儿，女人看看时间，已经是下半夜两点多了。女人问，大哥，困吗？

男人说不困。

女人就吩咐男人把小方桌搬放到床上，包饺子吧咱，好歹也是过个年。

男人连声答应，哎哎。眼里噙着暖的泪。连忙把饺子馅和面隔着盆都用热水烫开，连同桌子，小心放到床上，又倒了一杯热水放在床头，给女人暖手用。

女人就在被窝里坐着身子，擀皮儿，男人包。没想到男人包饺子做饭都在行，饺子能包出好几种花样来，元宝状、柳叶状，都好看。

女人赞叹。

两年多了，男人心里是从来没有过的温暖和甜，这甜里有一份伤感和怀念，他和家里的女人过年时也有过这样的场景，还有女儿在身边闹着，叮铃叮铃地笑。

擀着皮儿，女人说，傻大个，说你一句，旧事就忘了吧，别提它，你是男人哪。

男人对妻子每天强打起精神的恨，本来地基就不稳，因女人这一句话，就都崩塌了。两年了，也算是对她惩罚得够了。女人说得对，他是男人啊。刘二没过半年就对他的女人没兴致了。人说他的女人，整天在家，也不出来，醒悟过来还是知道脸皮的。

说话间，男人也试探地说了一句，妹子，晚上，就别出车了。说完了就定定地看着她，想起自己的动机，又不敢看，反复几次，有点祈求的意思。女人似乎明白这份心思，点点头，说，嗯。

不知不觉间，饺子已紧紧地排满了一案板，中间女人靠床上眯了一会儿，看看时间，五点多点儿，就下了床，披上棉袄。男人也要下来，被女人制止了，你也眯会儿吧。

男人侧着身子，不让女人看见他在流泪。

饺子不大会儿就煮好了，香味“咕嘟咕嘟”飘散过来，弥漫在房子里。女人打好热水，招呼男人洗脸。盛了满满一碗，趁热，赶快吃吧。

男人答应，嗯。

女人也吃，盛饭的时候，掏出一百块钱，妹子也不能多给你，算是路费，回家吧。女人说，外头怎么也不比家里哪。女人咽下一个饺子，说，香啊！

不知道为什么，女人忽然转过身默默地哭了。

男人的眼泪也滴在热气腾腾的碗里，两个人，都抱着一碗饺子，头埋进蒸气的后面，久久没说出一句话。快吃完了，男人递过来一句话，来年俺都还你。

女人笑出声来，可是一百万哪。

之前是他说的她值一百万。

男人也笑了，说，嗯，一百万。

雪还在飘飘洒洒地下着。天，慢慢地被雪花镀亮了。天和地被雪连接着，洁白而柔和。

女人把吃剩下的饺子都用塑料袋给男人包好，放在一个饭盒里，带着吧，路上吃。

男人不说话，犹豫了一会儿，过来抱抱她，说，我走了，会再来的。

雪化了就立春了，女人看着窗外，说，到家过年叫小雪儿帮我烧灶香啊，小孩子，心诚。女人按按左乳，来年三月的手术。

男人说，嗯，俺记得。看着女人，开春了，来看你。

女人看着男人一点点走远。心想雪下之前还是陌生人呢，不过一夜，现在却觉得情意深重了。女人就感慨地默立在那里。醒过神来，女人梳梳头，锁上门，裹好围巾，女人就要去酒店里洗碗了。女人在路上走了几步，想真该给他把伞啊，倒忘了。女人这样一想就又折回了家，拿了伞，朝着男人离开的方向追了过去。雪花中，女人奔跑的身影便涨满了新生的晨风。

石头和流云

黄昏的时候，赵苇杭拖着空瘪的蛇皮袋子像一缕烟一样飘回槐花街上，夕阳把他本来就很瘦的影子拽得更加细长。走过街头“梦瑶五金店”的时候，他驻了一下脚，看了一会儿，眼睛里有了点认命的味道。卷闸门后面，正在拆解旧电瓶的张成旺一抬眼就看见了他，张的脸上瞬时写满了突兀的惊讶，一时间有些措手不及。要他一下子召集积攒了三年零七个月的仇恨，确实有些太突然了。

眼前的赵苇杭，不再是几年前背着一把二手破吉他常常低头走路时而抬眼望望远方满不在乎的样子，目光深处有了一番沧桑的蕴藏，沉稳了些。站定在街上，赵苇杭顺势弯了一下腰，皱巴巴的蛇皮袋子就自行滑落于地，袋子里的什么东西在青石板上溅出“嘭”的一声钝响。他仍旧习惯性地歪着个头眯着眼看天边的夕阳。夕阳辉煌而温情，赵苇杭看久了，仿佛也受到感染，吊起的眼睛里窝藏着一丝迷离的笑意，从裤兜里掏出一颗压扁的烟，夹在唇间，点燃，对着落日吐出一口悠长的苦蓝，似乎心间的旧事也成了烟雾吐出来。

张成旺原打算就这么眼不见心不烦一直恨下去的，前一年他还每天起来嘱咐自己：得恨！不能饶了这个狗日的！得恨！张成旺每天起来第一件事就是这样嘱咐自己，每天更新一点新鲜的仇恨，以便自己能持续不断地恨下去。可更新了不到一年，张成旺一觉醒来忽然有些恍惚，恨的目的也不那么明确了，心念就有些涣散。这可如何是好，张成旺想，女人都被人白花花地睡了，睡了还不算，还被人连根带叶都拐跑了，怎么能不恨呢？张成旺咬一咬牙，开始磨刀。他是打算当一项工程来做的，所以买刀的时候故意买了一柄没有开刃的钝刀，刀面很宽大，厚实，掂在手里沉甸甸的有说一不二的意思。这下好了，张成旺想，有事做了。每天五金店打烊以后，他就在卷闸门后面"霍霍"地磨刀，他要把它磨得像闪电一样快、月光一样薄、人心一样狠。

张成旺以这种方式延续着心里的仇恨，提醒自己还有这么一件事儿没完。磨到后来，看着稀薄的刀刃，接近一种虚境的透明，看久了，竟看出一份刀锋上行走的温柔，如对情人的感觉，他觉得他几乎爱上这把刀了。张成旺觉得有点偏离初衷，就又吐了一口唾沫，带着恶狠狠的劲儿，飞快地在砂石上"霍霍"地磨起来。甚至有一天在试其锋刃的时候，莲姨来店里买灯管，看见他头也不抬地在那里磨刀，莲姨拿了灯管，心突突地跳，问他，阿旺，你这是做什么呢？张成旺没有回答，莲姨给灯管的钱，他也没接。莲姨把钱压在挤挤挨挨的五金杂货台子上，说，姨走了啊。说了两遍莲姨都没迈开步子。张成旺磨到一个节点，又拎起刀柄对着灯光眯眼拿指肚试其锋刃，皱起的唇线里涡着一点若有若无的笑意，似乎很满意的样子，说，姨，你回去，明天我得空去给你装上。莲姨诺诺，欲言又止了几次，终于还是说破，贤侄儿，你当真要杀他？

张成旺一下子被问住了，是啊，要不我磨刀为什么？可他当着莲姨的面却又说不出口，磨刀和杀人一下子连在一起，他在意识里还没让这两个动作连接得严丝合缝。

莲姨又叹口气，什么也没说，走出去了。

身后张成旺继续埋头“霍霍”、“霍霍”，每一声似乎都在莲姨心里压上一块石头。张成旺磨了两年，莲姨心上的石头也越压越重。

转天，张成旺去店里给莲姨装灯管，顺便把店里的电线开关老化的也都更新了一遍。做这些的时候，“顺河酒家”的老主顾孟长三依旧支在桌案上喝酒，喝得很悠，似乎几十年都是这个姿势，陶醉般地就着牛肉喝完最后一盅小酒，顿一下自带的青花小盅，感慨地说，阿旺，你这后生仔儿，仁义！说着还伸了一下拇指，并且为自己的话使劲点点头，真仁义！盖棺定论的意思。

张成旺抹抹额头的汗，就笑。莲姨留他吃饭，他推辞了，只用报纸包了一块卤牛肉，说，姨，我爱吃你卤的肉，你的酒我也爱，可惜我不会喝，孟爷子喝的时候我闻了个够，香！

孟长三哈哈笑，年久失修的牙都争先恐后地跑了出来，雪湖小学退休的孟老师说，解语也！这酒我喝了几十年，还没喝够，这么说吧，我每天最快活的时候就是来莲姨店里喝酒这一会儿，有这一会儿也就够啦！

莲姨把老孟面前的残杯剩盏清理干净，撇一句，老家伙，你又喝多了。

张成旺出了店要走，莲姨在围裙上擦擦手，送他。“顺河酒家”就位于槐花街的最末端，也是镇子最繁华的一段，街后不远处就是条河。张成旺看着无声无息地静静往前流的条河，夕阳西下，金色的阳光洒在水面上，看上去水色温柔一片，张成旺忽然说，姨，快两年了。

莲姨的眉毛惊颤了一下，确实是，两年了。莲姨说，阿旺，还恨他？

莲姨问得这么体己，张成旺敦实的身子局促着，倒有点不好意思了，摸摸脸颊，说，姨，你看，我总得找点儿事做吧。

莲姨也理解地笑了，问他，还要磨刀杀他？

张成旺用和亲人商量一样的语气说，我想着还是杀吧，要不也说不过去，我总得做点什么，怎么说我也是一老爷们呢，是吧，姨。

莲姨说，也是的。给他把衣领上的线头揪掉，说，他回来了我就告诉你。

张成旺丢下一句，秋里莽山庙会的时候人多，店里生意要是忙不过来，你就叫我，我也没啥事儿。就扭头走了。

莲姨就是赵苇杭的娘。说这话的时候张成旺已经帮着她两年了。莲姨倚在一株老槐树上，脸色是水一样的柔和和迷惘，笑得苍老妩媚又夹带惭愧。条河不停流着，儿子不管做了什么，不管儿子回来那天仇人会怎么做，日子总归要一天天过下去的。莲姨反手擦了擦坚硬的眼泪，折回店里卤菜去了。

张成旺私下磨着刀，帮着莲姨打点小酒店，就这样又过了一年多，加起来这三年多的时间里，虽不至于沧海桑田，但即便是时光缓慢的雪湖小镇也改换了头面。可能不变的只有张成旺的“梦瑶五金店”和莲姨的“顺河酒家”了。

可隔了三年，此刻，在卷闸门后面，他又看见赵苇杭隔着马路，就站在他眼前，还是那副抽着烟望着眼前虚无的远方神情迷离的模样。张成旺一见他这个好像随时可以拽着自己头发飞离小镇的熊样，心里的恨就呼啦啦茁壮了一排翅膀，心念又复活了回来：

——奶奶的，磨刀！这刀还得磨！

那时候赵苇杭就是这样带着一种要远走高飞挣脱小镇的危险气质，背着个不知在哪儿弄来的破吉他去雪湖边弹唱，走在破旧的槐花街上一副爱谁谁的叛逆样儿，好像随时可以展开拢起的翅膀飘向远方的样子。也曾有一段时候，张成旺对赵苇杭身上的这股蒙昧又危险的气质羡慕得要死，就像一只笼子里的鸭子羡慕另一只鸭子，可他妈的谁知道和自己一起长大的鸭子竟然是一只野鸭子，忽然有一天就带着狗屁梦想和女人飞离了狭窄而低矮的小镇。梦想是野鸭子自己的，女人却是他张成旺的，这算什么事儿？可他就是飞走了，还一飞就是三年，狗日的，张成旺想，卷闸门上“梦瑶五金店”的招牌早都旧了，我的女人也被你用旧了吧，赵苇杭你个狗日的！

——凭什么他可以一拍翅膀就走了，留下我在半死不活的老街上原地打转转，凭什么我的女人我还没用几天呢，他就先入为主大手大脚地用旧了，凭什么？……张成旺越想越气，像气球一样被这些恨意弄大了肚子，鼓鼓的，张成旺觉出血管里呼呼的风声，太可气了，是得气一回了！张成旺狠狠剜了对面的赵苇杭一眼，从五金架子上抽出已经很薄的刀按倒在砂石上，“霍霍，霍霍，霍霍”，溅出了火花几朵。

赵苇杭用余光都看到眼里，忽而隐秘地笑了，用舌头把烟蒂弹出一条优美的弧线，弯身扒开蛇皮口袋，然后从袋子里掏出一件东西，打开来。张成旺命令自己不许去看，斗争了一会儿，脖子还是不争气地直起了一点，看清楚了，是刀。

好刀！

这几年里张成旺对刀没少研究，算是很渊博了。一眼看下，就知道赵苇杭手里的是把好刀。日你先人啊！张成旺一下子恼了，你把我女人弄走了，玩够了，回来了，又弄把好刀来和我干！好，干就干，谁怕谁啊！张成旺再去看自己手里磨了几年的钝头菜刀，和赵苇杭精装锃亮的军刀比起来，确实有些灰头土脑了。张成旺想，三年磨一刀，今朝试锋刃，就在此一举了！他拎着刀刚要冲过来，赵苇杭忽而把手里的刀柄朝向他，定定地扔了过来。然而没等张成旺反应过来，赵苇杭就拍拍屁股拖着蛇皮袋子走了。

张成旺和地上的军刀对峙了半天，才爆发般地吼一声，“啊——”满腔愤懑啊。这他妈太欺负人了！

挨着五金店隔不远的是刘德昌的粮种店，德昌正和婆娘在店门口的槐树下支开小桌子吃晚饭，被张成旺一声“啊”给吓得掉了筷子又差点碎了碗，所以很不满地说，你他妈纯粹一牲口啊，太突然了！

张成旺气呼呼地大幅度转过身，也没理会。刘德昌隔岸观火地说，嘿，旺仔哥们儿，天天听你躲在屋里霍霍地磨，这回人赵苇杭给你省工夫了，直接送你一把好刀，得派上用场啊，别辜负了人家意思。

张成旺和赵苇杭因为女人的那点事儿槐花街乃至雪湖镇三街六巷的闲人谁个不知。这下好了，都看在眼里呢。张成旺咬咬牙，做了个凌厉的劈砍手势，我杀！

是得去杀。

刘德昌吃完了饭喝着毛尖剔着牙，还听见隔不远的“梦瑶五金店”里装满了仇恨的声响，“霍霍，霍霍……”月光升起来了，有些凉，隔壁店铺的闲人都聚焦在张成旺五金店卷闸门后面泄露的昏黄的灯光上，纷纷想，呵呵，这回好像要玩儿真的了。

张成旺也觉得不拿出点儿行动来，真对不起这么些窥探的目光。

那一晚的月光很好。

张成旺把刀别在裤腰上，腰就硬了一截子。走在路上，槐花街两旁店铺里纳凉的闲人问他，阿旺，干啥去呀？问话里有一种看客戏剧心理的怂恿之意。张成旺拍拍挺直的腰部，不言自明的样子。看来赵苇杭黄昏时候出现在老街上的身影人们都看到了。但一路上许多人都这样问，他就不回答了。

于是纳凉的人们继续沉溺在老街随处可见的棋牌室和麻将馆里，嘈杂哄闹的声音不时从里面传出，透出安逸平庸的气息。有人骑着自行车在狭窄的巷子里穿行，消失在路灯找不到的地方。他们的生活自然有声有色。

张成旺想，这里面原应该有我的啊，我也该这样安闲地活着的啊，可这样的生活被他们给毁了，一个女人，一个男人，联手毁了他按部就班、安稳厚实的生活。张成旺叩叩刀背，有点跃跃欲试了，今天他就要把心里窝着的仇恨解放出来。

路并不长，沿河的一条老街而已，张成旺拨开街道两旁期待的目光，走得很坚定，甚至带着一丝悲壮。所以，接下来在月亮下叩门的声音也显得很响。好在第二声的时候“顺河酒家”的门就“吱呀”开了，赵苇杭一张端然的脸对着他，停一停，说，来了。

好像就在等着他呢。赵苇杭做一个进来的手势，从屋里搬过一把椅子。

张成旺一脚把椅子踢翻，把赵苇杭掷下的军刀丢还给他，“唰啦”一声亮出自己的菜刀，像从裤腰里掏出一道闪电，气势很足。瞪着眼看住赵苇杭，说，来吧！

赵苇杭把椅子扶起，自己在另外一张椅子上坐下来，掏出烟，让了让张成旺，张不理会，他自己点一根抽上，吐出一口烟霭，说，急什么，不急。

张成旺眼又瞪大了一圈，近乎吼道，我都等你三年了，你算算，三年啦！

赵苇杭被他高分贝的音响逼得身子往后退让，等吼声退潮了，才又坐直，说，三年都过了，也不差这一会儿，坐吧。

张成旺仍不理会。

赵苇杭在指甲上顿顿烟棵，说，你眼瞪这么大，不累？

张成旺的恨本来就根基不稳，可不敢和他插科打诨，早就不是三年前的兄弟情谊，所以张成旺宜将剩勇地又追加着喊一声，你他妈还我的女人！还我女人！还我的，还给我！

喊得太急、太碎了，以致形不成合力。

这三年里，每当在街头看到某个娇小女孩急急走过，那种细碎的步子树叶般轻盈划过，张成旺总是猛地就想起他的女人来了。女人的裙子是水做的，有涟漪的碎花。梦瑶，多好听的名字。刚嫁给他的时候，梦瑶还是很温柔的，眉毛好看地弯着，不笑的时候也好像在笑。梦瑶说话的时候，他甚至想吃掉她的声音，因为她听起来味道是这样的美，有栀子花味。他笨手笨脚，偶尔表达亲昵的时候也只是咧嘴傻笑，把大手捂在她眼睛上，梦瑶的睫毛在他手心里蝴蝶一样扑闪着小翅膀，有点痒……

梦瑶原是读过一点书的，遵着父母的意思嫁给他，图的是在老街上有一爿店面，能过安稳日子。可忽而有一天她就变了，不再看他满手油腻拆卸电机和维修电瓶，也不再笑了，而是盯着傍晚时候背着吉他从街上风一样走过的赵苇杭，他云朵一样和小镇格格不入的不羁神情引发出她心里的远方。梦瑶学会了沉默。许多年轻的女子离开小镇，去了深圳、东莞、北京、上海……再回到街上，她们眼神明亮，语调高扬，耳朵上、脖子上、手腕上就都多了一圈圈闪烁的金黄……然后更多年轻的女孩子出去了。她还在街上，围绕着一天到晚的油盐酱醋，守着矮墩墩油腻腻的丈夫，她眼里的火焰灭了，看着云朵的时候，在雪湖洗衣裳看着自己倒影的时候，梦瑶忽然很想哭……终于，梦瑶如一块在窗台上楚楚招展的花被单，就这样被路过的风诱拐飞远了。

而赵苇杭无疑就是那阵不怀好意的风。

张成旺紧接着咄咄逼人地连喊了几遍，还我的女人，你把梦瑶给我找回来，你还我！……很歇斯底里了。

赵苇杭负气地笑，你以为是小时候弄丢了你的玩具，再还你一个？再说女人也不是你的私人用品啊。但赵苇杭知道跟他说不通这些，撇下他，去看天上。天上除了一枚月亮，就是几粒明灭的小星。不知道除此之外他还能看出什么深远的内容。

张成旺最看不得他这个姿势，以前女人在他身边沉默的时候也是这个作死的样子——肯定是受了赵苇杭的感染——做饭的时候、洗衣服的时候甚至做爱的时候，经常毫无防备地一声轻叹，眼神就涣散了，盯着远处某一个虚无的点，脸上呈现出一派出离的虚空。这让张成旺很恼火，似乎女人总是想逃离这油腻琐碎的生活，而在他看来，这简直是异想天开。

正当赵苇杭看着夜空陷入遐想的时候，张成旺宽大的刀背就顶在他身上，张成旺问他，你把梦瑶弄哪儿去了，你给我找回来！

他一向这个样子，赵苇杭想，从在莽山山脚下的破庙武校认识他到现在都是这样，一着急就大声嚷嚷，好像声音大了就能把对方镇服似的。赵苇杭转过身，一字一句地告诉他，飞了，她飞走了，并不是每条鱼都愿意在小小的条河或雪湖里的，不是吗？

张成旺急了，刀尖顶得更紧了，问，那她去哪了？你说！

赵苇杭背上的皮肤肯定破了，到底是磨了三年多的刀，够薄，看来送他一把军刀确实是多余了。赵苇杭说，我也不知道，你知道鸟飞过留下的痕迹吗？她飞上天了，实际上第二年她就离开我奔向那些闪光的男人和五光十色的灯火去了，赵苇杭说，她的心大着呢，你我都是她的过客，明白了吗？

张成旺说，放你娘的狗屁！手臂挥出去，给了赵苇杭一下子，这一刀砍在肩胛骨上，当然，万幸，用的是刀背，所以听见的只是砖头撞击一样的钝响。

赵苇杭趔趄了一下，受伤的脸上仍是“你砍死我她也是这样”的模样，飞走了，风筝断了线，收不回来了。

张成旺哇哇乱叫，气得溃不成军了，捡起地上的军刀抛给赵苇杭，说，来，来吧，我受不了了！

赵苇杭接住了军刀，但没有抽出鞘，只放在没受伤的右手里把玩，沉沉地笑，说，不用了，你知道的，你打不赢我，你觉得亏了，想出气你就再砍几刀，我不会还手的。

这个地方是所谓“汉兴之地”，自古有尚武的风气，和莽山上每年春秋两次的庙会一样都是特色传统而已，男孩子小的时候都会送到莽山脚下的武校里锻炼几年，弄得皮实一点，好养活。在武校那时候张成旺就知道他打不过赵苇杭，过了二十多年，到现在还是。张成旺忽然有点悲哀，自家女人的心被他给拐走了，风流够了，弄野了，可回过头又干不过人家。张成旺反手也在自己左肩膀上砍了一刀，血立刻像彩虹一样，升起在对方的眼睛里。张成旺扔了刀，说，对等了，来吧，赤膊单挑！

赵苇杭抱着臂膀，想，这家伙还是这样，火气一来就急赤白脸不要命的架势。小时候他们俩一起和别人打架，明知打不过他也是这个样子，赵苇杭想，他怎么就可以没有一点变化呢？像块笨石头一样。

张成旺冲过来打沙袋一样激将了几番，赵苇杭仍没还手。张成旺的脸上有些绝望，朝他吼，你他妈的还手啊，你有种就和我打一场，还手啊！

可赵苇杭压根就没打算跟他挑。他觉得有点累，三年了，他积攒了一身的疲惫。大城市也没有他想的那样好混，他那二手的破吉他根本弹不出一条通往理想的路，他还不如梦瑶，可以一边零售着自己，一边像一尾鱼，借助男人的身体最终游进了自认为的繁华大海里。当然，三年一晃过去，他也没什么可后悔的，就是觉得一种说不出的累。

黄凉的月色倾斜着洒落，映照着墙上的母亲，有一瞬间，隔了三年的时光，他看到性格刚强的母亲微笑得是那么的荒凉，赵苇杭落了泪，其实也不是多么的伤心，完全不由自主罢了。

张成旺仍然在院子里尥蹶子一样狂喊着，你狗日的有种跟老子打一场啊……像一匹困兽，倒把自己逼得满眼翻卷的都是泪意。待看清赵苇杭盯着墙上的眼神，他不吼了，长叹一口气，说，你狗日的回来的时候就不应该走街上！

是的，他是该沿着河堤悄没声息地回来。

可赵苇杭接着一句话又让张成旺好不容易压住的怒火燃烧起来，他说，你知道，我从街上出去的，当然要从街上回来，赵苇杭说，我不觉得我有错，梦瑶不跟我走你也是留不住的……

还没说完，张成旺就气急败坏地截住，你给我闭上狗嘴！

赵苇杭从衣兜里掏出一沓照片，递给他，张成旺看了一眼，以为是梦瑶呢，不是的，是海。大海。波涛轰响、蓝得发硬的大海。小的时候他们曾梦想着要去海边玩，最终，他去了，他没去。张成旺有点感伤，接着往下翻，是梦瑶了，她的长头发在海风中呈放射状地飞扬，笑容金黄而明亮，仿佛整个生命都在绽放着开心。张成旺看得目瞪口呆，在一起的时候，他从来没见过梦瑶会开心成这般模样。

赵苇杭慨然地说，不管你承不承认，小镇之外，还有海，海一直在那里。

张成旺一下子把照片撒成天女散花状，破碎如他的绝望，他大喝一声，那又怎样？

赵苇杭说，不怎么样，实在没什么。不过是我看了，又回来了，什么也没干成，我心安了。

张成旺火大得很，老子不会让你心安的，你等着吧。气鼓鼓地裹着满身夜风就要往外走。

赵苇杭一把拉住他，把他摁在院子中央，然后“扑通”一声跪下，顺理成章磕了个头，磕得很重，也很快。等磕到第三个的时候张成旺抱住了他的头，也扑倒在地下，说，赵苇杭你不必这样，仇是仇，莲姨是莲姨，一码归一码，我虽然笨，但还分得清楚，伺候姨是我愿意，不是替你，你狗日的不欠我。

赵苇杭依旧跪在地上，沉静地说，嗯。那就谁也不欠谁，最好。

张成旺鼻息间“哼”地出一口气，不置可否。

赵苇杭说，最后见她，梦瑶托我给你带句话，要听吗？

张成旺急急问，有屁快放，死女人说什么？

她说你是个好人，可惜，不怎么懂女人。

就这些？张成旺怅然若失。

嗯，就这些。赵苇杭问，我娘临终前有啥话留下吗？

张成旺摇摇头，说，她是踩凳子上去取梁上的腊肉摔倒的，走得急，什么也没留。

赵苇杭坐在地上，低低地说，哦。

咱俩的事儿还没完，你记着，我不会放过你的！张成旺推开门要往回走，开了门又扭头对瘫坐在地上的赵苇杭说，姨走的时候没你想得那么痛苦，只是摔倒的时候诱发脑溢血，就走了。联系不上你，我执的招魂旗。走得很风光，孟长三率一帮老邻居都来送了一程，你有空就挨个去感谢一下吧。

赵苇杭忽然坐地号啕，哭声如蝴蝶自他嘴边往外纷飞，似乎也不单是为了哭他娘。

在哭声中张成旺走出店门。老街上伺机潜听动静的闲人纷纷收回眼神，孟长三老人还专门搬着小凳子坐在槐树下，等他路过，问，事儿结了？

张成旺回说一句，差不多了。

众人都去看“顺河酒家”的木门，木门沉沉关住，连月光也被闩在门外。

谁也没有想到，过了没有几天，“顺河酒家”的招牌又熟悉地挂了出来。整个雪湖镇的人确实是被惊讶了一回的。不过过了一段时间人们也就习惯了，虽然掌持的不是莲姨，虽然牛肉卤得没有莲姨那个滋味，虽然浆水面、臊子面、烩面都做得不那么劲道……这些个，大家也都理解了，毕竟不是莲姨那双巧手，浪子回头嘛，街坊邻里的，总要给他个机会不是?

可没有了槐花酒，这一点让孟长三最难以忍受。

那酒是莲姨自己酿的，用谷米和晒干的槐花花蕾发酵的，酒里有槐花的新香。孟长三看了莲姨半辈子，会酿酒的女人，水会生香，他喝一小杯，人就软了。现在呢，吃食粗糙点继承不了莲姨的手艺也就罢了，可对着这勾兑的当地白酒，怎么也喝不来莲姨的那一份馥郁和温柔……孟老爷子艰难地咽下一小口二锅头，皱着眉梢上不知几世同堂的皱纹，沉沉然叹一口气。

这一口气也压在正在卤肉的赵苇杭心坎上。

也奇了怪了，虽说他从小就没想过有朝一日会开这个小酒店，自然也没在灶台上下过功夫，但这么多年母亲做什么他都看过的啊，再怎么不济那些材料和程序他也耳熟能详。拿卤肉来说，无非就是丁香、大小茴、八角、甘草、良姜、陈皮、公母丁、花椒、十景香、辣椒粉等，但怎么做他都做不出母亲那个味儿来。真是奇了怪了。

以前的时候，早上他想睡个懒觉，母亲按时叫他，起来啦，米都下锅了！若是他还恋床，母亲索性会拎着灶上的捅火棍，噼噼啪啪地敲着床沿，懒东西，叫你挺尸！父亲早早撂摊子病殁后，母亲一人在镇子上撑起这爿酒店，心气强硬，自然对他也不会放松。他和母亲的关系一直也很难亲昵。可这会儿他望着一锅煮烂的牛肉，忽然很想被母亲掂着灶火棍给狠狠地打上一顿。

等收获的笑脸挂满秋之容颜，莽山的庙会就开始了，周围十里八村的乡人都会去山上转一转。这个山里，每逢春秋两次庙会，是方圆几十里的小节日。农民种地一年四季躬耕忙碌，多苦。在夏播之前和秋收之后，一前一后，有这么两场庙会，实在是个很好的调味。平日里忙营生，多有劳累，进庙会转转，听听曲儿、大鼓、说书；看看小玩意儿，各式泥塑、糖鱼儿、马戏、魔术；闻闻扑面的味儿，种种炒货、炸糕、煎饼、烤肉、什汤；买买小杂货，头绳、衣服、布料、电器、饰物……叮叮当当，嗡嗡有响，热闹也悠然，空气中弥漫着尘世生活浓郁熟悉的香味。

这些天，酒店的生意自然也会好得一片忙乱。现在的庙会人虽然不如以前多了，可母亲一生积攒的人缘在那儿放着，那些和孟长三老爷子一样的老主顾来赶庙会,必然要来莲姨的“顺河酒家”就着五香牛肉吃一碗自酿的槐花酒才算圆满。

为此，赵苇杭专门进了几箱优质白酒，盛放在母亲以前的粗陶坛瓮里，以做代替。可第一天就难以为继，老主顾坐下来，叫一声莲姨，没人应。赵苇杭出来解释，来人听着便一阵叹息。念叨着莲姨生前的大方爽气，各种好。赵苇杭没有想到母亲的形象在方圆几十里的行路人心中是这么枝繁叶茂……叹息完了，往往是老规矩，一盘牛肉、一份面、一小钵老酒——就是槐花酒。

这几个月来，赵苇杭的卤肉虽还不能承袭母亲的余韵，到底是摸索着有了些长进，老客人们吃着，算是差强人意。但，酒呢，喝一口就不行了，苍老的眉尖们就皱起来了，错错嘴唇，摇一摇头，叹一声，潦草吃完，付了钱就走。走了老远往往还摇着花白的头。

赵苇杭想，老爷子们大约再不会光顾了吧。

钱赚多少是另外一回事儿。一种比钱更重要的东西，塌了。赵苇杭没有能耐再竖立起来。他望着墙上的母亲，跪下拜了几拜，喊一声，娘，您在这样惩罚我，是吗?

娘不说话，黑白的相片微笑着望着他。什么话也不说。

赵苇杭想，是啊，娘就是在这样惩罚志大才疏、好高骛远的不孝儿啊。一夜风雨，秋色似乎都洇染在了他身上。赵苇杭病了，摇摇欲坠。

第二天黄昏，雨后云霁，落日辉煌，孟长三和一帮子老主顾在店里吃着面，他们来“顺河酒家”是因为这几十年成习惯了，不过喝的酒不是店里的，是自个儿从家带的。赵苇杭无话可说，唯有惭愧。

老伙计们正说着老话，有一搭没一搭的，念叨着莲姨细碎的好处，间隙里，望眼老街远处，一人抱着一个什么圆滚滚的东西渐渐走来。近了，才看清是浓眉大眼矮墩墩的张成旺这小子。孟长三老远就招呼说，嘿，阿旺，你小子抱个大坛子做什么，现在可没人用这种粗笨的老家伙啦!

张成旺嘿嘿一笑，也没理赵苇杭，径直就把坛子抱到后堂里，才折回身说，老的才有味道嘛。老爷子，您闭上眼，给你一样好东西，保你喜欢!

孟长三说，小子儿，什么东西，还卖官司，搞这么神秘嘛。

您只管闭上眼哎老爷子！张成旺眉眼嬉笑着说。然后从后堂端来一碗黄昏一样颜色的东西,在孟长三鼻子跟前一晃而过。孟长三立即鼻孔放大，激动地站起了身子紧跟着碗里的味道，睁开眼，眉毛都竖起来了，抖动着手腕一把抢过来，惊喜地说道，乖旺仔，你从哪儿弄来的，嘿嘿，错不了，莲姨啊我闻见你的味道喽！孟长三哆哆嗦嗦地擎起酒盏饮了一口，好哇，好酒！一点儿也没变哪，老哥几个都尝尝，尝尝哇!

老爷子眼角已然湿了，他想莲姨。

杯盏里淡淡的酒香漫过斜阳，诱出一钩儿月亮。

老伙计几个都尝了，眼神都活了，对张成旺穷追不舍。张成旺抱出坛子，舀酒，老爷子嘿，都喝个够，放心！

孟长三犹不迭地问，阿旺，你从哪儿弄来的，你小子，真有你的啊！

张成旺默然不语，看一眼对面脸色刷白的赵苇杭，走上前，心里敞亮地说，事儿结了。

赵苇杭久久才青白着嘴唇说，你厉害！

张成旺递上一支烟，淡淡地笑说，我只是笨罢了。

传给我！赵苇杭说，还要我再给你跪下吗？

张成旺给他点上烟，说，我想了几个月，似乎有点想通了，下个月我想去东莞那边，你知道我一直爱瞎捣鼓电瓶电路这些个，没想到有个在电子厂干过的朋友看上了，要我去试试。你说得对，我是一块笨石头，可海在那里，我也想去看看。

赵苇杭不听这些，已经几乎要双膝着地了，你传不传？

你不说过，急什么？张成旺说，又不是明天就走，还有个把月呢，上次我们那一架还没打呢，我想着怎么也得和你狗日的打完它。

树上的女孩

一

后来，被人叫作傻女孩的她长大后，在书上读到这样一句美丽的话——

三月里，年轻的父亲吃了一点春天，在百花开放的夜晚，和母亲一起甜蜜地推敲我们最初的容颜。

她就一心地想，父母当初是什么样的心情呢——在孕育她的时候。她静静想，也许该是满含着心愿吧。然而，命运把他们这点儿愿望一点点恶毒地榨干，她便成了丢在墙角的一片破烂，多了不多，少了也引不起谁的注意。

在姐姐之后，她应该迎合着是个弟弟，但她落地的一声啼哭，父母的心愿就随之落空了。她之后，经过了她和姐姐漫长的失望的铺垫，一而再，再而三……终于父母圆满地完成生个男孩的期盼，幸好上天最后总算给他们一个安慰。她夹在中间，前有村，后有店，算来算去，她多余。她的存在只为弟弟忽然带来的大喜悦再做一次多余的铺垫。

这些也就算了。踢毽子、丢沙包分组的时候，金枝扬扬眉毛撇着嘴："我才不要和她分一起呢，不够累赘的，瘸着个腿，还缺心眼子。"

也是，对于人事，她的反应向来有些迟钝，也许那不过是如云的快慢之分。像天上的云，有的快些，有的则慢些，没有谁说那一朵慢的云傻，她只是不爱说话。

腿其实也并不严重。那一茬的小孩好几个都有小儿麻痹症，有轻有重，她算是轻的，只左脚一点跛。当初也只需及时入院诊治就会好，比她重的都治好了，但她没有，耽误了。轮不到细心照顾她，在父母眼里似乎也没有必要。因为弟弟要吃麦乳精，要吃好的奶粉。她是多余的人。

后来，千贝学她走路，她看着，并没有哭，但是小小的心又多了一层哀凉。因她那一条好的腿走路时还有一点内八字，即俗话说的"罗圈"，她小时没有人照顾，母亲上地就把她放在地头，她自己在地上玩，腿骨发育受了影响。

在那样的盐碱土地里，女孩的命运似乎也顺理成章般正常。她想，自己也像这棵树吧，缺少阳光，没有雨露，长得不挺拔饱满，但生在了土里，也在长。

她拍着一株歪脖的楝树，问她："他们也欺负你了吗？"楝树密密开一树的粉色细花，像戴着一朵云霞，她想她也应该是树中的女孩吧。然后，转身拍拍旁边个子高大的白杨，"你们不许笑话她啊，你看她的花多好看，不是吗？"杨树们听了振动一下枝丫，算点头答应了。她就笑了。但是因为笑的力气有些大，眼泪掉了下来。

她天生可以温柔地和一棵树说话，和一株草问答，或者和一只鸟叽叽喳喳。在她看来，每一棵树每一株草每一颗星都是有生命和表情的，比如说树，起风的时候，它们听风讲从远方一路带来的故事；风大了，起争执了，不讲理了，它们就舞动枝丫和风打架；或者雨来了，它们在年轮里依次记下大大小小的滴答；有时还邀请鸟儿在肩上唱一支歌，当然它们也会难过，比如同伴在大风雨中受伤了，或者做巢的鸟被调皮的孩子用弹弓射中了，还有就是坐在它们枝头上的这个小女孩不开心了，不和它们说话了……

后来当千属问她："你一个人在林子里，害怕吗？"

她在树上笑了，指给他，"这儿，这儿，他，还有她，你看啊，这么多的树陪着我呢，怎么会害怕呀。"她把树分成男孩、女孩，以此类推还有哥哥、姐姐，以至爷爷、奶奶等。她和它们之间的话太多了。她爬树像一只鸟，轻盈敏捷，或者她本来就是一片叶子，可以随心安放在大或小的枝丫。

她是树上的孩子。也只能是。

早上，乡村最平凡的鸟——大大小小的麻雀，立在枝上叽叽喳喳地叫，吵吵闹闹地似乎规划着一天的行程，而大树安详，如父亲的形象。像这些鸟，她也是其中的一只，树是她温暖的巢。

在树上，她感到了可以触摸和搂着、抱着有依有靠的安全，在树枝上树叶里，不会有人笑她的腿，不会有人说她傻，不会没有人陪着她玩，不会没有人陪她说话，不会的。有树，有这么多的树，陪着她。她坐在一棵树上，可以从早晨坐到晚上，贴着枝干，耳朵里听见根须在黑暗的土壤里密密麻麻地生长，还有树身中小河流一样从下到上源源不断的汁液叮当作响；仰起头，或者枕在合适的枝干上，隔着密或疏的叶子，就看到云中藏着风的形状，看那些随季节变化生长的云朵，几乎永远是那么懒懒地在天空静缓缓地流淌，随风变化、聚合，而地上的人却总是那么忙。

其实她看到的风景太多了，每一分钟在她眼里心里都有不同，比如早上呼呼上升的清新的红太阳和黄昏时宁静慈祥的夕阳；比如被叶子剪辑过的柔柔的风和大风雨前怒吼的风。看似仿佛的风景，其实就像长相差不多的千贝和千属一样原来是那么不同，何况从日出到黑夜树的周围天上的地下的心里的，还都有那么多的变化。

先说春天。暮春的阳光明媚而灿烂，风也是暖暖的，经过树林，带来了槐花芬芳的愿望，扑拂在行人脸上。这沿河两旁都是一抱来粗的大槐树，一到春天，槐花便纷纷扬扬如下了大雪一般。

在树下，她把她的小羊项圈上的绳子解下来，拍拍它毛茸茸的小脑门，搂过来亲昵了一会儿，细细吩咐它不许跑远之类，然后轻轻一推，让它四下跑跑，去吃春天新生的花草。小羊咩咩叫了两声，一蹦一跳地去河边草多的地方了，但它不是一下子走远，而是走到一个它觉得她看不见了的地方就回头叫一声，让她知道它在那里，不让她心急，她其实在岸上往下都能看得见，就冲它挥挥手，喊它："小穗乖，吃饱了回来啊。"

她叫它小穗，它下巴垂着两个对生的小小肉穗，她爱轻轻地捏；还因为她也叫穗，但没有人叫她的名字，叫她傻二妮，或者，瘸子，那她就自己叫好了，柔柔地喊一声，小穗，她的小羊就抬头扑闪着水汪汪的眼睛应一声，咩。

说起这只小羊，来得也有点意思。她前面这条小河，原来还有跳波的鱼啊虾啊，现在早没有了，自上游开办了一个化肥厂，一度水就黑得像奸人的心一样了，只一股瘦瘦的污水在流淌。河的两边都是长长的草，遍布的野芦苇。草丛里偶尔就会有粗心的野鸭子落下的蛋，她那天就捡到了两个，揣在兜里，思量着把它们藏在哪儿。于是就上树了，树上有虫子蛀出来的洞，把蛋放下，她骑在枝杈上支着下巴看天上飘来飘去清晰分明的云，她真想扯下一块擦擦脸，把它们做成纱巾，肯定比棉花还要软。她就这样继续她平日里的胡思乱想。

看完了天上，她又看四边的动静，隔着小路往南是一片荒地，满仓爷在那儿放羊、晒太阳。往西就是村里，她看见一只满面风尘的乌鸦静静无声地赶往村子，然后绕空几圈大约盘旋在卧床好几年的徐奶奶家那个位置，那沉默的乌鸦忽然像一朵黑色的花在徐奶奶家上空"啊"的一声开放了。她想徐奶奶要老了，因上次她也是这样看见一只前来宣传死亡的乌鸦盘旋在三贵爷爷家上空的。老或死还是她不太明白的事。她在那里瞎想着，就看见东边的路上骑过一辆后面车座上驾着柳条筐的摩托车。那车子转弯在满仓爷跟前停下，问他："大爷，去赵庄的路咋走？"大爷就手指着给他说了。这人把摩托车掉转过头，朝着路，把油门调小，并没有熄火，下了车和大爷攀谈，"大爷这羊喂得不错啊，一个一个你看都肥的。"大爷乐，老伴走了，他孤零零所有心思都放在这群羊上，"不是我吹，我的羊这个庄上没有谁比得过。"年轻人递过一支烟，"那是，那是，看得出来。"猛地伸手娴熟地捞住一只最肥的羊，掐量着说："哟，这个重，得有百来斤啊。"大爷抽烟，露出参差的牙笑，"看你也挺懂行的，差不多，我天天喂它豆饼吃呢。"年轻人并不把羊放下，笑一下，和善的样子说："大爷，你知道现在人家都怎么偷羊吗？"大爷老实巴交地摇一摇花白的头，"不知道。"年轻人掐着羊的身子一把摞到摩托车后面挂着的柳条筐里，翻身骑上车，转动油门，发动起来之前转身说："大爷，看见了吗，就这样偷的。"身后溅起一道烟尘。稍后大爷愣过神来，才"唉唉"地跟着追，并冲有人的地方嘶声喊："偷羊了唉……"年轻人根本不在意，想想也是，摩托车多快，你一个老头子，累死你也撵不上,但一看不远窜来几个在麦田里闻声赶来的村人，他想穿过树林沿着河堤赶快驶向公路，这样就彻底脱身了。这么肥的一只羊，又这样轻易地得手了，他心想。

却不想就在他想穿过树林的时候，冷不丁"啪唧"一个硬东西砸在他头上，他本能地转头望，“啪”又是一个加速度的野鸭蛋糊在他脸上，瞬间摩托车也失控撞到树上，他都奇怪，好像那棵树像一块石头突然飞了出来，“嘣”的一声把他从车子上撞翻在地。算他这回倒霉，被追过来的村人轻松摁住。此事在乡间传为美谈。“多亏了你那两个野鸭蛋，”满仓爷说。

事后，满仓爷答应从新下的四只羊羔里给她留一只。“丫头，喂够一个月的奶你再抱走。”她于是就每天跟着满仓爷，看属于她的那只小羊羔望着母亲眼巴巴叫着嫩黄的声音吃奶，她则采回来最好看、最柔软的花草给母羊吃，母羊在她手心吃草，身子底下是它争着吃奶的调皮孩子。但是它们即使争夺，都是始终前腿跪着吃奶。满仓爷叹息说，畜生从小都知道念恩……满仓爷的几个儿子不孝顺。

一个月后她抱回了她的小羊，喂它的时候她会想满仓爷，还有他的那群羊。因为不久满仓爷就卧病在床了，羊也被儿子卖了……

收回来吧，她的羊已在荒坡上吃饱了，就温顺地回来，脖颈上还碎响着一个小铃铛，咩咩，叮铃叮铃，过来蹭蹭她的腿，她趴下和它抵了一会儿架，抵不过它，把手放在它眼睛上，说：“小穗该睡了，睡吧。”抱了它一会儿，它就在阳光里听话地睡着了，它睡着的样子真好看，耳朵、眼睛、嘴唇，都是娇憨，她把它抱到一片草上，让她的小羊睡觉。

她则在林子里来回地玩耍，转身在树下碰到一只过路歇脚的鸟，就和它家常闲话，问它冬天在温暖的地方看到了什么。因它飞经那么多、那么远的地方，肯定有许多的传奇要讲。鸟儿清一清嗓子，在枝上开始一贯声情并茂的说唱……“哎呀，只可惜呀你没有翅膀，要不就可以一起飞了，”鸟儿说，“我喜欢和你说话。”因为她的眼睛一直炯炯地看着它。然后这只叫偶然的鸟拍着翅膀飞走了。看着鸟飞了，成了一个小黑点，再小黑点也渐渐不见了，飞远了……徐徐收过神来，她问身边的树，“你们都一直站着，会累吗，也想飞吗？”想也是，树的一生就那样一种站立的姿势，从生到死都是。单腿立着的树想了想，笑着答她，翻译来大致是“我们注定去不了翅膀到达的远方，但是可以在时间里静静地飞翔”——它们一站就有可能是上百年，任时光风一样地走过，而它们历经岁月的冷、热、旱、涝，看过那么多的刮风、下雨、雪霜，那么多的花开花落，就算站在那里也是飞了。

她继续在林子里走，碰见一花一草打个招呼，不想脚下一团藤类的植物商量着故意联手绊了她一下，或许因她没有和它们打招呼吧，她就顺势摔倒了，阳光好，她心情好，在哪里摔倒了就在哪里坐下睡下好了。槐花层层叠叠的香气熏染得人睁不开眼，也不想睁开，天这么暖，一会儿就眼角昏昏然了。躺在那儿，枕着一段露出的树根，在阳光下闭着眼慢慢地把睡意也培养得这么芬芳，她一点一点走进了梦乡。梦中看见自己长出了一双开合的翅膀，和那个偶然鸟一起在天空飞……

但飞着飞着，她忽然感觉到脖子上一凉，睁眼一看，一帮男孩子弯着腰在等着她醒来，她随之的厉声惊叫，正好迎合了他们恶作剧的期盼，男孩子们“哗”地爆发出一阵得逞的大笑，像一群苍蝇“轰”地从他们嘴里飞散。男孩子们笑得很放肆，对自己想出的恶作剧很满意的样子。

她的眼泪一下子就涌满了双眼，一直流一直流，止不住……她哭了，因为挂在她脖子上的是一条冰凉的死蛇！

惊蛰刚过，这条饥饿的冻蛇刚一出洞就被这帮孩子玩着、弄着，打死了，然后又偶然看见她在这里睡觉，他们用竹棍挑着死蛇嬉闹，一个坏孩子说，“喏，那不是瘸子在那儿睡着吗”，“放她身上，放她脖子上”，一拍即合。她想这回又不离千贝的主意。

男孩子们如愿以偿地笑了，扮着鬼脸，尖声地叫。她哭了，哭声像一只风筝在林子里响亮和落单地盘旋，她哭得都这么孤单。蛇瘆人，她心里何止是怕啊，都不敢伸手去拨弄掉在脖子上那条冰凉的死蛇，只是任它挂在身上。她的眼泪簌簌地滚落，一直地哭。因为除了哭她所有的对蛇对这帮孩子的恐惧也没有别的出路。

结果照例是她哭得越厉害，这帮坏孩子越是恶作剧得逞地欢腾。

她的羊被吵醒了，碎步急忙赶来，望着她惊吓得远远地叫，不知道发生了什么事情。身后的老槐树叹息了一声，喊她，让她到它身上来，这样他们就够不到了。她醒过神来，对着围绕着她的这一群坏蛋，拿脚擦着地面慢慢向后退，手指尖摸着了树然后忽然转过身抱住惊慌跑到树上。她真的不是爬树，好像是树也忽然倒下身子铺成了一条路，她拔腿就跑了上去，然后一直往树顶的方向跑。男孩子们一下子被她上树的速度惊住了，那条死蛇从她身上掉落下来，差一点砸在他们仰面望向她目瞪口呆的脸上。

她双手抱在树上，仍然惊惶地看着地面上的他们，看着，又不禁再往上走一点，再走一点，像一只瑟瑟的鸟，直到接近了树顶，才死死地抱紧了树干，把脸贴在上面，心里颤抖抖地觉得有了一点安全。

男孩子先是仰面惊讶地看她，又慢慢有了一种被她耍了的嫉妒怒气，因为这样笔直的树，他们谁也没有本事上去，何况是这么地高。千贝最先掏出弹弓，在地上捡了一颗干了的羊粪蛋，向着她喊，“我看你还往哪儿跑，”对着她发射过去，“看你能跑多高，再跑。”男孩们于是纷纷恶劣效仿。

她伏在树的最顶上，像是被一群狗逼退到树梢的小猫，她现在多么希望自己能是一只可以远走高飞的鸟，这样，他们的戏弄够不到她，他们的嘲笑也够不到她，鸟有天空保护着它。而她不是，所以只能依靠树来保护她。有石子击打在她身上，猛地，疼。她没法躲。只有咬着牙，但当她试图再往高处爬一些时，她忽然又哭了，在树上喊，“不要！别打它，小穗，你快跑，跑！”

千贝撵着小羊跑，吓唬她，“你再不下来我打死你的羊！”小羊的眼睛像是受惊的鹿，咩咩跑着，叫得一声比一声哀苦，它想她的保护。

危险就是在这时发生的，她伸手厉声乞求地喊“你们不能打它，不要打它啊……”心就生生疼得空了，恍惚间手也抓空了，再回手抓住的只是一条树梢的细枝，那根稻草一样细小的枝根本无力将她浮起，她开始像溺水一样快速坠入水底……

她终于可以像一只鸟那样飞了。

二

第二天黄昏，她贴在树上，先是看到连海家孤高的炊烟照例率先冒出来，然后各家的烟囱也相继吐出一片淡蓝。太阳慢慢落下去，鸟也陆陆续续回家了，就连贪工的村民也扛着疲惫的锄头回去了，她还泊在树上，从早上到现在，早已经饿得也像一道烟，恨不得风一吹就散。但她不想回去，也不敢回去，怕父亲再打他，因为她昨晚上灌热水的时候暖瓶从水台上滑落，碎了。

昨天晚上她回去晚了，脸上胳膊上都是一块一块的伤疤，爹粗声问她怎么弄的，是不是又和金枝打架了。她垂首瑟缩在墙角，抱着她的羊羔。她早不和金枝打架了，她打不过她，金枝她们玩时她早就不去看了。但是她不敢说她是从树上摔下来了，不然父亲又会吼着骂她女孩子上树作死啊。所以她只敢抱着她的小羊，看着地上。

其实她没有从树上摔到地下，回到那空手的一抓，她抓空了，“咔嚓”小枝断了，落下……落了有好几米，她被底下的树枝又卡住了，她命大，也许是槐树有心伸出手托住她。男孩子们见状都吓得脸色煞白，纷纷散了。只她的小穗在树下一声一声失惊地叫着她。她在树上放声哭了，明明是春天，随着她的哭声，一棵棵树也周身凋零……她等到天都黑了，才敢回家，不想让人看见她脸上、身上擦破的伤。

但是吃过晚饭，烧沸了热水，往壶里灌时，胳膊那么疼，一不小心，水壶就从台上滑落了，应声碎了，“咣当”一下，那也是她害怕的心。定了神之后，她悄悄地把水壶藏在台下，把热水用盆端过去给父母，自己又悄悄地胆战心惊地睡下。然后，一早她就拔腿跑出家门，趴在这棵被她叫作奶奶的老槐树最高的枝上。

只有在树上，在远离地面的属于她的这一片小小天地，只有这样，她的心才好像踏实了一点点。这一天当然比以往似乎要慢，但是这样的慢、这样的孤单她已经一次次习惯了，回不回家其实都一样，挨打也没有什么可怕，可是挨打之外的许多东西让她心里觉得更不好受，弟弟坏了东西不过说他一句，姐姐也是，最多数落的语气重一些罢了，唯独她。也没有人和她说话，他们都觉得她这傻孩子不爱说话，天天慢吞吞得像个哑巴，不讨人嫌就很好了。

姐姐漂亮，有眼色，弟弟不用说了，还是唯独她。家里窘迫，父亲和母亲不免经常会言差语错直至猛烈吵架，母亲照例念叨父亲没有本事。他们一吵架挨打的往往是她，垂头丧气的父亲怒气没有地方撒时，只有指桑骂槐数落她，一扬一落的巴掌清点着她满心的惧怕……不回家了，不想回去。饿狠了，她伸手捋一把槐叶放在嘴里，嚼一嚼，清苦，也能吃下，她听见槐树奶奶用落花的声音对她说话：“孩子，你吃花啊，花甜。”她知道花甜，她是舍不得。她说：“嗯。”就摘下一串槐花，嚼出清甜的香，真饿了，就大把大把地捋着槐花，大口大口地吃。

她忽而看见底下有人看她。一惊，又要往上爬。她被千贝欺负怕了。

“你莫怕，我不是他。”底下的少年语气轻柔。

她细看，还真不是他，但是他们长得好像，只他白皙、单薄，眉清目秀，衣服也讲究。

“那，你就是会弹琴的千属了，是吗？”她往下坐在最浅的树枝。

“嗯。你怎么知道？我没有见过你。”少年一板一眼，说得不疾不徐，彬彬有礼。语气、声音和村里男孩子完全不是一个世界的。

她虽然没有见过，到底也听说过和千贝长得很像的千属，多才多艺，文静知礼。

二十年前，连海把成天和他在穷家破院里吵架的三儿子三峰打出了贫穷的家门，十年后三峰就带着满脸的刀疤挟着女人背着一把气枪衣锦还乡，到家对着他爹“砰”放了一枪，打的是窗户，然后把十年一跪而下扬眉吐气喊一声：“爹、娘，儿回来了！”立刻给家里盖了二层的楼房。两个死缠在一亩三分地里的窝囊哥哥也被他带走跟着他大世界里吃香喝辣。千属当然就是他后来和一个女人的儿子。千贝则是他二哥缺斤少两的种子。

“我也没有见过你，”她豁着牙对他笑。因为他对她友好，“你要吃吗？”她两手抓满雪白的槐花。

他抿唇微微笑，仰着脸，“你爬得真高。”

她闻言欢喜地在树枝间上上下下，“我还能再高呢，”她说，“我爬给你看。”

可是那边，不远处，奶奶喊他，“千属，该回家了，别和那个憨了吧唧的妮子说话，回家了。”他的奶奶是来这里用带着钩子的竹竿勾槐花。

“那，我走了。”他向树上的她扬扬手。

她一怔，停止了向上爬给他看的热情。

“你天天都在这里吗？”

她还没有委屈说出一声“嗯”，他已经被奶奶拎着走了。

黄昏之后，他们都有温暖的家。

她在树上眼睁睁看他一步一步地跟着奶奶走远，他不断地回首张望，夕阳镀在他秀美的脸上，她定定地看着，小小的心忽然感觉到了从来没有过的寂寞。

但是这一天她也觉得开心，因意外认识了他。

三

等，最好的回应应该是对方的心疼或者笑容。要不然只是一阵风，空空的什么也没有。

从那天以后，她不自觉地就在最高的树上，俯看着那条通往村子里的小路，眼睛像两颗黑黑的葡萄，带着要胀破的那点不言而喻的心愿，痴痴的神情，写满了等，下巴抵在手背上，惘惘然的，她在想。

即使倚着树干睡着了，朦胧中有一点风吹草动，比如一声“咕咕”的鸽鸣，她都忽然惊醒，睁开眼睛欠着身子就起身看来路，空空的，小路仍静静地躺在那里。有时“呼啦啦”一阵拍翅膀的鸟，打破这寂静，她也就只好看鸟儿飞飞落落。而周围树木依然都那么朴素、安静，接近永恒。

往往直到她把黄昏的光线也一点点地看进了眼睛里，夜色开始水一样从地面缓缓升起，连海家傲慢的烟囱也吐完最后一个烟圈，一颗，两颗，星星也次第开放了，她望望天上的星，她太微小，所以只敢对着夜幕中那些最不起眼的小星许了个愿，沉默的月亮打在她小小寂寥的脸上。她的小羊在树下唤她，她随手往口袋里装了几把村庄上不知是谁的母亲高低的喊声，从树上下来，最后又看了看那条小路。

月光下，她把道路给等得柔软了。

四

树叶巴掌大的时候，唠叨的母亲和暴躁的父亲因为芝麻大的事又有声有势地吵了一场架。然后母亲说受够了这种窝囊的日子，带着弟弟，跟着娘家亲戚去南方打工去了。

然后父亲也追着去了。把她和姐姐撇给游手好闲的奶奶。奶奶爱打老牌（一种民间赌博，往往是上了年纪的人玩），姐姐就让她做饭，“我做作业，你做饭。”其实姐姐放学了是恋着去玩。她不跟姐姐争，争了也没用，反正也没人和她玩。做好饭，她吃一点，留在锅里，喂好猪，抱了她的小羊，去树林子里。

树才是她的栖身、歌唱、做梦的地方。

她看见春天在梨树向阳的枝头打响洁白的一枪，桃花、苹果花之后，轮到了梨花素衣登场。田野上的阳光充沛，视野明亮，麦子纷纷抽穗、扬花，铺开一块块汁液饱满的绿，蝴蝶在野花青草之间身段翩跹地飞来飞去。

好天气。

她睁大着眼试图和枝缝间泻下的光线顽皮对视，直到阳光把她看得眼前一片黑，像有黑翅膀在飞，就抱着树干闭了眼，任暖洋洋的太阳洒在脸上，慢慢把她小雏鸡一样将破未破的睡意孵出了壳，她就深深浅浅地睡着了。梦里又见到了树下的男孩，他对她秀气地笑，她也笑，但是不知道一时对他说什么才好。

不知过了多久，迷蒙间觉得自己被一阵奇异的风给吹了起来，袅袅的，她化成了一朵云，被那从来没有听过的美妙的声音给托着，柔柔的，云上飘浮着她的心、她的人……她像一朵花睁开眼睛，向下面看了一下，忽然就是一阵的眩晕。

——是他！

他在树下吹着口琴。

他把她吹成了一朵悠扬的云。

她流下眼泪。长久的期待和无人知晓的热忱，这忽然而至的巨大惊喜，不觉眼角就是一场淅沥落雨，她欢喜而泣。

“好听吗？”他问她，仰着脸的笑容像小小葵花。

“嗯。”她使劲点头，“嗯，好听。”围绕着他的笑容，她又一次禁不住双眼为之落英飘零。

“奶奶睡了，我偷跑出来的，”他又绽开一个清澈笑容，“我知道你在这里。”

这分明的笑容给她心底默默埋藏着的种子施了肥，一下子发了芽，长出了叶，开出了花。她从树上跃下，下来，抱着小羊，看他，看着看着就忽然抱着小羊，把红红的脸埋在它身上，小小的心许久许久翻涌着想找出一句柔软的表达，最后却只会说出一句话：

“你真好！”

五

她和他在一起的时间加起来总共也不超过半天，但就是那几个照面她一生都觉得那已经足够长了，够她在整个寂寞的少年时光里温暖地回想，一遍又一遍，她想了很多很多年。

“不怕从树上掉下来吗？”他在树下关切地喊她，“这么高。”

她给他采摘桑葚子，直到爬上最高的枝，那里的果子最好、最新鲜。她把衣服上两个小口袋都挑拣最大最鲜的桑葚子装得满满的,然后自己也顺手摘几把吃得嘴角流溢出酱紫色的果汁,下来，捧到他面前：

“给你。你吃！”

他先是迟疑，看着她清亮亮的眼睛，拿起一颗放进嘴里，轻轻咬破：

“真甜！”

她笑了，红红的好像晚霞，把满心的欢喜再举到他面前，挨近一点，“你再吃！”那是她从没有过的温暖、灿烂。

他又吃了一颗，凝着她的眼，“你眼睛好看，”他似乎伸手想去摸一下，“有光一动一动，闪闪的，亮。”

像两眼盛满月光又被太阳照耀的泉，里面跃动的都是纹路明亮的笑，但她又开手捂住了眼，从指缝间看面前这个男孩他清秀的眉脸，从来还没有人说她身上竟然还有好看的地方，她的眼睛丝丝潮湿了脸上的笑容。

……

那一天他们说了好多话，一句一句她心里都记得。好像他们很早就认识了，所以不说话的时候也觉得沉默都是好的。他也拍拍小羊的额头，学着她采一朵花搭在小羊的耳朵上。她给他讲了许多关于树的故事，比如开什么花，结什么果之类，是她从老一辈的树那里听来的。他也给她说一个故事，他说：

“在一颗小小的星星上有一个小男孩，他有一朵花，一只小羊，当他不开心的时候他就坐在那里看日落，最多的时候他一天看了四十三次日落……”

她听得声声入耳，她没有听过，入迷了。她喃喃地说：“我也看过。”

她指的是日落，她常常在树上看着它落下去，像一颗印章，加戳宣布过往的又一个白天已经作废，这是她长大后想到的，那时，她觉得那一枚贴着地的夕阳，像草莓。她也想问问他也这样看过落日吗，也会不开心吗，却没有说出口。

他讲的故事太美，让人向往，只可惜现在还看不到星星，她问，“是你在书上看来的吗？”他的点头对应出她小小的自卑。她还没有上学，一个字也不识得。

她的眼睛黑黑的，全是虔诚漾动的湖水，看着他，无声地央他再讲下去。

可是他要回去了。奶奶要醒了，会找他。

“这个给你，”他说。把能吹出流水、星光和云朵的口琴送到她前面，“你一吹我能听见。”

男孩跑远，又转回头，“记得，使劲，我会听见。”

她用力地点头，“嗯。”马上按在嘴唇上吹出一个裂帛般的单音节，看着男孩奔跑的身影，她使劲一吹再吹，眼泪就落下了。

她是开心。

六

她就小心和殷切地在树上吹了许多天，以后又吹了许多年，从单调刺耳的杂音直到也能把心事吹成一泓幽幽溪水。但他还是没有来，不知道他到底听见了没有。

春天还没有过完，他就被处理完离婚手续并又要新婚的父亲接回了城里，他要被安排点缀父亲和新妈妈的婚礼。

她在树上看着落日的时候，会想他也在楼顶的阳台上看吗？她想他的故事，在她小小的贫瘠的心里，他随手给她画一个窗子，窗外面有那么多的美好。

她的小羊也慢慢长大了，胖了，但她还能抱动它，因为她也在悄悄长大。她还是偶尔会被千贝他们欺负，只是没有了父亲的打骂，还是在村子里没有人陪她玩，每天还要做饭，但是这些都不重要了。

许多的时候她高高坐在给他摘过桑葚子的树枝上，眼睛盯着那条蜿蜒的小路看，风从这一棵树到那一棵树，路上有人走，也有人来，而她只是树上的女孩。

但她心里想，他有一天会再来。

我们都很孤独

嘭嘭嘭，嘭嘭，嘭。三长两短一催命。以前我们同居时候敲门的熟稔路数。所以，门敲第一遍的时候我就知道是她。大大咧咧的节奏，暴躁可爱的拳头，东一棒槌西一榔头，一贯漫不经心的样子。我太熟悉了。

她的声音、味道、气息、表情，她的一切我都太熟悉了，熟悉得好像是另一个自己。

敲门声还在继续。我悲哀地叹一口气，并不打算去开。

敲了一阵，她便恢复了掩藏的脾气，开始用脚踢。咣当咣当，苍老的铁门发出不堪忍受的战栗，铁锈碎落，墙壁也震得嗡嗡有声。我把手里正调台的遥控器掷过去，吼一声："屋里没人，滚！"

米小乐这个早就见异思迁的女人也不甘示弱，踢着门，"你死屋里了吗，猪？"然后稍作停顿，忽而更猛烈地拍着门喊："朱孟阳，你他妈的趁我一会儿不在家竟敢勾搭个野女人在屋里，开门，给老娘开门！"

她这么一喊，整个楼道的邻居肯定都在

猫眼后面静观好戏上演，我忍了又忍，终究是丢不起这个人，“哗啦”一下拽开门把，米小乐这个奸计得逞的女人带着她一身的香气就流淌过来了。进了门她还哈哈笑，说：“有本事别开啊，小样儿，我整不死你！”

我本想冲上去吼她一顿或者骂上几句，可扑面而来是她身上熟谙的气息，我就骂不起来了。心里漾起一些不合时宜的柔软情绪，眼角也有点发酸……身体这种老实的反应总是让我很伤感。我侧开身子，不去看她把戏得逞调皮的笑，没好气地说：“你来干什么，是不是上次还有你没拿净的东西落下了？”

她脸上似乎带着外面的月光，笑笑的样子，在我看来那真是罪大恶极了，竟然没有一点惭愧之意，你哪怕装出一点呢，我想。她跃起来在我肩头痛击一巴掌，寡廉鲜耻的模样，说：“一点也不假，老娘是有东西落下了，”她盯住我，一副故作挑衅的样子，“就是你个破东西！”

我一点也不想和她继续这种以前做情侣时默契的游戏，往破沙发上一坐，眼皮都不抬起。随你的便，我才没心思和你调笑。

她倒依然如故，好像这斗室还是栖身的巢穴一样，摸摸这个，拂拂那个，很快就一览无余地总结说：“你真是一头猪，名副其实！这才几天，屋里就被你弄得像猪圈一样！”

“你说几天？还好意思说？——都快半年了！”我说，竟然是带着一种控诉的委屈语气，也很不合时宜。

米小乐不理会那些言外之意，顺势踢了踢我伸开的脚，“臭死了！”她忙去开窗户。然后坐下，但很快又厌恶地起来，“连个下脚的地儿都没有！”一边骂我一边找出被遗弃的卫生工具，打扫地上的烟头、泡面盒、速食包装袋、袜子，每捡起一件她都要捂着鼻子扇着手说：“臭死了，猪！”

我坐在沙发上，看着她，慢慢就恍惚了，有一瞬间我觉得和五个月以前没什么不同：她一边唠叨着一边收拾屋子，我在沙发上看书，或者仅仅只为看她忙碌，心里荡漾着温暖和踏实的富足感，好像这样琐碎美好的日子可以一直延续下去……我回过神，小区对面酒店闪烁霓虹的墙体透过窗户探照进来，有一种隔着时光的不真实感。我点起烟，把烟灰依旧弹在地上，“收拾这一下有屁用，你一走还不是老样子？”

米小乐停了下来，也有一瞬间的发愣，是啊，收拾了有什么用？她摘下手套掷我身上，“还想着我一辈子给你做用人啊，做你的猪头大梦！”

我心里想，可是想着呢，如果可能，一直这样被你霸道地欺负着，也没有什么不好，挺好的。眼下，一切也只能想想了。我看着她，像看着一朵离家偷欢的野花。几个月没见，米小乐身材瘦了一圈，越发显得玲珑俏丽了，这也是理所当然的。因为在一起的时候，我总是劝着她多吃，多吃点，我是存有私心的。我不希望她太瘦，太瘦就好看得有点危险了。当她肚子上隐隐“阳关三叠”的时候，我有一种在自家花园夹上篱笆的放心感。胖是一圈小栅栏。胖一点，她想飞也飞不远，我想，或许这样她就能一直在我身边。

可到底还是没能如我所愿，终究有人翻越我设置的“栅栏”将她秀色作餐。我是个和这屋子里扫把、垃圾桶一样被遗弃的失败者。

米小乐拿抹布在我眼前虚晃一下，“想啥呢，呆子？”

我其实不想说的，但还是有点恼火，“你管我呢？爱想啥想啥，又没想你！”本来想说“你都已经是别人床上的日用品了，还管我想谁呢？”终究太恶毒了，没说出口。

米小乐扇了我一巴掌，当然不是照脸上，“别这么不忿的死样，好像我欠你似的！”

“是的，你好！你不欠我，是我欠你，行了吧！”

我都不知道自己怎么会这么激动，前后快半年了，我早以为再见着她也是心平气和,不再计较了,可到跟前还是控制不住。

她盯着我，咬牙切齿地说：“不识好歹的货，活该你一辈子打光棍！”

我站起来梗着脖子，说：“我愿意！我祝你们白头偕老一辈子甜甜蜜蜜！——幸福死你！”

米小乐飞起一脚踹我大腿，边踹边喝道：“有意思吗，嘴贱！”这小娘们儿几个月不见，功夫却一点也没减，我被她利索地踹翻在沙发上。搁在以往，她早宜将剩勇扑打过来和我撕缠在一起，可那已经是过去式了。不提也罢。

她抄起衣架上的外套就要拉门走出去，拉开门了，却又回头看一眼。我知道她是想让我挽留，我偏不，说：“喏，下面楼道大门的钥匙在桌子上，自己拿！”

米小乐气急败坏地骂一句:“你娘个狗腿,没良心的死人！”抄过钥匙就“噔噔噔”地下了楼，铁门被她“砰”一下带住，撞击着门楣又反弹回来，我瘫坐着，听着她蹬蹬的脚步震荡出沉沉的回声，她慢慢走远……我仰躺在沙发上，盯着天花板，眼角莫名地发酸，内心悲然，感慨万端。

门开着，隔壁的邻居好奇地探出眼睛，窥视。我忽然发狂，起立，“啊”地大喝一声，把邻居吓得不轻，赶忙缩回头，肯定心想“这他妈发神经啊”，我不管，只顾得抽烟，烟气在空旷的屋子里浓烈地盘旋。

窗外的夜才刚刚拉开序幕，下了班的人们陆续回到租住的家中，这一圈的“亲嘴楼”之间叮叮当当的繁响不绝于耳，对面楼在“嗞啦”爆炒什么菜，空气中弥漫着尘世生活浓郁的味道；男人、女人的说话和争吵声，谁家孩子的叫声和哭声；许多幸福和烦恼都正在循例上演，每个人的悲喜原就各不相通。我却只觉得烦躁聒耳。

过了片刻，门又被踹开，米小乐一副怒面，上来劈头就说：

“好奸诈！看你给我的是什么钥匙，半天也打不开！”她把钥匙顺手扔到墙角里，“不想让我走就直说一句，累不死你！”

我有一瞬间的感动，她要是真想走，楼上住那么多人，正是下班的时候，进进出出，楼梯口的防盗门趁别人进出的时候自会被打开，刚才她不就是这样混进来的嘛。我心里发痴，很想走过去再抱抱她，想了想，却又提不起那个兴致了。这死妮子心都变了，想来抱着也索然无味吧！

她踢踢我，“起来，一边去！”她想把我从唯一的破沙发赶起来，我却拍拍旁边，“还可以坐下嘛。”以前的时候，就是能坐下她也不坐，而是直接坐我腿上，和我凶巴巴又可爱地吵架、撒娇。我又挨了一脚，“起来！”她说，“去，买菜做饭去，我坐了半天车，还没吃呢！”

如果搁在半年前，听到这话，我会和她在沙发上就谁去做饭理论一番，然后再被她霸道地降服下来，屁颠屁颠地去旁边超市里买菜做饭。只因她说她受不了油烟染到头发里经久不散的恶心气味，而不凑巧的是我以前在快餐店打工的时候做过一段时间的菜，手艺还凑合，所以下班回来晚饭我做得居多。这也没什么不好的。我喜欢看她吃东西时贪婪的样子。

拍拖的时候，每当她忽而想起要减肥，我就给她灌输那一套贵妃丰腴之美的理论,然后买来火锅底料一起吃得不亦乐乎。她嘴里使劲吆喝着“减肥减肥”，但没有一次能抵挡住火锅的诱惑，更弗论那些石锅鱼啊焖鸡啊之类的。她是个资深的吃货，我是个很好的诱导者。当她撕扯着鸡腿或者是奋战在火锅前时，一边大快朵颐一边威胁我说：“老娘胖得没人样了都是你小子祸害的，没人要了你得包圆儿！”甚至妩媚之极地恐吓道：“你想跑也跑不了，老娘拽过来压也压死你了！”——她不知道她那个女汉子一样的傻劲儿是多么泼辣、多么娇俏。她不知道我是多爱看她吃东西不管不顾的样子……我转过眼去，明知一切都是过去，却仍是情难自已，站在那里，直到手里的烟灼到了手指，我才回转过来，说：“还吃火锅吧，省事，冰箱里也还有点剩菜。”

她还不依不饶，道：“好不容易来一回，你就给我整个破火锅吃啊？”

我那一点回忆的美好立马转化为恼火，“不吃拉倒！省下来我喂狗喂几天它也会给我摇个尾巴！”

米小乐绝对不是省油的灯，站起来像是孔雀开屏，拉开架势，一张脸因为即将投入战斗而散发着兴奋的光芒，好像憋了很久都没有和人痛快吵架了一样，一张嘴就定下基调：“朱孟阳你狗日的好没良心！”然后围绕着这个论点机关枪扫射一样言辞喷薄，“咱俩一起一年多我对你咋样你心里没数吗？不要在老娘面前放那不咸不淡的屁话！不就分个手吗，你犯不着昧着良心说话！你说我走捷径也罢，说我傍大款也罢，我都认了，咋的了，不就他妈这回事儿吗？——弄得跟我欠你几辈子情分似的，至于吗？”

我垂下头，是不至于。在南国这样的城市里几乎天天都有案例。我蹲下来，打开冰箱，翻找前几天一股脑买的一大堆食材，翻了一圈，差不多都还齐备，就是不那么新鲜了，如同我心内的悲伤，也日渐泛黄。

她还在那里炫技似的展开她的论点，吵起架来，她可真是一个天才。但是，小乐，我曾经的女人，我连伤心都不可以吗？我寂寥地笑笑，不再言语。

翻找了一通，还差一些青菜，也懒得下楼去买，凑合着能吃饱就算了。我思忖着她肯定是心血来潮，到这儿顺便来看一下我还活着与否，既然还活着呢，吃完饭她大概就甩甩手走了吧。

我削土豆、洗菜、切肉、去厨房里熬火锅底料。她坐在沙发上，透过窗户看着华灯初上，间或看一看我。这一点倒是和以前很像。以前她这样的时候，我还傻了吧唧地炒着菜怀着为她忙碌的喜悦，在间隙里和她拌句嘴或者傻乎乎地笑，以为她也和我一样觉得幸福呢。当她望着窗外不远处高档住宅群楼的LED广告墙，灯光闪烁在她姣好的脸上，我错把她远望的眼神当作和我一样在出租屋里欣赏咫尺外的繁华夜景。后来才知道自己一直都想错了。想想也是，她，怎么会呢，怎么一直会呢？

只是时过境迁之后，当她已经可以随时入住比那些楼群更高档的小区，此时她再回到狭小低矮的出租屋里，隔着被纵横排列的亲嘴楼分割后的空隙，再望着那一片闪光的霓虹，不知她在想什么呢？是否也会想起以前的日子？还是翻身的庆幸或得胜后对我灰暗人生的嘲讽？

我早已经看不懂她的表情，她的笑容。我们已经分属于不同的人生和阶层。想想其实也没什么可伤心的，只是自己给不了她想要的，如此而已。在这个以速度和冷漠著称的年轻城市里，这样的悲喜聚散每天都在发生着，我也只是其中一个倒霉蛋罢了。

底料熬好了，电饭煲里的水也刚煮开，如果我傻乎乎地问她，这一次火锅底料里加入一两粒没出息的眼泪，和以往相比，味道是不是也会有一点不同？——她肯定又要嘲笑我吧。不过也无所谓了。

收拾好了，菜都在托盘里，“吃吧，”我说。米小乐反复盯着我，用低沉的声音对我说：“猪，你能不能不板着你那副臭脸？”她把筷子顿在案上，“你这个样子纯粹跟人的胃过不去，你叫我怎么吃饭？”她说，“我大老远来看你，就不能开心点？”

在她的示意下，我冲她笑了一下，笑得就像掀开一副拙劣的门板，大约比哭还难看。米小乐倒气得笑了，“算了，赶快吃吧，吵架吵的，我还真饿了。”

这个傻女人，以前心情不好了，总是挑起事端然后吵架，直到吵得我溃不成军，然后她痛快淋漓胃口大开，饭吃完了，心情也就好了起来。作为一个惯会气人的吵架高手，这半年来没人和她吵闹，不知道有时候她是否也会技痒难耐?

她开始吃了。我却一点胃口也没有，这些天熬夜、抽烟太多，食欲萎缩得厉害。我开了一瓶酒，就着瓶喝了一口。米小乐伸过筷子狠狠敲了一下我的头，说："叫你老喝这个，作死啊！"我没理她，反正她也管不住我了。就又喝了一口，这种劣质的高度白酒只有这样猛喝一气才有些意思。

看劝不住，米小乐一把夺过来也喝了一口，立刻呛住了，大声地咳嗽，憋得满脸通红，却不服输，又灌进去一口，咳嗽得更厉害，带动整个身体都在耸动，以至于呛出了翻卷的眼泪。

看着她那个逞能的样子，我却不合时宜地笑了。拍着她的后背，"有本事再喝啊！"她举起酒瓶，真要喝。我急了，死丫头！就夺她手里的酒瓶，夺着夺着，她忽然把酒瓶掼在地上，捂住胸口，哭了。如同晴天落雨，哭得很干脆。猝不及防，我不知道该怎么办，聊胜于无地拍着她的后背，任由她清清楚楚地哭给我看。她的脸就在跟前，刚才的酒把她的两腮晕染得红艳如花，带着晶莹的泪，眼神水汪汪的，很妩媚。她连伤心都是这样无可救药地美。正哭着，她忽然抬起头，说："猪，我要结婚了。"

她表情变换得太快，我被弄得一愣一愣的，仓皇中说："哦。"原来今天她特意是来给我说这个的，我想，说就说嘛，还非要临时拼凑一点眼泪，弄得演戏似的。想一想我就觉得挺没意思的。就像当初她说我们分开吧，总是她决定了才告诉我结果，我也只好被动地接受了。奇怪的是这一次我却没有惊讶，甚至觉得心里石头落地了一样放松地长吁了一口气。

她上来捶我，说："看你那样子好像巴不得我赶快嫁了，怕赖着你似的，连句祝福都没有啊？什么人性！”

我说：“又不是要离婚，有什么好祝福的。”

她把正吃着的玉米丢过来砸我：“乌鸦嘴！”

我接住，问：“什么时候？”

“这个月底。”

我算了一下，今天是二十六，也就是说是三四天之后。在这个时候不和她的如意郎君在一起，跑来和我吃一顿少盐无油的火锅，真不知道她怎么想的。

“在哪儿？”我问。

“南澳海边，”她说，“格兰云天酒店。”

“好。”我笑，“真好。”我说，“都说南澳的海好看，我来这里四五年了还没去过呢，正好，这次趁着参加婚礼海也能看到、最好的酒店也能进了，确实挺好的。”

她醉醺醺地把碗都推倒了，掉在地上，“啪”，碎了。她踉跄着扑向我，要撕扯的样子，说：“好你个猪头！”

“好了吧，”我说，“搁要饭的跟前吧唧着嘴说肉不好吃，不带这样嘚瑟的！”

她扬了扬手，意思是我再说这样冷嘲热讽的话她大巴掌立马要迎面而上。在她没有扇过来之前我还要说：“将来你孩子一落地就是本地人了，”我说，“多好！我这样的就是奋斗一辈子往好了说也就是在关外买个厕所大的地方，”我不看她龇牙咧嘴的表情，“小乐，你看，你这么一说我就想通了，你的选择是对的，你翻身了，多有远见，我都得替你下一代给你干一杯，真的。”

她终于绕过桌子一把掐住我脖子，我不说了。被她掐得满眼是破碎的泪。我没有反抗，像是死了一样。她也放了手，颓然坐在沙发上，撕开桌子上的烟，熟稔地点燃，狠狠抽了一口，长发散乱，吐出一口烟，说：“继续，别停，接着说！”

我低头，看着地面，地板缝隙里有一粒小黑点，仔细看原来是一只蚂蚁。我在那里抱着头一边使劲想它到底是怎么跑上来的，一边想米小乐是什么时候学会的抽烟？——都想不通。

米小乐截断我对于一只蚂蚁的思索，推了我一把，“几天不见你口才倒好了，怎么不说了？”

我没吭气，沉闷了许久才说：“被你一掐，短路了。”

她扑过来，“你他妈这样有意思吗？”

我说：“没有意思。”

她气恼的眼神逼视着我，似乎都能冒出电火花来，“要不是嫌你脏我早就把你生吃了，再这样给我放狗屁我猪头给你打到狗肚子里去！”她说，“来吧，你不是要喝吗，老娘今儿陪你喝个够！”

她不由分说捡起地上的酒瓶把两个杯子倒满，“来，喝吧！你不是要祝贺我翻身了吗，好，就这么祝！”

“翻身的味道是不是很好？——大商场刷卡可以刷到爆，同一款内衣可以买它个万紫千红开遍。”

她说：“是这样，确实很好。”

我说：“那真要祝贺了，祝贺你在这城市最牛×的繁华地带扎根了，来，喝吧！”

杯子剧烈地撞击在一起，像两具身体，短暂交集之后，然后冰凉地分开。她喝了，我也喝了。

她从包里掏出一件东西，甩我身上。是请柬，抢眼的大红色，散发着炫耀的香味。我翻来覆去地看，说：“不是假的？”

米小乐已经有些醉了，说：“滚，再看新郎也不是你！”我也有些醉了，“我也不是没当过。”我说，“说不定以后我还有机会呢。”

“流氓！”她说，“就那点出息！”

我起身，从床底下臭烘烘的鞋盒里拿出藏在里面的钱，是上次花大半年帮水尾街道编一个地方志的稿酬，还没来得及存起来，数了数，有八千，从钱包里又加了两千，凑够一万，给她，“拿着。”

“什么？”

“礼金。”

“你有钱烧的？”

“不烧。就这些，爱要不要。你飞黄腾达了，看上看不上反正就这些了。那天我就不去了，有事。”

“屁事！不去拉倒，我也省一顿喂狗！”

“陪了我一年零三个月，一万，不多，你拿着随便买个什么，就当我送你了。”我说，“你要是觉得还有点盈余，今晚上就别走了，正好不差了。”

米小乐拿那一摞钱砸过来，说：“要点猪脸吧！你把我当成什么，你又成了什么？”红彤彤的钞票四散开花，铺在地上，怪诞而又好看。米小乐真有点生气的样子了。

我扳过她怒气冲冲、醉意蒙眬的脸，盯着她，说：“我就这德行，谁让你送上门来的呢，你不说我还不当真，你一说我还就真打算不要脸一回了，要是我一定要你留下来呢？”

她退开一点，好像防着我欺压而来，“你要干什么？”

我把钱捡起来，一张一张还码在一起，放在她身边，“你说呢？”

她要站起来，被我一把按住，撞翻了桌子上的饭盒，汤水洒了一地。“何必当真呢。”我说。

她重又坐下，还带着愠色，“我今天就不该来的。”她说，“吃得差不多了，我该走了。”

从认识到在一起，再到分开，我们互相用去了对方近乎两年的时间，无数次我们围着冒着热气的火锅，上面手拉着手，下面还要腿抵着腿，身体里涌出眷恋的情意，吃着东西嘴还不闲着，见缝插针还要斗一下……“再吃点吧，”我说，见她还有点生气的样子，“给你开玩笑呢。瞧你现在，是不是你那口子舍不得给你饭吃啊，瘦得跟他妈电线杆儿似的，就是你愿意，老子还嫌硌得慌呢。”

她打了我一下，笑了，拿筷子点数着我：“贱嘴，你这辈子没治了！”

“吃吧吃吧！”我说。刚才光顾着喝酒斗嘴了，她也没吃多少，“以后大概你也没机会吃这么烂糟糟的饭了。吃完了我送你，好了吧？”

米小乐撇着嘴：“你给我老实点，老娘再陪你坐一会儿，”她说，“三天不收拾你就想枝枝杈杈的，去，给我煮碗汤，吵得渴了。”

“事儿还不少！”我说。但还是起身去厨房里了。

这时候，夜已经深了，在这个都市里夜生活却刚刚开始。煮汤的时候，我看着外面，听着街道上此起彼伏的喧响，看着霓虹闪烁的灯光，世界这么繁华热闹，我心里却是那么荒凉。这会儿，我很想抱着她，狠狠地抱着她，就这样站在窗前，和她一起观望这城市的繁华和落寞景象。然而，喝完这碗汤，她就要走了，走向更大的世界……

我要留住她吗？

留下她了，又能怎样呢？

汤煮好了，还是她一贯喜欢的薏米南瓜汤，盛上来，她喝着喝着，忽然说：“猪，是不是对每一个女人你都会这样？”她喃喃地说，“这个城市里怎么会有爱情呢，别的男人都是玩玩，玩腻了，就散了，你怎么不这样呢？”

我也想，只是我太笨，你知道，追一个女人吭哧吭哧是多么费劲，没那个心劲儿了。她知道的，那时候她还只是前台文员，我也不过是所在公司的内刊编辑，追她就铆足了劲追了五个多月，在这个速战速决的城市已经算是很长久了，青春末期最后一点激情都耗在她身上了。现在，正在往中年迈进，日益消沉，一点也提不起那个劲了。

我岔开，问她："你那个，他，对你咋样？"这实在是一句很愚蠢的问话，不好人家会这么快结婚吗？只是我一时不知道说什么了。从她提出分手到现在，我们从来都没提过那个男人，但他一直都存在，无形地横亘在我们中间。中年、离异、在深圳、东莞、惠州都有电子厂，我就知道这些笼统的信息。自始至终我不问，米小乐也不提。

"谁？"她说，"哦，还好。"她的脸上有些慌乱和逃离，她反而问我："不就那回事吗，是吧？"她避开说，"你也趁着还没老彻底，赶快再找个吧，别一个人过得跟猪似的。"

这还用说？我心想。站着说话不腰疼，又不是地上的垃圾，随便一弯腰就能捡到一个女孩。这个城市里，若没有真金白银，哪一个女人你能轻易打开她的心门？你米小乐不也是吗，住出租屋、挤地铁、买不起房子，时间长了，不也觉得一生都这样过下去，灰扑扑的，不值。

我忍不住又想起分手的时候，几乎不做饭的她忽然做了一桌子丰盛却味道蹩脚的饭菜，还喝了点酒，在气氛最好的时候，她忽然很好看地叹了一口气，环视着低矮而拥塞的出租屋和我加班回来脱在门口还没来得及洗的袜子，眼前像起了雾，说："猪头，在我们这样的日子之外，还有另一种生活，你知道吗？"我还不及咀嚼这句话什么意思，连同白米饭都搁浅在嘴里，愣了很久，才想起问她一句："你知道了？"她点了点头，因为郑重而满脸通红……都过去了，想一想实在没有意思。可我却太爱想这些了。

汤凉了。

我说："喝吧。喝了好好睡一觉，做你幸福的小新娘去吧。"

为了不让局面陷入令人恶心的伤感，我还笑着，说："有一天离婚了打折处理的话，第一个照顾的人是我，记着没？"

她踢我一脚，搅动勺子喝汤。喝到一半，手机响，她打开看了一下，然后歉意地笑笑，然而屋子里空间狭小，她只有去卫生间里，关上门，算是比较隐秘的一角。压低声音说了几句，她就出来了，对我摊摊手，说："嘿，真要走了，本来，你知道，我……"

我说："没事，我知道。把汤喝完再走吧。"

她端起碗，呼噜噜喝下，擦擦嘴巴，拎起包，就要走了。走之前还像模像样地张开手臂来和我拥抱。我也伸开手，抱住了她。她的身体还是这么好，热乎乎的，怀抱里都是她青春饱满的芳香，我习惯性地嗅着她的头发，对她说："真要走吗？"

她拍拍我的后背，我只是希望她有一些动摇，我就很满足了，但她还是坚持说："他，有事，要我回去。"

我拨开她脸颊上萦绕的鬓发，说："你不该逞强喝酒的，回去了你也不好交代，现在你的一切都要向他讨好，是吧？"我想，既然来和旧人做道别，即便拿捏着分寸，也要把戏份演完才好。

她说："你这么想我也没办法。"她已经来不及气恼，"猪头，这会儿我怎么这么困呢，眼都睁不开了。怎么回事呢？"

我捧住她酡红的脸，"想睡就睡吧。"在她要睡着之前，问她："现在你睡觉的时候，他也拍着你的头发，直到你睡着吗？"——她这么霸道的傻女人，欺负人的时候能把人气死，晚上入睡却非要像哄小孩一样拍着她的头发，她才能安心睡着。我掰开她沉重的眼睛，"你说话，告诉我，他是这样吗？"可是她开始鸡啄米似的昏昏欲睡了，还没囫囵说完一句："我好困……"蓬乱的脑袋就已落在我肩膀上再抬不起来。

我把她抱到床边。床很脏，这几个月来都没怎么收拾，我找出一副新的床罩，铺好，紫色的床单，她最喜欢的颜色，然后再把她放在床上。我坐在床脚，扭亮床头的灯，看灯光温柔中她熟睡的模样。我对她说，不管怎么样，我还是把你留下来了，要怪你就怪吧。

原来我总觉得街道医院里给我开的安眠药有假，因为即便是遵照医嘱服了，还是照样睡不着、掉头发，神经衰弱和失眠的症状一点也没有减轻的样子，但是我还是按期去开药，我想把那些美丽的药片存起来。失眠最厉害的时候，我有时会晃荡到深南大道，站在立交桥上望着这个城市的车水马龙，像一个梦游者，手里攥着安眠药，在车辆如堵的街上游荡，还试图去数着天上根本看不到的星光……我不知道你有没有这种经历，在连续几夜都无法成眠的时候，看着那些安眠药，长久地看着，你会觉得它们是如此的洁白和性感，就仿佛那次公司组团旅游时初见她皎洁的笑脸……我笑了，看来就算是主营妇科手术的医院开出的药片也还是管用的，不是假的，我错怪他们那些做生意一样的医生了，因为这次我只是恶作剧似的在汤里放了两片，我曾经的女孩就睡得这么好看，这么安详。

这下好了，我还有积攒的几十粒药片，如果可以，我愿意她一直就这样熟睡在我身边。几天之后，当海边的婚礼如期举行，如果没有了原定的新娘，不知道这份婚礼该怎样收场呢？

这期间，电话响了一次，我没看，让它响，响了两声也就不响了。

拉上窗帘，来到床前，我慢慢解开她的衣裳。如同花瓣落地，在我眼里，她的身体如窗外的月亮一样，缓缓升起。可是，呈现在灯光下却是一枚受了伤的月亮——她的乳房、大腿上，包括臀部，都是重叠的伤痕，看得出来，是指甲抓出的伤疤……我久久地看着，脑子里一片空白，就像从来不认识她一样，隔了这么些日子，我忽然愤怒到想流着泪打她一个耳光。她把自已糟蹋成这样，还以为处在这个城市那一部分辉煌的人群里。我从包里掏出她的手机，看着她身上的伤痕，有一瞬间甚至想拨过去刚才打来的那个号码，隔着电话把那端的男人一把薅过来打上一顿。但是，但是什么呢，他能给她一份优裕的生活，她醒来，他们还是要结婚过日子。

我操什么心呢？

烟还有一支，更深的夜晚正在盛大启幕，如同我心里茁壮而漆黑的孤独，一支烟的长度肯定不足以横渡这么长的黑暗时光。我想下楼买包烟，在客厅里四处寻找被她随手扔掉的钥匙，找了许久，才在角落里找到。把钥匙拿在手里，半年来都没落下的眼泪最终还是破土而出……这钥匙就是下面楼道的门上的。

她原定的这个夜晚就是来补偿的。

桌面上，她的电话又在响，我握着钥匙，看着她沉沉安睡的脸庞，恍然间，似乎只要我在她耳边轻声呼唤，她就愿意收拢起那些不安分的翅膀，甘心依偎在我捉襟见肘的人生旁边……电话继续在响，我在想，要不要接住呢，并且向对方号叫出我蓄积已久的愤怒力量？

授粉的女人

过了惊蛰，春天才算是打下了江山，再过二十多天，大约清明前后，梨花就开了。梨花有点像苦日子人家里贤惠而美的小媳妇，是民间实惠而忍耐的花，因为梨树多扎根在盐碱地，庄稼无法成活，就只有种它了。

这个地方以前是一汪浅水湖边的盐碱地，早年间连个草都嫌弃，只有隐忍大气的梨树，几十年里把自己长得像水桶那般粗。一棵一棵的树，就是一个一个的老祖母，默默守望着这片土地，一年一年奉献着春华秋实。

晨起的公鸡把夜色刚啼破了一个壳，乔秀就迎着第一缕曙色起床了，婆婆忙过来招呼着她，她摆一摆手，穿着衣服，说，妈，不用。乔秀洗漱的动作有些笨拙的臃肿，婆婆就垂着手站在那儿，看着，保持着随时冲上去扶她一把的姿势。她洗完了，说，妈，我想去给花授粉，天天躺这儿，也闷。

婆婆显然没有想到乔秀会要求去地里，一时愣在那里，眼睛就蓦地湿了，转过身，悄悄撩起衣襟。

乔秀喊，妈——婆婆回过神，随着乔秀的手指，赶忙扑过去，把灯箱里的温度调低一些，里面熏着花粉，太冷太热粉的质量都不行。刚才就是温度高了。

婆婆收拾好花粉，开始做饭，中间看着乔秀，嗫嚅了一阵，还是什么都没有说出来，只不停地看灯箱里的温度计。

乔秀别过脸，看着院子里的树，并没看婆婆，好像是对自己说，没事了，妈，就是为肚子里的孩子想着，我也不再哭了。

婆婆听着，眼泪一下子噎满喉咙，捂住嘴巴，手指缝里含混漏出强抑不住的断续哭声。

乔秀抬眼看外面，看见春天早已经在那些杨树、柳树上搭建了一个个绿色的小帐篷，里面养了许多鸟声，立在枝头上的鸟像铃铛，风一吹，就叮铃叮铃地响……乔秀想真是春天了，心里说长庚，你说好的三五天就回来了，到现在还不回呵……

吃饭的时候，乔秀一反常态地吃得很多，好像吃只是一个重复的动作。婆婆看得有一点欣慰，但更多的是心疼，把薄薄软软的鸡蛋摊饼夹到她跟前，多吃点啊……这回没有再流泪，潮湿的眼神一时没有落脚的地方，就看屋子中央靠墙的供桌上的松香，没有挂照片，而是一份水果销售的合同，香烟袅袅中，婆婆的视线慢慢地又要模糊。

吃了饭，收拾好花粉，聚在广口瓶里，擦干净授粉的粉枪、泡沫杆，搬出折叠的高凳。这时候太阳升到东面半空，露水基本上也就干了，乔秀就由妹妹搀着，上梨园去。

路其实也被梨花包围了，人就陷在大雪飞舞一样的花海里，到处都是浮动的香气。这香气有一种朴实的情意，梨花，是他们的粮食。路上都是忙碌并且说笑的人群，见了乔秀，都止了声，停下来柔声问，乔秀，授粉啊？问的人都小心。乔秀答，嗯。听的人就一声叹息。风吹起，梨花遂落了一地。

因为梨树密集，花开得铺天盖地都是，仅靠蜜蜂和蝴蝶显然不够用，根本完不成授粉的任务，花的传粉期就太阳下这么有限的几天，授不上粉，梨的产量当然会大幅度缩减。这几天，是果农们辛苦而兴奋的日子，好像掂着锋芒跃跃欲试的镰刀对着一地成熟的金黄麦子，那种播种和收获之间的关系你可以一眼踏实地看见。有这样两句话在果园里流传：

梨子是对梨花的珍藏，

果实是对春天的报偿。

说的就是这个意思，春天的忙是为了用汗水镀亮秋天芳香的金黄。所以，这种忙碌和勤恳，让人心绪亢奋而又觉得有依有据。

乔秀站在自家梨树下往四处看，她的视线被重重叠叠的梨花给阻拦，看不见别家的梨树，只能听见一株株高大的梨树下人们也像蜜蜂一样嗡嗡地说笑着劳动。用泡沫蘸着瓶子里人工催熟的受精花粉，再一朵一朵点在梨花的花蕊中心，或者用专用的粉枪把花粉射在花朵中心绽开的花柱上。当然前者更稳妥并且节约花粉。

授粉是保证成果率最重要的一部分。

乔秀看着一树密密匝匝的花，站在树下，仰着脸，蘸着花粉，把绑在细竹竿梢头软泡沫上的花粉，小心点染到每一朵花心的雌蕊上，动作比蝴蝶的触须还要温柔，而且乔秀的手法快捷精准，点到为止却花粉到位，花蕊着粉饱满。乔秀授过粉的树，坐果率最高，果子畸形也少。每到授粉的时候，长庚总爱看她，看着看着就夸她，乔秀，你授粉的样子，可真好看。——一句话长庚还不一下子说完，中间停顿片刻，看着她的眉眼，看不够的样子，过不一会儿就说一句，真好看，像是口头禅，乔秀，真好看，老婆，真好看……乔秀嗔他，没个正形。风暖暖的，从一树一树的花枝中间磕磕绊绊地吹过来，带来梨花芬芳的愿望，停泊在脸上……好像所有的花也开在乔秀心上，喊，长庚，给我换一瓶花粉撒。她把空瓶里残剩的粉渣递给他，有点故意居功的意思，因她授得快，一瓶花粉都用完了长庚不过才用了小半瓶，乔秀就故意嘲笑他……笑声落在地上，就应声开出小野花……

乔秀再看梨花时眼前就有些恍惚，下意识地说了一句，长庚也不回来了，他在，我授得快啊……一句话牵出妹妹欣瑶一串的泪。周围的人都没敢应声，只默默地把花粉传到蕊心。明媚的阳光下，放蜂人的蜜蜂一片采花的繁忙声音。

有蝴蝶在枝头起落，就在花间翩跹地飞，有时候乔秀要把它们用指尖推一推，露出花蕊，让她授上粉。往常乔秀喜欢踩着枝干像蝴蝶一样在树上面，她娇小灵活，比长庚在树上还得心应手，还有一点，在树上面，她授粉的间隙抬眼可以看得很远，眼睛越过梨花雪，可以看见湖边的桃花。真的，不站在最高的枝头，真是体会不到白茫茫的梨花带和红灼灼的桃花园映衬在一起，是多么的美，美得乔秀想一甩胳膊就化蝶而飞。她也要长庚看，长庚也爬上来，陪她看向湖边的桃花园，他们互相看一眼，心照不宣。

那片缓慢流淌的湖水，载走了他们两人最初斟酌交换的誓言。

他们的结合没有多少悬念，相邻的村子，打小认识，到了会羞涩和闪躲的年龄，不知不觉地就有了脸红和好感。然后就想尽办法见面，时间的概念也忽然有了变化，有时显得漫长，有时又快得惊心，当然是见不到念想的时候时间煎熬得慢，相聚的那一会儿总是不够用的。常常地，两个人在湖边的老树下，说话啊、心跳啊、笑啊，动作的起承转合无一例外都充满了急迫，手忙脚乱，推推扯扯，把誓言分解，妥帖，再逐渐商榷，探索，组合，你说说，我说说，一生一世就这样相约终老了……

乔秀现在想想，就想笑，那时候多傻，多开心……两人在湖边的一幕一幕此刻又都浮现在乔秀眼前，时光和心绪交织在一起，阳光忽然就显得不太真实，风大面积掀动花瓣发出波涛的声音，这声音将她连同身边的一切都漂浮起来，仿佛其他的人离得那么远，只有长庚眉目分明的笑脸顺流而下一直盛开在她的眼前……乔秀恍然间发现有水滴落在手背上，回过神来，才发现是自己的眼睛在晴天里落了雨。

那时候乔秀还问他呢，不见我你想我不想啊？长庚便迫不及待地说，想啊想啊。一口咬定的认真样子，显得很傻。乔秀就笑，故意逗他，那，怎么想的啊？长庚这就为难了，摸摸心口，搔搔脑袋，恨不得掏心掏肺，可又掏不出来什么证据给乔秀看，有些近于捶胸顿足了。看得乔秀弯腰倒出了心中的笑，喊他，傻瓜。长庚却一脸严肃，拉她的手放在胸口，我一天一天地想啊……快要急哭的痴样子。

隔了多年，每一想起长庚那个可爱认真的笨样子，乔秀还觉得心里随之柔软。想一个人，还能怎么想呢——一天一天地，想。乔秀心底说，长庚，现在该轮到我也这样想你了啊。

妹妹欣瑶端来茶水，说，嫂子，喝口吧，累了就别干了。把椅子放到她跟前，坐一会儿哎，嫂子。

她摇摇头，姐不累。乔秀倒是喝了点水。多喝水，多吃水果，将来孩子的眼睛亮，长庚常念叨对她说的。她听他的。

欣瑶接过杯子，欲言又止，反复了几次，终于还是说了，嫂子，娘说不让你往前授粉了，咱，回家吧。

乔秀坐了一会儿，站起来，继续授粉，没事，待会儿让咱妈回去做饭吧，我再授一会儿。转过身，再一次对欣瑶说，没事，等你哥哥回来，让他看看我可又胖了。

欣瑶眼里噙着细碎的眼泪，低声喊，嫂子，哥都看见了……欣瑶的声音里弥漫了水分。

乔秀是有点累了，动作明显慢了下来，不时停下来轻轻拍拍肚子，小累赘，都怪你啊，妈妈慢腾腾的，像个胖胖熊了……自己说着，就笑了。长庚经常骄傲而怜惜地看着她隆起的肚子，逗她开心，乔秀，保不准是双胞胎哎。乔秀打他贴在腹部的头，龙凤胎哎，可有那个命哪。长庚就围着她，缠她，说傻话，伺候她……几个月以前的事了，现在肚子更大了，乔秀想，不知道长庚这会儿见了会再说几胞胎呢。

这个时候太阳快到了正空中，是一天中花最招展的时段，授粉后的坐果率也最高，虽然累，但公公、婆婆，还有欣瑶，都没停歇，最多也就是踢踢腿脚活动一下长时间仰着的脖颈，抓紧时间授粉。他们有四十多棵三十多年的老树，还有二十多株十来岁正当年的梨树，每年有十来万斤的收成。

搁在价格合理的年份，他们家一年去了成本能收入五六万或者还要多点。可惜的是最近几年此地梨子的价格一直格外低迷，往外走不出去，说是有农药残留，而且品种陈旧，口感达不到市场要求，但在本地销售的实在是有限。这样一来，辛苦了一年下来到头算算去了成本其实也剩不了几个钱，所以很多人放弃了果园，甚至许多人开始砍祖传了几代的梨树，改种比较省事的麦子，转而进城务工，挣钱多，也没有这么累这么操心。

乔秀看长庚百般劝说村民，连顿囫囵饭也吃不好，心里不忍，曾劝过他，你又何必费那么大劲呢，好好地在镇子里当你的农技师，安安分分按月领你的那份工资就是了。

长庚看着乔秀，喊她，傻丫头。点她光洁的脑门，缓缓地说，我不问，谁还会上心呢。声音里有悲凉的成分。也是的，谁会关心这湖边几个村庄的果农呢。随着果子价格的走低，越来越多的村民开始离开土地，果树得不到照顾，连同土地一起开始荒芜。

他看着那些疯长的枝杈白白开放的花朵，没有人为她们授粉，只纷纷落在泥土里，长庚说他觉得心疼。梨花开时，一身缟素，像是落难民间的公主。长庚说这一朵朵的小公主，任她们在枝头自生自灭地荒凉摇曳，没有人照顾，作为一个上了两年农校的中级技师，一个在梨花开落中长大的孩子，他，甚至心酸又心疼地想哭。

得给这片果园找一个新的出路。

寻思到最后，他要给老品种的酥梨更新换代，嫁接成肉质细嫩、口感酥脆的新型“黄金梨”。在自家的树上实验了之后，比较来看，坐果率比本地梨高，成果外形美观，摘果时浅黄，耐贮藏，过一段时间果皮是淡金色，咬上一口，汁液丰润，没有渣滓。好吃。

乔秀懂得他的心，但还是忍不住要问他，村里人会相信吗，要是再卖不出个好价钱可咋办呢?

长庚说，总得试试吧。

他把新品种的梨子给各家各户送去一些，让他们自己比较新旧品种的差别。传了几辈子人的老树，不能在咱们这一辈给糟蹋了，长庚说，该换换品种了。

乔秀说得对。村人也知道这个道理，对长庚的提议并无异议，但是谁又能保证价钱会升上去呢，最主要的是要销到哪里去呢?

这是一个艰苦的动员过程。现在的村人，许多人都觉得与其在家修整伺候这几亩果树还不如外出打工轻省。反反复复地劝说，利益权衡，苦口婆心，除了自家的之外，第一年秋天长庚在村子里嫁接了有百十棵树，这已经是莫大的成绩了。那一个秋天长庚成天扑在地里悬在树上，眼见着往下瘦，瘦得乔秀恨不得对着他日渐消瘦的身子急喊一声：停！但瘦没有停，直到霜降后才算刹住，因为这时候树都嫁接好了。

那些天里，长庚虽然消瘦，但他浑身充盈着干劲，眼睛里窝着笑意，耕作乔秀的动作亦是未有过的热烈和深情，让乔秀几乎晕厥得羞红，潮落之后，他往往枕着她美好多汁柳暗花明的墒情，把白天地里的进展点点滴滴汇报给她听，她间或插入一两句询问或评论，他说会卖出个好价钱的，乔秀也慢慢放心。她的男人，她相信。

那些嫁接的树经过了一年的护理和修复，到转年的时候，梨花落后，小小的果实出露，长庚的笑容也随着果子一天天长大，枝枝丫丫，真是果实累累啊。到了初秋，看着一嘟噜一嘟噜的枝头，显而易见，收获日的笑脸挂满秋之容颜。

好在那一年卖得还算顺利，费死了劲，长庚联系到了南方一个水果批发商，他先用自家的小货车试探地送了一车，对方一见心喜不已，让他把剩下的接着送去。签了合同，长庚就租了大货车，辗转连送了两趟才送完。

硬崭崭的钞票挥舞在村人们眼前,那才是最好的说服力啊。接下来的一年连附近几个村子只要有梨树的村民，都纷纷涌到长庚家里，请他去嫁接。有点好玩的是翌年村子里改选，他们还把长庚推举为村主任。长庚对乔秀笑着说，咱也不图那个权，挂个名罢了，做点事就好。他说，乔秀，要是不嫁接这新品种，过几年，咱们的湖边就都没有梨花开了，知道吗?

乔秀当然知道了。但是他们已不需要再去湖边的果园里了，他的誓言已经在她肚子里发了芽，乔秀这时候有了。当年他用老实驻扎到乔秀内部的柔软，如今他还要用脑子和勤勉为孩子也为村子勾勒出一个更好的明天。

长庚说他最开心的是每年看着梨花在村子里开落，他说比这还开心的是他和她一起看着这开落。

梨花又开了，今年的花似乎比以往的年份开得都要多，乔秀说，长庚，你看到了吗?

……

乔秀她永远记得那一天，村庄还沉在夜色里，天还没有亮，长庚吃过她起早做的饭，和村子里的几个年轻人一起开车上了路。

他说，乔秀，趁现在价钱高，送了这趟车，过几天就回来了。是刚开春的时候，让他再送几趟果子。按说他不去也可以的，但村子里的人觉得还是长庚去好些，有个主心骨。他就随车去了。

自嫁接了新梨子以来，有许多次这样的短暂离开，每一次都是头天晚上，长庚把所有的柔情都注入进那个夜晚，而乔秀则尽着一个妻子的本份，一遍一遍尽力把自己呼吸成一片温软的沙滩……送了货就带着村子里期盼的卖水果钱，最多也就十来天就回来了。乔秀都习惯了。

但是那天，乔秀看着长庚进了驾驶室，发动车子，上了路，慢慢走远，却好像男人是从她心里起了身、推开门一点点走远的，所以就带走了她身上所有的重量，乔秀立在那里，飘飘的要站不稳，仍然料峭的晨风吹来，倚在门上的乔秀感觉一下子空了，虚空空的，衣服里面好像只是一缕荒凉的风……

但是长庚说，乔秀，过几天就回来了，莫挂心。

她就信，那是她的男人。她信他。

没有人跟她说长庚他们是在回来的路上，出了事。回来的人哭着说出事的时候长庚护住方向盘上的人，他却……没有人跟乔秀说。说了她也不信。长庚的葬礼也没有让她去，她怀着孩子，村人怕她使劲哭。这一切，她心里都明白，但她只愿意记得继续等着他回来。他答应过的。他说，乔秀，过几天我就回来了。

她等他。

……

天还没有晌午。因为妊娠，乔秀有点犯困，就按着腹部，靠在椅背上眯了一会儿。欣瑶走过来把衣服披在她身上，看着她。风声柔和，翻过花朵，吹在脸上感觉毛茸茸的。乔秀做梦了，一回头长庚就立在她跟前，眉脸分明，一如往常地对她温和地笑，轻轻揉她头发，乔秀，我回来了。乔秀看了看，再看了看，看清楚了，是他，乔秀就哭了，打他，骂他，死人哪，你咋才回来……睁开眼，看见手里抓着的是欣瑶的胳膊。回过头，看见地里头都是人，村子上的人。

他们，在一天里最好的时段，先来帮着乔秀家授粉。长庚是他们的村主任，这一年春上的普选，村民们选的还是他。村子里的人们说只要他们还活在村子里，以后选的都是他。

由欣瑶扶着，乔秀起身招呼众人，她不知道自己脸上还挂着刚才梦里的泪，乔秀对村子里的叔叔婶婶们笑，她一笑，人们的眼神就如同此时的飘零梨花，围绕在她周身落英缤纷……

村人们从自家带了花粉，开始在树下、树上工作。乔秀不听人们劝说，仍然和大家一起授粉。人们有意拦在乔秀前面，先给那几棵树授粉，不想让乔秀往前面的那几棵树去。

乔秀知道。但她只是淡淡笑笑。

一棵树接着一棵树，乔秀一点一点授着粉往前走，随着乔秀的移动，村人们慢慢都没了声音，不敢看她，怕让她看见他们眼里的泪水；但又不忍心不看她，担心她会突然晕倒。

乔秀来到那几株老梨树下，停下来，她心里早就知道的，她笑了，像平常那样数落他，乔秀说，臭人，回来了你也不给我说声啊，看我是不是又胖了，记着你的话呢，你离开家我也要吃好喝好，才能给你生个胖宝宝啊……

——隔着泥土，她终于看到长庚了。

乔秀用她的眼泪为这座新坟授粉，那些草会开出花，长出长庚平日里看她的温暖眼神。乔秀缓缓地坐下来，躺在长庚身边，好像许多年前，年轻的时候，偷偷跑到湖边的果园，正午地里没有人，他们拉着手并排躺在树底下，闭着眼，听风的声音……有时转过身，相对看一眼彼此眼睛羞涩的心跳，阳光洒了一地碎金子，风一吹，花就纷纷落下来……

他乡夜雨

她说她叫安娜，我们也就叫她安娜好了。人们都说她美丽，她也是知道的。因为职业的关系，陪客时总是一副伶俐和自信的风情，平时则平和柔软，大方，从容，不计较同事间的小打小闹，做事又勤力安静，是以在店里人缘很好，渐渐地做到了副领班的位子，其中的辛酸，也并不是同龄的女孩子都能体会理解的。

若是遇到不顺心的事，或是死不要脸的男人刻意恶意纠缠为难，也只能忍着，赔着笑脸，强作欢颜，在男人下贱的欲望中端着酒杯周旋，一次一次让疼得难受的胃饮尽杯中廉价的尊严。

也已是习惯了。

他是一个高大坚毅而沉默的男子，内心自闭，少有言语，做事很稳重，笑的时候，眉宇分明，清澈，温和。但是，笑得不多。

他做保安，也负责一些货物的搬运，有点威信，算是十几个保安的头儿。有时，必要的话，在上面的示意下，也打架，总之，实质性的工作和工资一样，不多，却是时间慢，且长。没有事做的时候，偶尔也在角落里坐下来，抽支烟，盯着天花板上五颜六色的灯饰，不说话，神情落寞而清和。

因性情随和，闲时，店里的女孩子经常调弄取笑他，闹着玩。这些女孩子什么样的风月没有经见过，有时说得不堪了，他也不恼，众人笑，他也笑，样子总是很和气，甚而会拘谨地羞。不像店里的其他男孩子在花前柳下手脚并用，举止轻浮。她们遂叫他大木头，或者，木头，并使出对待客人的狐媚手段调笑他。安娜斥责她们，反被几个伶俐女子叽喳说道，哟，姐姐心疼了，呵呵……真真假假，在酒店里，笑语总是不断的。

见了她，打个招呼，笑一下，继续做他的事。

她也是。

就像两条平行线，日日见面，靠近，却不曾深入。

已是夜深了。他把仓库锁好，抽了支烟，回到他所服务的包房附近，规矩地站着。包间里的笑闹声似是沁透了墙壁，流淌过来。他抬头看头顶的灯饰，莲花状，没有任何表情地空洞亮着。活动了一下腿脚，脚心丝丝缕缕地疼，这是建筑工地上钢钉留下的记忆，每到雨天，疼得依然新鲜如初。

空气有些沉闷。大厅里几个年轻人组成的乐队正在暴烈地歌唱，声音像是撕裂的青春，鲜血淋淋。一只不合时宜的苍蝇在空旷的厅堂上空无所附着地疲倦盘旋。玻璃水箱里的金鱼拖着腐烂尾鳍，在荒凉而炙热的水中挣扎起落，艰难存活。

夜可是很深了，除了楼上的包房，没有多少客人。几个没有顾客的女孩子神情恹恹，笑骂着，议论着，下班回去了。

安娜趁去柜台取酒的间隙，进了洗手间，拿手帕沾些凉水，涂在鼻翼和眼角，胸口湿湿的燥热，捂着心口，胡乱用手扇了几下，整了头发，扯了衣襟遮住胸口一痕白雪，小腹却蚁咬一般，一阵绞痛袭来，接着胃腔一股恶心地翻涌，又对着洗手池干呕了几声，急忙忍住了，匆匆揉了几下例假来临之前疼痛的腹部，补了点妆，调匀笑脸，带了酒，回到包房，继续参与言语和肢体的表演。

大厅里的乐队唱起了舒缓伤感的歌曲，音色柔韧，动人心意。空气仍是潮湿，似乎能拧出水来。和几个同事麻木说笑了一会儿，他又回到了一个不被人注意的拐角，掏出从包房里拾到的带着菜汁酒汁的纸烟，把带有齿印的过滤头掐掉，接上自己手中的烟屁股，百无聊赖地抽烟。

雨还没有来。

包房里时或传来聒耳的叫笑声。他知道是男人们在逼迫安娜喝酒，以此取乐。被欲望主宰的尘世中无聊和下流的人那么多。他还知道应该有几只手在安娜身上游走。不外如是。总不过是这样子。

压抑。闷热。酒楼像是棺材，闷得难受，又出不去。空气黏滞不洁。醉生梦死是别人的事。他和她只是无数殉葬棋子中的两只。

脚心还是若隐若现地疼。自从工友大林从脚手架上摔落之后，他就不在建筑工地做了。一个19岁的孩子的幽默和鲜活，啪嗒一下，不见了……没有人再陪他光着脊梁出力、干活和喝酒了。他抬头若有若无地苦笑了一下，在苍白的光影里，表情是难以掩抑的惘然和伤感，以及流水一样单调的疲倦。

又抽了支烟。一双骄傲的高跟鞋有节奏地叩击着地板，是樱子来了。他站直了腰身，打了招呼。樱子也是陪酒女，遇见合适的客人，用她的话说，也适当地局部开发一下。只是因为长得媚气，身材又好，似乎挣了不少钱，人不免傲气些，也是正常。

她问，还没换班呵？听到包房的吵笑，樱子皱了皱眉，骂了句，几个老不要脸的。

他笑，说，快回去吧，别等下雨了。

樱子叹了口气，很轻微，却说，你也别太没有良心了，别死顾着安娜这块肉，有空来找我，八折。樱子笑的时候，挺了挺胸脯，微微的，娇媚且俏皮，流露出职业小小的魅惑习气。

他呵呵一笑，拍拍樱子云朵般蓬松的头发，说，又喝醉了，好了，累了一天了，快回去休息吧。

说笑了一会儿。樱子走了。他运动了一下疲乏的身体，用冷水洗了把脸，等着客人散尽，交班回去。

门开了。

安娜踉跄了一下，扶住墙壁，紧紧捂着胸口，想吐，又咬牙忍住了，两颊酡红，衣发不整，胸前和裙子俱是湿的。她向他招手，苦笑了一下。他奔过去，扶住她。她说，木头，快，扶我去卫生间……

关上卫生间的门，她弯下腰，扑过去，吐得很厉害。他递过纸巾，她摆手，又是一阵剧烈的呕吐。看着她纤弱的背影，他走过去，轻轻拍她的背说，安娜，他们又灌你了……他的指关节响了几声，接水的手有些抖，让她漱口。终于吐完了。安娜转过身来，倚在墙上，虚弱得站不稳，睫毛上挂着大颗大颗冰凉的泪，对他无所谓地笑了笑，笑得曲折而苦涩。

安娜深深呼吸了几次，攒了点力气，站起来，顺了顺长发，紧了紧衣服和裙摆，对他说，木头，谢你了，就准备再回包房陪客去。

犹豫了一下，他从背后拉住她手指，轻轻地，喊她，安娜……安娜转身了，眼角掠过一些潮湿，低下头，抵在他的肩头，吸了一口气，抬起脸，看着他，若无其事地一笑，走过来松松地抱了一下他的腰，说，没有事，木头，这就好了。安娜转身出去了。

他看见她的一根长发，自肩头落下，在半空中疲倦地漂泊了片刻，终于落了下来，在地板上发出寂寥的声响。他蹲下来，把发丝三尺缠绕在寂寥的手指，心里的疼痛渐渐浮了上来，很轻，很韧。

唰啦一个大的闪电，划破夜晚浮华的黑脸。雷声也逐渐清晰，哐堂一个闷雷，青花瓶里的假花瑟缩了一下。夹着惨白的闪电和愤怒的滚雷，雨，终于来了。

大厅里的乐队停止了演奏，几个人，神情寂寥而茫然，听着雨，陷入了沉默。在灯火阑珊的舞台一角，那个貌美秀气的男孩子，长发遮住了眼睛，坐在那里浅浅拨弄着忧伤的吉他。穿着斑斓紧身内衣的漂亮主唱，有着坚强不羁的眼神，此刻，看着指间弹落的烟灰，却莫名流下参差的眼泪。

他仰面看着凌厉的闪电裹着巨大的愤怒一次次撕裂城市的夜空，隐隐有些快意，却又内心怅然，不知所从。只听见无忌的雷电呼应着天地间茫茫雨声。

及至夜半，客人们才或聚或散地陆续离开。

这个时候，他也就该交班回去了。换下死气沉沉的工作服，和同事诸人打了招呼，就准备回去。却又不放心安娜，推开包房的门，在一片乌烟瘴气中，服务员们正在打扫房间，清除杯间恩怨，倒掉残留笑声，恢复华丽和空静，布置好下次欲望和无耻上演的背景。安娜以身体不适反复推阻掉所有对他目标明确的手脚，身上无外又添上几道狗咬一样的抓痕，乳房和臀部尤甚。确定值班经理不会来，安娜恨恨摔了一个高脚酒杯，似是倾尽了所有力气，虚弱已极地瘫倒在沙发上，吐了口浓浓的酒气。他来，扶她起来。

简单的员工更衣室在雨声中显得格外冷清，他说，安娜，你今天喝了这么多酒，以后不许你这样喝了，身体会垮的……却不说了。安娜抬脚甩去鞋子，伸手想褪去粘人的丝袜，却醺醺摇晃着摔倒在了地板上，微醉的长发落花般洒了一地，她低头顺手拍打了一下无心的地板,仰面无助地看着循声转身的他。他被她孩子气的动作所柔软，轻轻微笑，把她抱起，弹了一下她湿润的脚趾，他们相视而笑，拘谨而感觉美好。他问她，能站稳吗？

显然不能。但她的情态却像是撒娇了，眼里漾着流转的清澈的水，颊上桃花朵朵开了，因为酒的勾勒，渲染得格外柔软，且媚。他觉得，她真的是美，美得月光如水，只想让人落下心疼的眼泪。

在给安娜换下潮湿的月白色紧身上衣时，天空经过一道闪电，镀亮了她暗藏芬芳的身体，他在心底默然叹了口气，又小心而笨拙地为其穿上衣服。换裙子的时候，他还是犹疑了一下，先是给她费了好大的劲儿把牛仔裤穿上，隔着裙子给她摸索着扣上，然后又从上身把裙子反脱了下来。

安娜笑了，说，你不是木头。却不由得叹了一口悠长的气息。

就像政客们宣言一样，酒吧歌厅的女孩子说我只坐台而不出台，或者大酒店的陪酒女子说我和客人没有关系，皆不可当真。安娜也是。因他的小心和细腻，安娜以为在他心里她只是和樱子她们一类的女子，安娜倒笑得有些自弃和负气了。她们的心思，因职业关系，与平常女子亦是不同。

他给她穿上凉鞋，放好衣物，末了想问她，今晚还有客吗。虽是事实，说出来也未免有些伤人。只是说，走吧，安娜，我送你回去。

牵着她的手，出了酒楼，到了街上，雨还在下着，不是太大了。为她撑开雨伞，安娜推开，抬头看黑魆魆的天幕，说，我想淋淋雨。

他还是把伞罩在她上方,且把外衣给她披上,说,别着了凉。

她偎着他走着，吐纳了几口清新空气，却忽然转头问，木头，你说，我若不是做这种工作的，你会不会爱上我？她却先自负地笑了，黑黑的眸子有些难过，却一带而过，说，木头，谢谢你，我很快乐，真的。

他没说话。已经深深厌了这种给人做守门守财守物的狗一样的工作，成日对那些公款吃喝玩乐道貌岸然的人点头哈腰。已经厌倦。他想说，安娜，过几个月，办好了钳工或者焊工的操作证,就不在酒店里做了。他甚至想说,安娜,你也别做了……然而他什么也没有说，没有资格。第一个女孩子，曾经发誓生生不分的女孩子，不也轻巧转身离开，欢喜上一个更有能力为其建筑幸福愿景的人了吗……他把身子贴近了她，那还能说些什么。内心总是有这么多的绝望和悲凉，他想，这样或许她会暖和些吧。

过了一会儿，她说，今天的雨真好，不是吗？

他仰头，用眼睛接了几颗雨水，缓缓地，说，雨真好。

两个人在伞下无声笑了。她的手是凉的，像雪。

雨是一阵一阵的,若一场即兴的哭泣。一个大而长的闪电，之后，雨脚随即又肥大了起来，落笔忽如狂草，全无章法，只是劈头盖脸地砸来。

因为伞小，顾着她便顾不了他了。她伸手摸他左肩，已经湿透，而即便是她的右肩，也并未淋湿，伞默默倾心于她。她转眸看他瘦硬的眉脸，心里涌起柔软和温暖，却又不由得心生伤感。路过银行檐前,她说,木头,避避雨再走吧,过了这一阵。

他们靠在檐下避雨，看大雨瓢泼，雨帘流泻。街面上偶有汽车驶过，夺路狂奔。少有行人。

他抽烟，问她，来这个城市多长时间了？

五年，或者更长一些，懒得记它。她说。也点了烟，熟稔地放至唇间。开始的时候还想过要回家，后来就不想了。

怎么了？他看着雨落，又转头看身边的安娜，问得体贴且小心。

靠身体挣了点钱，也不想费心解释。她笑笑，继续说。原来在厂子里做工，订单一来，不分昼夜地加班，且工资时常拖欠或者被骗。拿廉价的青春供养着别人的声色和辉煌。现在也是一样。说完，她把烟头投于雨水中，小小的焰火，尚来不及发出微薄的呻吟或是呼喊，已被污浊水流淹没不见。她笑，所以，我们只能在别人冰凉的鞋底卑微而韧性地活着，小心而辛勤地呼吸，出售廉价的人格和身体，勤恳得没有依据，有时连蚂蚁尚且不如……她说。

烟火烫着了他指间的失落，并没有感觉到很疼，只是手指冰凉。远处，雨夜里，似是一颗星，又若一颗麻木的眼，在水里泡着，那是这所寄生于此的城市标志性建筑的顶层的灯。雨好像小了，我们还等等吗？他说。

她掬一捧雨水，抹在了灼烫的额头，又揉了揉眼睛。

他问，安娜，你今天喝了太多的酒，头还疼吗？

安娜摇了摇头。吐了口气。眼睛水茫茫的，又眯了眼，看着荒凉而模糊的远方。忽然有些想家了……同时鼻息揶揄否定了自己。回不去了……她想。

她走进雨里，擎起手臂，大口呼吸，且笑着，在雨中奔跑和呼喊，雨水流过她的眉眼，汁液四溅。

哭和笑不同。笑可以成为一种职业习惯，而哭是需要勇气的。而此刻，她的眼里却已有了泪意，酸涩，甚至委屈。

他冲进雨里，抱她回来，说，好了，安娜，别闹了，会病的，你醉了。然而，及至看清了她的眼睛，就明白了，轻叹了一声，抱了她，亲吻她水湿的长发，他说，安娜，你哭了吗？

她说，是雨。又说，我才不会哭呢，日子已经够湿的了。

她笑。他也笑，说，安娜，这样才好。

她踮起潮湿的脚尖，轻轻去吻他的唇。她说，木头，知不知道，你笑的样子，很好看，暖人，你要常笑才好。她再次凑起湿润的唇，小心吻他。她的唇若一朵温柔而清凉的云。她说，这是我身上最干净的部分，从不许客人沾染的，我把它给你了，希望你会快乐。

……

她住的地方，是一处宁静的房子，原来合租的女孩子被人包了，于是，不大亦不小的房子只有安娜一人，干净，温馨。

安娜取毛巾让他擦干脸上的雨。倒了茶。翻找出一身稍大些的衣服，说，小了点，快换了吧。他象征性地喝了口茶，从沙发上站起来，说，安娜，不必了，回去路上还是得湿。

安娜踟蹰了一下，眼角掠过一丝妩媚的失落，带着近于嗔怪的神色把他按回沙发里，说，木头，你看，这么大的床，睡得下两个人的，雨这么大，别走了。见他不说话了，她说，木头，你害怕了吗？她笑得羞涩而清甜，是仿佛回到了做女孩子的时光里。

他说，没有，安娜，这茶……茶太热了。他眼巴巴地望着她，近乎结结巴巴地说。

安娜弯腰扑哧笑了。进里间换了棉白的睡衣，安娜开始收拾床被了。

收拾好了，灭了灯，赤着脚，摸索着，从背后轻轻抱了他的腰，喃喃地，她寂寞地说，木头，别走了，陪我说说话，我累了，你也睡吧。

在黑暗中，他终于无限热烈地拥抱她，并且寂静地流下辣辣的眼泪，不知不觉地难以自禁。他拂开她脸颊上萦绕的发，他就吻她，轻轻地。无根的夜雨一直在下……心也湿了。

而雨声如蚕，沙沙地咬噬着耳膜，静静的，在人间这样水淹的夜晚，仿佛两叶无人关照的小小的船，摇摇晃晃，他们仍然执手相互依偎着，温暖着，倾听雨打红尘溅落的声音和颜色。

他想，就是明天吧，应该买一把大些的伞了。

朝低空飞翔

下班的时候，天已经黑了。好在明天是周末。马明倚着公交站前的栏杆，在那里略显疲惫地抽烟，肚子咕噜噜抗议了一阵，他也没就近去一家快餐店对其平叛，为了攒首付，不想在外面花那个钱不说，也是习惯了青枝在家做好的晚饭。马明使劲捶了几下久坐生疼的腰部，贪婪地吸了几口烟，任烟雾弥漫一片。

一支烟没有抽完，公交车来了，马明仓促丢下烟上了车。好在还有个位子，他赶忙把自己塞进去。车厢里人的气味拥挤而呛鼻。马明闭上眼睛，疲倦的眼皮因白天久盯着电脑而出现轻微肿胀的痉挛，眨了几下才好了些，但瞌睡立刻也欺压下来，催租子似的，连本带利讨要缺失的睡眠。在断续的报站声里马明还是深深浅浅地睡着了，在梦里马明重拾起刚才中断的烟卷，狠狠抽了几口，让烟气在口腔、喉咙、肺部辗转留恋，缓缓吐出一片苍蓝。烟气似带有抚慰的柔软质感，像青枝以前和他好的时候那一双手。

马明在梦中的烟雾里回想着和青枝好过之后，两个人缱绻拥抱，那种带着满足的疲惫和回味，像两尾鱼，潮水退去，留恋在沙滩的浅水里偎依……公交一个猛刹车，他醒来，脑子里还带着刚才残留的情绪，唇角呈现咧开的弧度，他是在惯性地笑，但是这个笑很快干瘪下来。马明在心底慨叹一声，才想起他和青枝似乎很久没有亲热过了——这么说，当然也不准确——中间其实有几次的，可效果都不好，马明不打算把它们收进记忆里。两个人平时上班，打卡，下班，加班，赶公交，买菜，做饭，洗刷，弄完也都将近十一点了，能把自己搬到床上就很不错了，哪里还有闲心去垂钓对方身体里深藏的那点儿高潮呢。

这一段时间马明总觉得睡不够，也不知怎么这么缺觉，工作，睡觉，工作，似乎陷入一个恶性循环，打不起精神来。生活和工作都像一潭死水，以它强大的惯性裹挟着马明，他想他也不过是死水里的一条鱼，艰于呼吸，顺水而去。马明也能明显感觉到，每天坐在那里盯着电脑分析数据报表，身体质量在不断下滑，也总想着要运动一定要运动，但每到周末的时候都是昏睡不醒，没有一次付诸行动。在这个改革开放快节奏的前沿阵地，似乎大家都在工作、坐车、睡觉的三点中行色匆匆，忙得几乎找不到自己。马明似是惯性般地叹息，吐出一口郁积的气息，旁边座位上的女孩不满地看了看他，皱了皱鼻子，扭过头。估计是他口腔干渴再混合着刚才的烟气，熏了女孩。

马明也顺着女孩去看车窗外。

窗外是深南大道。华彩初上，霓虹闪烁，在立交桥上往下看，私家车如川流不息的河，LED 立体广告显示大屏上不断滚动着这个城市高端的繁华信息，旁边开盘的楼群上挂着巨幅的宣传标语……灯火这么繁华,到处洋溢着大都市的火树银花。这些景象马明不用看也知道，每天都路过，他对它们就像手指对青枝的身体一样熟悉。他抱着臂膊看着，置身事外，这些繁盛都不属于他的，但是面对这铺设的灯火，马明却在心底无可救药地感慨一句：真他妈的好看哪！——明知道这是一座别人的城市，上演着欲望和利益，精彩纷呈。这繁华的气味，这车水马龙、红男绿女，其实都与他无关，但马明深吸一口气，近乎恶狠狠地说，老子是真喜欢这地方啊！

这座城市，年轻、包容、耀眼繁华，即便现在都是冬月了，绿化栏里的三角梅依然热烈地开着，草木的绿意仍然蓬勃，每天都有源源不断的年轻人把青春和梦想输送到这里。然而，马明想，过几年会怎样呢，梦想也许就耗损了，和他一样，只剩下一个躯壳，延续着朝九晚六的生活。它是梦工厂，也是梦想的屠宰场。而马明，也不过是在生活面前束手就擒中的一个，多他一个也不多。

公交车继续缓慢往前走，驶过华强北，那里更是热闹繁华的所在，马明看着满眼的辉煌景象，直到看得有些疲倦，倚着靠背，又闭上了眼。世界如此地丰盛、灿烂，他心里却很空、很茫然，这声光色影都不属于他，在这所城市里，繁华的气味扑鼻，可唯一属于他的，也只有青枝罢了。马明心里涌起一阵感动而又悲哀的情绪，在这繁华映衬出的孤独情绪里，他忽而很想抱一抱青枝，抚摸她的头发，亲吻她的脸颊……马明低下头，翻开手机，看着屏幕上的青枝，不禁想，马明，你狗日的都多久没带她出去玩了，有多久没有好好和她说一回话了，有多久没逗她哈哈地笑了……马明不想不觉得，一想，真的好久了，久远得他都理所当然地认为现在的状态都是对的，都不想去改变了。他总是借口累，没有时间也没有心情陪她。想到这些，马明麻木的心里掠过一丝久违的羞愧。

公交车在梅林关堵了许久，终于驶到了关外，又过了许久，才晃悠到民治水尾。这是和他一样的众多年轻人寄居的地方，在关内工作，为了经济，租住在关外这偏远之地。

马明下了公交，从站台走了五分钟又上了十八段台阶，才到了楼上。喘着粗气，立定身子，扶着墙，拍门。拍了一下，没人应。又拍了一下，还没动静。马明随即就没有了耐心，抬脚踢，“嗵嗵，嗵嗵”，踢到第三遍的时候，青枝才把门打开。马明劈头就问：“躲屋子里干啥呢，没听见吗？”——路上酝酿的那一点对青枝的羞愧心，又恢复到日常凶相毕露的面目。

开了门，青枝没看他，依旧默然无语。马明进了屋，黑乎乎的，才想起昨天灯管坏了，还没来得及换新的，在公交车上还想着呢，上楼的时候还是忘了买。此时再让他下去，九楼，还饿着肚子，多少需要点勇气。

马明把背包潦草地挂到墙上，就穿过屋子里的黑暗，直奔小厨房。厨房里冷冷清清，没有往常弥漫的土豆炖肉、杏鲍菇萝卜海带汤的芳香等着他，马明的胃部咕咕叫了两声，抗议和失落不言自明。因失落马明进而粗糙地转化为愤怒。他已经习惯每天下班回到家洗洗手就端起碗吃青枝为他留下的饭菜，就像他已经习惯了吃完饭洗洗澡就坐在那里打一会闯关游戏然后关了电脑睡觉一样。马明又不甘心地掀了一下锅盖，锅里当然什么也没有，他把盖子合上的动作就像是摔，发出烦乱不满的声响，他嘟囔：“我还没吃饭呢，你来家里也不知道做个饭！”

好像做饭是青枝每天的功课，无条件必须完成似的，好像青枝已经吃饭了似的。但是这些马明没有去想。马明气鼓鼓地在卫生间里洗脸，把物什都弄得叮叮当当一片繁响。

小区对面隔着不远是一个四星级的酒店，装饰的闪光灯不停忽闪，映衬到屋子里，一明一暗的。青枝坐在一旁的条几边，看不清楚她的脸，只是什么话也没有。青枝本来就是安静的人，马明更懒得去问。

马明拉开冰箱，牛奶也没有了，他说：“怎么搞的？”同时右手一撞，把冰箱狠狠关上。转过身，脱了外衣，边解扣子换拖鞋边冲角落里的青枝大声喊一句：“给我冲杯奶茶啊，你想饿死我吗？”

生活的粗糙和匆忙，马明已失去了追求青枝时那份细腻的心，现在，对青枝，动不动就很大声，心变得越来越迟钝、坚硬、冰冷，越来越没有耐心。

青枝站起了身，在黑暗里冲了一杯奶茶，放在桌子上，还回到原来的地方坐下，像是一株植物。当霓虹透过玻璃投射到她脸上时，若用点心思，可以看出她脸上幽幽的、散发着大量寂静的哀伤，她的脸庞也瘦削得厉害，眼角有些肿胀。青枝以前不是这样的，她虽安静，却像一盏油足捻丰的小油灯，恬静地亮着，以前，瘦也瘦得玲珑剔透，不像现在，瘦得直见骨头。

马明喝完了奶茶，啃了一个苹果，本来路上想好的，这个周末弥补一下之前的冷落，和青枝说说话，好好地亲热一下。可现在，马明一点心情也没有了，屋子里的气氛一点也不是他预想的。马明拉过椅子，对自己说，算了，过日子不都这么凑合着一天一天过吧。他打开电脑，循例想玩一会儿游戏放松一下。

争吵就是在这时候突然开始的。

马明刚买了一把枪，正在啪啪按着鼠标英勇冲锋，屏幕突然由彩色变黑屏了，他“死”了。马明抬起头，青枝把电源按灭了。“干吗啊？”马明把电源按回来，青枝又还手立刻按灭，马明再按回，青枝忽然一下把插板连着电线拽起来摔到地上，“到家就知道玩游戏，你还会干什么？”

马明火了，嚯地站起来，推了青枝一把：“你找事啊，发什么神经？”

刚一推马明其实就后悔了。青枝趔趄了一下，膝盖撞在桌角上，马明的心也随之钝钝地疼了一下，但是他对自己也没有办法，手已经收不回来了，就像他现在的脾气。马明推出去的这一下，火气大，力气不小。青枝撞得踉跄了一下，跳着一只脚，扶住膝盖，疼得抽气，却顾不得疼，坐在冰凉的地板上，看着马明，像看一个陌生人。青枝眼里噙着泪，难以置信地摇头，再摇头，眼睛里、脸上全是突然而至的悲戚之色。马明看不到青枝哭了没有，只看到对面的霓虹闪过时，黑暗中青枝的眼里有冷冷的光点，像一种正在凝结的冰。马明仍倔强地站在那儿，有点无措，但没有服软，心里却说："青枝，你哭，你倒是哭啊。"

青枝哭了，他才好顺着台阶去拉她起来；青枝不哭，倒觉得错误都在他。他嘴里率先说着："你也不买菜也不做饭，一进门就给我摆个脸色看，你说好不容易一个周末，你就不会让我过松闲点儿？"声音已经小下去了。

七彩的灯光投射过来，倾斜了一下，他看清了，两颗破碎的水珠从青枝两颊滑落。那眼泪是那么大的一颗，挂在青枝潮湿的脸上，像是一滴悲伤的海洋。

马明颓败地坐在沙发上，隔着一片黑暗，就像隔着一段幽暗的水面，打量对岸的青枝。马明发现他好久没有仔细看青枝了。以前恋爱的时候，马明每天都抱着青枝，看她的脸，看她的眼中倒映出他的影子，抱着她，看，看不够。好的时候，捧着青枝的面庞，甚至他还文绉绉地说过："青枝，你的脸，就是我的世外桃源……"青枝温柔如水的双眼，是他清洗忧伤的源泉。可看了没几年，就看旧了，连带着青枝整个人，也就像一件用旧的家具了。

马明本来想说："青枝，你起来，地板上凉。"却只是掏出烟，抵在沙发上，埋头抽烟。

青枝喉咙里的委屈自始至终都没有破土而出成哭声，青枝倚着墙，捂住膝盖，坐在拖鞋上，吸了一下鼻子，鼻腔里有浓重的水分。青枝把所有的情绪都咽下，坐起来，声音依然有很重的水声，但很平静，青枝说：“马明，我第一次给你的时候，你还记得吗？”

马明吐着丝丝烟雾，屋子里本来就暗，烟雾更幻化了他的轮廓。马明在烟雾后面想，那时候，多久了。那时候多好呵，青枝安静地围着他，他一说个笑话，青枝抿住嘴角，可她的鼻翼往往泄露了秘密，眼睛里闪动着明亮的纹路，她开心，她笑。多美好。什么时候一晃就不见了呢？什么时候那些笑话就不说了呢？什么时候两个人说的不再是脸红心跳的情话而是开始争吵了呢？

马明恍惚了。不知道回答什么，也不知道谁可以回答他。

青枝自顾自地说：“二十二岁。”青枝的眼神陷入过往的回忆里，脸上呈现出一种凄惘的迷离，“你毕业前去找第一份工作，失败了，你说那主考官看你的眼神像一股臭水，那一夜你抱着我落了泪，你的泪水柔软了我，我把我给你，只想能给你一点安慰也好……”青枝抬起湿润的眼，“马明，你还记得那晚都对你说了什么吗？”

——马明记得。但是马明现在不想提这些，他粗暴打断，“青枝，你又来了！”

吵架总是这样，各不相让，总是要在语锋上抢先占领对方的阵地，马明不是偃旗息鼓，去哄青枝，而是话逼着话，不由地说出，“你又要唠叨我没有本事是吧，你又觉得跟着我后悔了，是吧？”马明掐灭烟蒂，又续上一支。

青枝忽然摇晃着头发，悲哀地说：“明天，明天我就二十七岁了，二十七了，你记得吗？我让你睡了四年半了，你记得吗？我天天洗衣做饭做了三年了，你记得吗？”青枝声音嘶哑着，“马明，可我现在还不是你的妻子啊！我把最好的几年都花在你身上了，你记得吗？”

青枝哭了。

哭声呜咽回旋，像寒天迷途的鸟。宾馆的霓虹穿透过玻璃窗，把玻璃变成了水一样的七彩虹。彩虹的光芒折射到青枝的脸上，她的脸明亮又绝望，满脸都是破碎的光芒。

马明愣然不动，烟头的红点攀缘着上爬，他也不动一下，火头灼伤了手指，空气里弥漫着烧焦皮肉和眼泪混合的气味。马明真的忘了，阴历十一月初三，也就是明天，是青枝二十七岁的生日。他是忙糊涂了，年前所有的报表和数据都要审核，稍有错误就要被驳回重做，他真的是忙昏头了。但这还不是主要的，主要的是，他现在就像一个抱着砖头的人，一抱砖头当然也卖不了几个钱，但是抱着砖头就不能抱她。现实处境就是这样，都有一份梦想，却不够坚强；不甘于现状，却没有可以飞翔的方向。回到现实里，只能是做着一份鸡肋般的工作，一颗心蒙了尘、沾了灰，粗糙了，麻木了，连对爱的人，也懒得费点心思去爱了。

马明嗫嚅了几下嘴角，一带而过地说："好了，姑奶奶，是我错了，一忙，忘了，明儿我去买个最大的蛋糕，好了吧。"马明匆匆说完。显然，这样的道歉并不诚恳，倒像是息事宁人。

因这道歉，青枝反哭得更厉害了，打着噎，呜呜咽咽地哭。马明如果这时候能真真假假地，跪在地上，把瘫坐在地板上委屈的青枝软言软语哄好，最好再用尽力气抱一抱，也许就没有这个注定让他一生后悔的晚上了。但青枝接着压抑般大放的哭声，让马明觉得有点小题大做，有点有恃无恐。马明上了一天班，肚子里就装了几支烟，饿得难受，看着青枝这样哭，他心里就有点堵，至于吗，不就一个生日吗？

青枝哭着含混地说："马明，这是六十七天来，你第一次给我说一句软话，你现在动不动就对我大呼小叫的，你凭什么啊，我欠你的吗？"青枝说，"我算你什么，马明，你说我算你什么？你没有工作我跟着你，你没有房子我跟着你，可你现在呢，大吼小叫，玩游戏，连句话都不和我说，两个人睡一张床上像两个陌生的哑巴，我受够了，马明，你别忘了，你还没和我结婚呢！”

青枝又委屈地哭了。也难怪她。他什么都没有，她仍然可以在他身边陪着他，等着他，照顾他。因为还有爱。如果爱也没有了，那她还有什么可以抓住，值得她期待的呢？青枝埋在臂弯里哭了。

青枝就这样张着嘴巴，闭着眼睛，在黑暗中仰着哀伤的脸，呜呜咽咽、一览无余地哭。那些饱满而委屈的哭声，像是雨水打湿的蝴蝶，由她嘴里往外飞，飞出来都是她丰沛的泪……马明坐在对面，内心惘然又烦乱，忽而觉得青枝哭得很丑、很笨。马明本来软化了一点的心，又被这持续的哭声弄得关上了门。“你不欠我什么，都是我马明欠你的，行了吧！”马明站起来，居高临下，“姚青枝，你不就是想说跟着我你算是瞎了眼了吗？”

这话伤了青枝。青枝咆哮起来，“你说买不起房子就先租着，你说租在关内贵就租在关外，你说外面快餐不好吃我就每天晚上急急慌慌赶回来买菜做饭，你说现在还不能结婚，每次做爱我就吃避孕药……马明，我他妈瞎了眼，伺候你吃伺候你喝，让你白睡了四年！我瞎了眼，我真是瞎了眼啊！……”青枝心都碎了，全都碎了。

青枝接不上气息，从一个哭声到另一个哭声的过渡里，要在喉咙里噎住很久。青枝真是伤了心。

马明把燃着的烟用几根指头捏碎，心里念念地想，真该死啊，为什么刚才不在楼下买一个灯管呢？——屋子里要是都是光亮就不会有这么多黑暗，也许青枝就不会吵这一架了。马明想转身离开，目光却与青枝撞了个满怀，马明忍不住也扭头流下泪来。

过了许久，夜慢慢变深了，酒店的彩灯也是一片阑珊，青枝不哭了。青枝想她现在哭得再狠马明也不会心疼她了，青枝擦着脸颊，不看马明，声音很小，却很坚定，“马明，分了吧。”

马明站在那里，像是听见了一声惊雷。马明张大嘴巴，一瞬间有点懵，因震惊转而导致愤怒，他像是忽然被抽离了脊椎，站不稳，愤怒也显得苍白无力。马明知道青枝的脾气，性情沉静，一般的事情都放在心里，不说，可一旦说出口，都是想好了之后做出的决定。当初，她妈妈不同意青枝和马明好，两家离得远，马明老家在农村不说，买房子结婚都是大问题，可青枝不听，马明赌气前脚到了深圳，青枝也辞了县城的工作，跟他来了。四年里，青枝都跟着他。可这一次，青枝说，“马明，分了吧。”

马明似乎忘了青枝原来是个很好看的女孩，他似乎忘了一直都有人喜欢青枝，原来他也是把青枝当成宝一样宠爱着的，只是现在对待爱的方式，已经让原来的“宝”越来越贬值。马明反应过来，看着青枝，像一个忽然意识到珍宝将要失去的人，举着手近乎号叫地喊道：“青枝，你心里是不是有人了，谁，你说，他妈的是谁？”

仿佛“谁”就藏在旁边，马明愤怒得团团转。

青枝鼻息间出了一口气，坐在那里，把散乱的长发盘起，看起来已经恢复了安静的样子，虽然脸上的泪还未干，并且眼角还有零星的发源。

马明因为深深的挫败和不甘，摊开手，对青枝说：“我在努力啊，我不是没有努力啊！”说完，自己都觉得不可信。如果说他的努力不过只是用三年成了个小公司里的数据分析员，这个努力也太苍白了点。马明说出了最后的底线，“青枝，我们还有爱情啊。”

说完这一句马明就后悔了，他说得一点把握也没有。

青枝侧着脸，笑了，泪却源源落下，“马明，你觉得我们还有吗？”

马明局促地站在那里，软了下来，舌头已经慌不择路了，“青枝，我以后改正，一定！不再玩游戏，不再沉言默语冷落你，我会对未来好好规划，再换个工作，你说好吗？”

青枝捂住嘴巴，不让眼泪崩塌而下，“马明，一年前你就这样给我说过了。一年后你是不是还会这么说？”青枝的指缝里有水珠滑落，滴在地板上，在黑夜里开出幽凉的暗花。“马明，原谅我，在你身上已经看不到希望了。”

马明眼睛里有沮丧刺痛的炯炯火光，他被刺伤了，那火光很快就熄灭了。马明像溺在水里，抓住最后一根稻草一样，仓皇抛出最后一句问话：“青枝，你难道不爱我了吗？”

青枝不说话，头倚在墙上，看着屋顶，眼睛里水光流动，青枝笑，负气地笑，眼里浮动的都是苍凉而又寂静的泪影。青枝想说：“一直爱的，要不会和你一直在一起吗？可你每天大声对我说话，我知道你压力大，脾气暴躁，可你大声嚷嚷的样子，你不知道我多害怕，马明，四年了，跟着你，我好像把这辈子的爱都用完了……”

可这些青枝都没说出来，她只是觉得悲哀。身体里那种持续韧性的疼，就像一颗心从中间被劈开。她知道劈开的都是这四年来对马明的爱。

马明突然“哗啦”一下把茶几上的物件挥手扫落下来，地上于是一阵玻璃碎裂的杂音。青枝以为马明要打她，抱着头缩在墙角，害怕得像一只柔弱的小鸟。青枝惊恐地喊：“马明，马明……”

马明站着，咧开嘴，呼呼喝喝地哭了。他看着青枝那受到惊吓的模样，抬手狠狠扇了自己几个耳光，他是那样地用力，把脸上悲凉滑落的眼泪震得破碎飞扬。马明痛哭失声，对自己充满厌恶地想：“× 他妈的，生活怎么会把我变成了这个窝囊熊样呵！”

接着，马明转过身，冲青枝吼着：“你走吧，你们办公室主任不是一直喜欢你吗，他有房又有车，正好称了你的意，要你的幸福去吧！”马明挥舞着手，剧烈地笑。话赶着话，说出的话已经不经过大脑了。

青枝不敢相信自己的耳朵，隔着距离打量这个暴躁的男人，青枝想，这还是那个流着泪说要一辈子对她好的马明吗，还是为了给她买一件碎花裙子而连续加班两个星期的马明吗，还是她病倒了他午间冒着被惩罚的危险从公司里偷跑出来就为了给她煮一碗米粥喂她吃下去的马明吗，这就是那个恋爱时每次都把她抱得很疼恨不得两个人的心跳都融合在一起的马明吗……那个马明哪里去了？……青枝气得颤抖，想站起来堵住马明的嘴巴，却没有力气了。青枝绝望地喊一声：“马明……”

马明没应，还陷在受伤的情绪里慌乱反击。马明此刻的举动，幼稚又危险。青枝失望地想，不经过淬火历练、不经历那些场面，男人终究不会拥有成熟、大气、包容、沉静这些品质。

马明还没从情绪里回转，继续挥着手冲青枝说：“你走吧，别要我了，我什么也不能给你，你走吧！”马明越说越伤心，“他有房又有车，我什么也没有，跟他去吧，你滚，你滚！”

马明说：“我什么也没有，你滚，滚！”

青枝张着嘴巴，脸上的绝望就像玻璃碎裂的声音，肇事的“滚！”带着速度和重量，把她冰凉的一颗心撞得破碎一地。青枝扶住墙喘息，回声仍在她心里来回飘荡。青枝头抵在墙上，一层薄薄的泪花浮在她眼里，青枝仰着头，盯着天花板回望他们的这段爱情，就像溺水的人在海面上望着渐渐沉没的帆影。——没有了容纳她的心，她往哪里“滚”？

青枝下意识地摸着腹部。

至此心死。

其实,青枝并不是要选择在这个周末的晚上和马明吵架的,而是……躲在阳台上，青枝照自己肚子上狠狠捶了几拳头，望着繁华褪去后黑魆魆的夜色，默然泪流。

一个多月前。天气偶现秋寒，冷热交替间，最容易染上感冒。青枝就感冒了，没太当回事，照常到街道办宣传科上班去了。她的工作还不错，是政府部门办公室的文员。可整理着档案，青枝没撑到上午吃饭就不行了，头晕得厉害，脑仁里像钉了一颗生锈的钉子，丝丝缕缕持续地疼，脸也苍白得厉害。主任过来问她：“小姚，怎么了？”她还笑，说：“没事，主任，没事。”主任不到四十岁,是个诗人,写分行的所谓诗歌发家的,招安了就成了街道宣传科主任，到了这个年纪，各方面都很平顺，保养得也好，看着滋润，身上有一种事业有成的成功男人经过历练后的沉淀的味道，从容一笑，还算得上风度迷人。

午休的时候，青枝去附近的诊所输了瓶点滴。在输水的间隙给马明打电话，青枝说：“马明，我病了。”马明例行地问：“严重吗？”青枝没有回答，怎么样才是严重呢，青枝不知道，只觉得自己快要死了。马明没等青枝回答，就嘱咐她几句先买点药吃多喝水晚上回家再说，然后就挂了。他在开会商讨公司举行年会的事宜，快到年底评绩效了，不敢请假。马明觉得只是一个感冒罢了，没有必要请假。

青枝输完水，烧得晕晕乎乎的，就回去趴在桌子上睡了，醒来的时候脸上灼烫，红彤彤的。何主任这回没征得青枝的同意，就直接把她搀到车里，送她回家。

到了楼下，青枝租住的这种民房，没有电梯，青枝说：“麻烦您了主任,我自己能上去。”但她强打精神走了两阶腿就打飘,晃晃的要摔倒。主任赶忙接住，扶着青枝走了几梯，就不由分说肩膀一裹把她背到身上。九楼，十八段台阶，主任硬是把她背了上来。青枝想想马明刚才电话里的反应，低头看看何主任汗水洇湿的肩膀，两相对比，青枝眼中一股温热，落下滚烫的几颗，落进主任的脖子里。主任肯定都感觉到了。

到了屋子，主任把她放下，给她烧水，扶她在床上躺下。主任看着简陋的屋子，轻轻叹一口气，用心疼而惋惜的眼神说：“青枝，你就住在这里啊……”

青枝无法回答。反复说着“我这就好了，麻烦您了”这些，只希望主任赶快离开。

主任没勉强她，看着青枝吃了药，喝了水，就要走了。可这个曾经写过诗歌的男人千不该万不该在走的时候，给青枝顺便把袜子也脱了，并且往塑料盆里倒了刚才烧的水，近乎霸道地捉来青枝退缩的脚，按在水盆里。最不该的是，主任洗之前用指尖轻轻抚摸着青枝脚上的茧，慨然一叹。那些茧，都是她每天转地铁走路买菜爬楼磨出来的。以前马明也这样爱怜地抚摸过。只不过马明现在不会了，电话都打不通了。

主任给她洗完了脚，也没有造次，倒让青枝觉得像大哥哥对妹妹一样好。主任给她掩上卧室的门，外面的门响了一下，主任就走了。

青枝开始的时候是用被子蒙着头轻轻啜泣，想着马明，眼泪和委屈越积越多，青枝哭出了声音，青枝越哭声音越大，青枝要把所有积压的眼泪都哭出来……

门开了。

主任没走。

主任刚才在外面只是开阖了一下，让门发出开关的响声，并没有走出去。主任看着青枝，喊一声：“傻丫头……”青枝满脸泪痕，仓促喊一声：“主任，您……”主任靠近过来，拂开青枝脸颊上萦绕的潮湿发丝，眼睛里着了火，主任说：“别喊主任，喊哥，喊我哥……”

……

隔壁楼群的电视机在欢唱着，楼下狭窄的小广场有孩子在追逐，对面楼层里一堆中年夫妇在吵架，斜角的棋牌室麻将声此起彼伏……客厅里，马明还坐在沙发上，陷入冥想。马明从烟盒里寻出最后一支烟，打火机浅蓝色的火苗映衬出他的眉脸，闪一下，就灭了，屋子重回黑暗。他忽然发现青枝不在墙角了。

手机响了一下，马明拿起来，以为是谁打来的电话，才看到是预设的日历闹铃，一个月前设定的，提醒青枝生日的。马明想笑，却想大哭一场，她的生日，他没想忘，只是不知道自己怎么变成了这副样子。马明想把手机撒在桌子上，撒手的时候又看见屏幕上的青枝，青枝还在笑。那是他们刚来深圳的时候去“世界之窗”照的，照片上的青枝在南国烈烈的阳光下明亮地笑，没有任何烦恼。他们那时候刚租到了房子，除了爱情和年轻，之外什么也没有，但是却觉得未来什么都会有的，都会好起来的。

现在，马明想，“还有未来吗，还会有吗？”

青枝也在想，还有未来吗？青枝想大概是没有了吧。她没有了。马明让她“滚”，青枝想，我“滚”向哪里？屋子是租的，搬了几次家，是不是马明这一颗心也是她租来的呢？那么今天该是到期了，可她该把自己搬往哪里呢？

青枝在夜风里笑。

这个月她等了十天，等了十五天，身上依然没来。她怀着惊恐去小诊所里买了早孕纸测了一下，阳性。再测，还是阳性。她对比着颜色，再也没有错，阳性。马明每次和青枝做爱都要戴避孕套，退出之后还要检查一下有无破裂，因为他买的是最普通的避孕套，质量不怎么好。每当他这样，青枝都感觉无比地失望，是漂在水上失事般的失望，他不想要孩子，青枝觉得是他没有责任心，不给她兑现婚姻，做个爱都这样小心翼翼，好像生怕承担责任。可是这回试纸上是阳性，青枝除了震惊，之后就苦笑。

过了两天，在最犹豫的时候，撑不住还是打给何主任了，青枝说："我怀孕了。"

那边过了很久，还是用那样磁性的中年声音，权衡沉吟出："你确定是我的吗？"

青枝撇下电话，泪下两行。绝望又恶心。

夜真的很深了。周围的楼群也都慢慢安静了下来。阳台上，青枝看着远处的灯光，那么美，美得她想落泪。她攀缘在阳台上，眼睛里蓄满霓虹闪耀的光影，秋风一吹，她月光一样的身体有洁白而忧伤的凉意。

她伸手抚摸肚子，肚子当然还没有任何弧度的暗示，青枝知道，那是早晚的事，那里面包着一颗危险的种子，会发芽、抽穗，但长出的却是邪恶的果实。青枝扶着阳台边沿，像一条被风引诱出来的被单，把身子垂下去，无限地垂下去……她出神地看着楼下，似乎要看清楚什么，长发垂落下来，遮住她的脸。其实她什么也看不见。看久了，青枝视线下面像是一汪时光组成的水面，所有的过往都荡漾着浮现出来，她看到马明追求她时站在女生宿舍楼下等她下来含笑仰望的脸；她看见她实习时马明把她送回教师宿舍后还要等着她出现在阳台上，他不发出声音只用唇形喊她"老婆"，一遍遍淘气地喊给她看；她看见初来深圳时每次下了班到了楼下马明都要用手机振她一下，她便跑到阳台上和他对视一眼，听着他咚咚地飞快往楼上跑；她看见马明带着她去南澳海滩露宿，夜里被海风冻得大叫，爬起来抱着她对着大海喊她的名字，喊"青枝，青枝……"青枝笑了，张开手，像要从过往时光里打捞起自马明口中温柔喊出的她的名字，青枝在半空伸抓着手指，一闪眼却又瞥见何主任笑眯眯地叫她，“小姚，今儿衣服搭配得蛮好看呀……”青枝气愤地挥着手，对主任说：“你走，你走开！”青枝用的力气大了一点，把身体带动滑落了下来，青枝经过那一瞬间的惊慌，也就顺其自然，顺势打开身体，就像张开翅膀一样……恍然间，青枝以为自己飞了，她飞了起来，到底不用担心马明让她“滚”她没地方去了。

在飞翔的过程中，青枝的心感到无比的平静，她甚至记得楼下的苗圃里有一朵将开的新花，昨天走过的时候她看见了。风在耳旁呼呼而过，她想我终于可以飞了，不要再有那些柴米油盐赶公交打卡挨骂看人脸色这些油腻而屈辱的牵挂，也不要担心会慢慢变大的肚子，她可以飞起来了。在飞的过程中溅起激烈拍打的风声，这种感觉真是美妙，有一瞬间好像她把马明都忘了，只一门心思追赶地上那一朵将开未开的花，她一边飞着一边想，我要追上它，这朵花太红了，太好看了，就像二十二岁那年的情人节，马明羞涩地给她买的第一枝玫瑰花。青枝还记得马明把花从风衣里拿出来送给她时的害羞和莽撞……青枝伸长胳膊，向着地面，青枝想，我一定要把地上这朵花采下来，插在卧室里。在她落地的瞬间，青枝终于抓住了那朵花，那一瞬间，花儿“啪”的一声开了，开花的声音这么大，把鲜艳的红色都溅到青枝嘴角了，她也殷红地笑了。

屋子里，马明还在黑暗中抽最后一支烟。他想起青枝第一次跟他好，是他找第一份工作失败了，他说他什么都没有，什么也不能给她，他挫败地流了泪，她对他说的是，没事的，傻瓜，至少你还有我啊。第二天他继续去面试，她给路上的他发信息：你的傻丫头会一直陪着你，给你温暖，傻丫头喜欢看你自信满满的样子，脸上都散发着光芒，好看得很！你要坚强，阳光终究会照耀到你身上的，我亲爱的人……马明狠狠抽了一口烟，然后垂下无力的手，烟灰积攒了很长一截。忽然空气震颤着，回旋着一种撞裂般花朵绽放的回声，似乎是从楼下一直传过来的，他手里的烟灰受到了惊吓，一纵身粉身碎骨地落在地上，在黑暗中发出轰隆隆的寂静声响。

鱼化蝶

最后我躺在水底，即将把一生融进这混沌之中。随着水流浮沉，那些岸上的人事仿佛灰尘一样在眼前升腾，我很想喊一声谁的名字，妻子、小悠、卖光盘大姐……但是急流拍了下我的后脑勺，像是在说，做好准备，哥们儿，我们要飞起来啦！在即将有飞的感觉的瞬间，我看见之前帮小悠放生的那条金鱼，正在我面前，身姿翩跹。我一时弄不清这是在水底还是在云端。正像我一生也没弄清这个世界的正反面。

几乎每一个出现在这座小城的来客，都将在广场上被一个兴高采烈的傻子彬彬有礼地迎面问道："请问你见过一个叫梦瑶的女人吗？"——当然啦，来人一般会迷惑地摇摇头，然后躲避着落荒逃走。但是他还在那儿追着，喋喋不休。旁边熟悉的人见状，就逗弄着说："嗨，傻子，你问我，我知道啊，梦瑶在爷们儿床上呢！"然后他们就哈哈笑了。傻子则沉默地退到一边，看着黄昏下的湖面，很悲伤的样子。

谁都知道，我就是广场上那个著名的傻子。

小城原已很旧了。但伴随着招商引资，这几年却有点暴发户的感觉，沿街两边杵着许多正在建设的楼房，到处是尘土飞扬的景象，看上去兴兴头头的。但是人心全乱了，都急急慌慌的，粗门大嗓，一副去晚了就逮不到鱼的模样。“鱼”当然是钱。人人都在浑水里想着法子挣钱，才能过得光鲜，人前说话才挺得起腰板。

小时候，那条瘦弱的小河经过干渴的小城，施舍似的，在城边汇成了一个小小湖泊。湖水清澈，因形状像一瓣雪花，人们便管它叫雪湖。当然，这是很久之前的事了。现在的湖水，早已黑油油的了。

那时候，街道还保持古老的样子，地上的石板被磨得光光的，两边都是百年以上的民居，偶尔会出现一个杂货铺，有人骑着自行车在狭窄的巷子里穿行，消失在路灯找不到的地方。现在街上充斥着混杂的口音，一些来路不明的女人，租下廉价的房子，坐在屋里，木板门朝着路边打开，里面的床一览无余。本地人则沉溺在随处可见的棋牌室和麻将馆里，嘈杂哄闹的声音从里面传出，透出蓬勃而堕落的声音……

但所有这些我都不关心，我只想在广场上守着，盯住每一个出现的陌生路人，并上前热情地问他们：“请问你见过一个叫梦瑶的女人吗？”

当然，如你所知，他们躲瘟疫一样跑开了。谁愿意搭理一个傻子呢？我就不明白了，凭什么单单叫我“傻子”，合着他们多不傻似的：他们忙着赶路而忽略了身旁的人和风景，为了挣钱而忘了头顶的星空，还说我傻呢？给一朵花安装个偏旁，给蝴蝶做个导航，给风指引个方向，这些，我都很擅长呀。

这些人里，愿意和我正经说几句话的，也就“美美足疗店”的小悠了。

黄昏的时候，小悠立在门口，朝我抛个眼风，勾勾手指头，招呼我过来："傻子，又找你老婆去啦？"我笑了，回答她："是啊，我记得那天她就是这时候走的嘛！"

她倚着门，吐着烟圈，湛蓝的烟雾覆盖着她瘦削的侧脸。我挨近她，闻到她身上凛冽而风尘的香气，她在烟雾里把很大的眼睛眯起，像看镜子一样盯住我的脸，说："接着找吧，说不定哪天你老婆就回来了呢。"

她说这话我爱听，遂眉眼欢喜，接过她给的十块钱，去广场对面的店铺里给她买一包"红双喜"。但有好几次烟都被刘威这个孬种给劫持了去。他晃着硕大的躯体，迎着落日走过来，敞开的胸怀里散发着一阵新鲜的馊汗气息，牙签在他嘴里腾挪辗转着，看见我，他粗声喝道："呔，傻子，你老婆找到了没？"随即不等我回话，他就自顾呵呵大笑了起来，好像逗了一条狗一样开心。他一笑，阔大的嘴巴里发出一咕噜浑厚的嘈杂，共鸣音很强，听着瘆人。我本不想理他，但还是打起精神也问候他："老刘，巡逻去哇？"

刘威是城管队最凶狠也最吃得开的合同工。我们这个中原小城正在申报全国汉文化发源地之类的名胜景点，城市整顿得很卖力。——这种感觉其实很怪异，雪湖水还是黑黢黢的，足疗店依旧灯红酒绿，却一个劲地对广场周围打游击的小摊贩乘胜追击。——算啦，这不是咱操心的事儿，我问候过他，就准备走开了。他却拦住我："这是什么，你小子还抽烟？"说着就把我手里的"红双喜"一把夺去，有时候他直接拿走，有时候是撕开抽一支再把烟盒掷给我。

后来我就变得精明啦，提前把买好的烟藏在内衣裤兜里，手里拿着一个小悠抽完的空烟盒，刘威劫了几次就不劫了，只狐疑而恼火地看着我。我很解气，嘿嘿笑，只是小悠说抽烟的时候好像闻到我裤裆里的味道。这完全就是胡说嘛，我虽然没有了老婆，衣服还是洗得很干净的。

还不到接客的时间，足疗店的女孩子们抽着烟，聊天，黄昏的光线打在她们年轻的脸上，连洋溢出的欲望都是这么芳香。她们和我开着玩笑:“傻子，老婆找到了没？”我当然嘿嘿笑笑。她们就怂恿我说去小悠屋里找找看，“没准藏她裙子底下呢！”我又不是小孩，裙子底下那么大一点地方怎么能藏得住人呢，但是她们还是起哄让我伸手去小悠裙子下面摸摸。

小悠不说话，不迎合，也不拒绝，只夹着一支烟逗弄着玻璃缸里豢养的那条宝贝金鱼，和金鱼嘀嘀咕咕，说着什么悄悄话似的，偶尔抬起头隔着玻璃看看西边的落日，眼睛里郁郁的。不知道别人怎么看，我总觉得小悠侧着脸看夕阳的样子，和我老婆有点相似。偶尔天边浮云飘过，抬头时，眼底那种苍茫而微凉的底子，落落寡欢的，就更像了，好像是想远走高飞却没有翅膀的样子。我老婆之前就是这样的。小悠现在也是。

她们说：“傻子，我敢打赌你不敢摸，是不是？”她们知道我最受不住激将。当初捅张四清那一刀不也是这样，他们都说我不敢，“谁不敢，老子偏要捅给你们看！”……但是此时青桃、金花她们激我，我嘿嘿笑着，却没有那个胆气了。其实小悠的裙子就在我手边，我随手一掀，就像拨开门帘，很容易就将她裙子下面的内容呈现在人们眼前。我的手指神经质地痉挛了一下。她们已经在打赌了，赌我敢不敢当众揭开小悠下身的门帘。等到赌注大到可以买不止三包烟，小悠手里夹着的烟已经奉献完了细长的身段，她把烟蒂弹出一个弧线，扭过脸对着我：“你真傻啊，摸一下又不会死，快点，摸完了收她们的钱我们去买好吃的。”她都这么说了，我就将她的裙摆高高地掀起了。甫一掀开我就后悔了，她根本没穿内衣，小岗平埠的丛生之地，大腿根部是一片瘀青。她却笑了，拍我一下：“吓着你啦？”

我不知为什么却忽然落了泪。好像那时第一次看见妻子胸脯上来路不明而凶狠的牙印。我哭得迅速而熟稔，让周围的她们都摸不着头脑，这些叽叽喳喳的女孩子不明所以，纷纷掏出她们打赌输下的钱，“喏，给你，傻子，哭什么呢，又不是赖你的账，去吧，去买棒棒糖！”可我还是哭，甚至蹲到了地上，把头埋在臂弯里哭。小悠终于看不下去了，训斥我：“起来，听见没，你还是个站着撒尿的吗？哭，哭个屁啊。”我还是哭，她踹了我一脚，我顺势跌倒，她不拉我，我就不准备起来了。

那些女孩子觉得好无趣，回到店面大厅里看电视去了，小悠没回去，抽一支烟看我在那里哭哭啼啼。她抽了几口烟，不再跟我发脾气，倒像个姐姐温柔地说：“我裤裆里被那些男人糟蹋烂了，你哭个什么？”

我说：“我也不知道我哭什么，我是个傻子啊。”

傻子哭了也许这个世界就笑了吧。

她把我拉起来,领着我过了马路到沿湖广场的石凳上坐下，还给我买了一堆零食，让我吃。她不吃，只翻译烟中的云彩。我正在全力啃食一只鸡腿的时候,她从烟雾后面探出皎洁的脸，问我：“傻子，你真的捅了北关派出所所长张四清一刀？”

我满嘴油沫，未被咀嚼的食物在口中含着，样子一定更显蠢相,我抬起头,对她嘿嘿笑:“日子太久啦,记不住啦！”我说，“我现在只想把我老婆找回来，跟我好好过日子，生个大胖小子，过日子，嘿……”

小悠夺过我手里的鸡腿：“你还想得怪美。那，要是你找不到你老婆了怎么办？”

我试图夺回鸡腿，被她虚晃一枪给闪开了，听了她的话，我不想鸡腿了，呆了一下，但很快随口回答她：“那我就接着找呗？”

“一直找都找不到呢？”

“那就一直找一直找啊。”

“你要找一辈子啊，傻瓜？”

“我就是傻瓜啊……”

她忽然抱住我的头，使劲摁住往她怀里送，我的头和脸都感觉到她胸前的柔软，她散落的头发萦绕在我脸上、眼睛上，弄得我痒痒的，想笑。我想说你别和我闹啊，她却说：“傻子，我给你做老婆吧，你要不要？”

我真的笑出声了：“太好笑啦，我有老婆啊，我要了你我老婆咋办，她会打我的！”

她把我跟前的零食一股脑都扫到地上：“吃，吃屁，白对你好了！”她说，气哼哼的。

我眼巴巴地望着她，我还没吃饱呢，我说：“好啦，我要你啦！”

小悠擂了我一拳：“傻子，你也挺花心啊！”她又打了我几下，但打着打着就不打了，我们都去看天上，天上星星点点，有一颗流星划过，照亮了她的眼睛，我看见她眼角的水花。她继续抱着我的头，近乎喃喃地说：“傻子，你是第一个为我哭的男人呢，你知道吗，虽然人家都说你是个大傻瓜……”

又有一颗流星滑落，我还没来得及指给她看呢，广场上就炸锅了，卖袜子的、卖衣服的、卖烤串的、摆麻衣神相的、手机贴膜的、卖光盘的……几乎一瞬间就炸开了，以专业的速度打包奔跑，整个过程行云流水一气呵成，很快就只剩下一剪剪奋力突围的身影。紧随其后，是广场斜对角的喇叭声，几个骁勇挥舞着电棍和清理街道的不锈钢叉耀武扬威地开了过来。然后，就看到几个脚步稍慢的小贩被骁勇善战的“天兵们”打倒在地，碎了，叫了，骂了，哭了，跪了，带走了……

刘威走过来还拍拍我的肩膀，骂一句：“傻子啊，你大爷的，在这儿干啥呢，看老子怎么收拾这帮小麻雀吗？”他打了一个框子，做了一个猥亵而凌厉的手势，“你不听话，老子也一样把你收拾了，信不？”我连连点头，我打不过他，再说，我捅张四清的那把刀子早被他们没收了，等我从“号子”里出来了，也没见他们还给我，这帮孬熊啊，那是多么好的一把刀子，我磨了它半个多月啊。

老刘看清楚旁边是小悠，大嘴呵呵笑着，虚肿的眼袋里挤出两只眼睛，说：“这不是咱家悠悠嘛，不去店里为人民服务，跑到这儿干吗，和傻子谈恋爱吗，哈哈？”

他一笑我就瘆得起一身疙瘩。小悠却不理他，站起来拍拍身上的烟灰，吐瓜子皮一样留下一句：“想干吗干吗，要你管！”

刘威盯着小悠走远的背影，啐了一口，骂道：“这小肏货，他妈的欠拾掇！”顺手在我头上扇了一巴掌，从烟盒里拍出一支烟，把打火机丢给我：“傻货，给咱老子点上！”

我点着火，将火舌扭到最大，笑嘻嘻地凑近他，然后从烟棵末端忽然撩到他脖子底下，他猝不及防，那一点胡子一下子就灰飞烟灭了，空气里留下一阵毛发燃烧和皮肉炙烤的焦煳臭味儿。他捂着下巴喝道：“哎哟，狗日的傻子，你别跑！”

你当我真傻啊，我不跑等着和你唠嗑吗？

你知道胆小怕事的人一般都跑得比较快，这也好理解，为了少挨打，可不得腿上功夫好一点嘛。我跑，跑得步伐妖娆，拐到下一个路口，一个妇女在前面也跑，我加紧几步，她也顺应加速，但还是被我赶上了，我嘿嘿笑着打招呼：“你也跑啊？”

“是啊，我也跑。”她携带着一身的衰老奔跑，所以气喘吁吁的，说话都很吃力，转过脸看看我：“哦，原来是北关的傻子啊，我还当你是城管队的呢，撵着我，吓死我了！”她说：“真孬种啊，我就卖几个光盘，给俺儿挣一点学费，撵得跟日本人似的！”她捂住胸口，胸腔起伏着，倚在道旁的槐树上试图喘匀气息，气呼呼地骂一句：“这帮鳖孙，狗日的！”

我也学着她骂："狗日的！"

然后，我折回来，在雪湖边瞎转。湖水虽已不似旧时清冽，但上百年的古槐还在为浮嚣的后人撑起一方清凉，不开心的时候，我喜欢在槐树下晃荡。夜色下的雪湖还称得上可爱，河水在月光下铺着绸缎，闪亮着温情的气质，让人看着心神也润润的。以前，从河那边初嫁来的妻子晴日里在湖边洗衣服、洗理发店里的东西，夜里，也洗她自己；有小鱼来啄她的脚丫子，她会轻轻捧起小鱼，看它在阳光下闪烁；调皮时，她用翠绿的荷叶做遮阳伞，偷一朵洁白的荷花……

妻子是河那边的。河那边很穷。但是妻子不村气。妻子高而苗条，翘翘的眼角和菱角尖一样的下巴构成了流动的妩媚，笑起来眼睛亮亮的，让人喜爱。刚和她定亲，就有人说我这样的木头疙瘩驾驭不了这样的女人，我只是笑笑，当他们是嫉妒我。他们说要不是被留在部队的当兵的给甩了，我才不会捡到这样标致的女人，他们说我老婆是别人用过的二手货，他们甚至预测，她到我这里，也只是再经一手罢了，还会被其他人继续"用"的……他们说得很多，每一个这么说的人在给他们理发刮胡子的时候，看着他们盯着我老婆的身影而上下吞咽的喉结，我都想让刀片划过他们的喉咙，我为自己这种隐秘的想法感到罪恶的快乐。

但是他们这帮狗日的最终还是说对了。

第二年的时候，她就不愿意和我同床了，她说我"不行、不中用"，但是却把自己打扮得越来越漂亮，并且经常看着天上的流云而眼神一派苍茫。许多的年轻人来我店里，我知道那只是因为想让妻子伺候他们洗头。妻子搓洗着他们的头发，笑声在我耳边回荡，我抽着烟，心里一阵阵悲哀。我这样陷在平庸油腻日子里的理发店男人，她已经看不上了，她想逃离……而我对她，却越来越依恋。

而一个月后，我终将看到酒糟鼻、大红脸的张四清也将手伸进妻子的裙子里。

我的“梦瑶理发店”是临街很小的一间门面，梦瑶当然是妻子的名字。我把一间屋用三合板隔开，里面放了一张躺椅、一个洗浴设备，用来给顾客洗头，外面是洗剪吹的地方。那一天，在为一个顾客染发的间隙，我把染料涂抹好等着它洇开，然后去喝水，一瞥眼，就看见一只手在妻子裙子里面盘旋。妻子弯着腰在旁边给他洗头，张四清拐着胳膊一只手在妻子裙子底下游弋，他躺在那里，那样惬意和舒坦，肥硕的大手好像是在检阅熟悉的自留地……妻子弯着腰，屁股翘起，裙子下面生动得很，裙边被撑起的地方白花花的，晃人眼……自始至终，妻子并没有反抗，只是屁股躁动而迎合地晃了几晃。

然后，第二次，第三次，晃，晃，一直晃……妻子身上的线条顺流而下，在臀部那里富饶地云集，张四清醉醺醺的手指，就在这些曲线上肆意地撩拨揉搓，然后，水面皱了，眼花了，世界乱了……最后，刀子噌地窜出来，像跳波的鱼，我望着自己举着剃须刀的手臂，锋利的刀身闪耀着寒光，跃跃欲试的样子，在这幽暗的闪耀中，我猛灌了几杯酒，有一瞬间，我觉着胆气随着涌上来的酒意而粗豪起来，挥一挥手里的刀子，天地都吓得一旋转。我忘了那是醺醺的醉眼。再想张四清那张红彤彤的大脸，我非但不害怕，反而有让这刃上的寒光扎进他那双阴鸷凶恶眼睛里的强烈冲动……酒意退了，攥刀的手湿了一片，月光似乎都落进了我的眼里，那清寂的寒光，让我为之一寒，人也立刻软了下来，品相有些发蔫。最终，我还是放下刀子，抽出皮带，往妻子屁股上报复性地招呼了起来……张四清的手在动，张四清的笑声在回响，妻子的屁股在晃，皮带落下来的频率越来越快……妻子终于如愿以偿地哭出来，她甚至是愤怒地骂着，有种你打死我吧，这种天天憋在小店里的日子我过够了，你打死我吧……

我没打死她。我是个怂货。原来，张四清答应她旅游项目建成了，让她去做公园的招待员。也许他只不过是厚嘴唇上下开合随口那么一说，她便当真了，呈上白花花的身体让他操，便以为可以摆脱跟我在一起这种为顾客洗头、无聊赖而困窘的生活。傻女人。真他妈是傻女人啊。

然后，汉风广场建成了，主题旅游景点修饰好了，旅游公司成立了，招待小姐导游都选定了，却没有她……而她，却怀孕了。你说他妈的多奇怪，跟我睡了将近两年她肚子一点风吹草动都没有，和张四清睡了不几次，就怀上了。这真他妈的！我疯狂地打了她一顿，皮带都打断了。

然后，北关派出所的所长张四清在山庄喝大酒出来在路边撒尿的时候，被人在背后捅了一刀；然后，夜色下盛满月光的雪湖好像扑通响了一声；然后，我名叫梦瑶的妻子就没有了踪影；然后，就有一个傻子在临湖的广场逢人便问，你见过一个叫梦瑶的女人吗？……

我的两眼又下雨了。大约小悠看见我，又会笑话我吧。不过笑话也就笑吧，反正我傻嘛。我脱下衣裳，盛了一兜子湖水，到了“美美足疗店”时，衣服里剩下的水大约还抵得上半勺眼泪，我倒在小悠的鱼缸里，给她换水。

她每天都给那条宝贝金鱼换水，喂得饱饱的，在这个店里，好像金鱼才是她的小伙伴，可以坦诚交谈。见我进来，她抬起脸，我以为她看见了我，可是当她从鱼缸后面绕过来，我看到她那飘忽的眼神，她梦游般忧伤的气质让我觉得小悠其实谁也没看进眼里。我问她：“今天卖了几个盘子？”她们有客人来了就在大厅前台拿一盘水果，拿的果盘多了，客人自然也多。

小悠笑一笑，好像笑在她只是一个熟练的技巧，她吐出一片烟，烟雾散去之后，露出她的脸，她下巴扬起一个职业性魅惑的弧线："怎么样，你想买一盘吗？"

我咽了咽喉结，口中有点发黏，我说："我不买，我不爱吃苹果，酸！"

"甜！"小悠纠正我，"没熟的才酸，熟透的，甜！傻子，你说我是酸的还是甜的？"小悠眼光灼灼地看着我。

我不知道该怎么回答她，她既不是酸的也不是甜的，我说："你是咸的，你不知道吗，上回你的眼泪落我手上，我尝了尝，咸。"

"傻瓜！"小悠细长的红指甲轻轻叩击着玻璃鱼缸的边沿，缸里的水面微微散乱，金鱼疑惑地望着她。她的样子像是喝醉了，说话轻飘飘的，比我还傻，她说："你说它怎么不长一对翅膀呢？"

"长翅膀就不是鱼啦！"我说，"鸟才有翅膀，鱼没有。"

"可是我想它有，这样它就可以飞走啦！"

"它才不想飞走呢，"我说，"天天有人喂它，不愁吃不愁喝的，它才不愿意走呢，不信你问问它！"

小悠拍我一巴掌："你懂个屁！"她说："你老婆不也想飞走吗，她的心在更远的地方，不在这里，只有你这种傻子才愿意留在这个小破地方。"

我被她抢白得急红了脸，我委屈地喊："你们都走吧，走得远远的！我就不明白，究竟远方有什么好的，还不是要哭要笑一天天变老？"

小悠看着我，许久，嘲讽地说道："傻子，也许这个小城里，只有你是活明白的呢。"她逗着金鱼吐了一串水泡，问它："我把你放到湖里，你会不会被大鱼吃掉呢？"金鱼没有回答，鼓着腮在玻璃缸里狭隘而惬意地游来游去。

来了客人，是正在开发房产的赵老板领着一帮子人来消遣，在叫小悠了。小悠扭过脸，答应着，却心不在焉，脸上挂着一份隐隐的厌恶，继续在那里逗弄金鱼玩儿。我知道，她是怕疼，那些土老板，喝了酒，糟蹋起女孩来，粗野而猛烈，用的都是摔桌子砸板凳的狠劲儿。在“美美足疗店”的老板红姨第三次催促小悠的时候，已经很不耐烦，小悠塌着眼皮，临时拼凑出一个笑色，就这样顶着一脸寂寥和反感，去了里间。她最后说：“傻子，明儿上午你来，别忘了给我把金鱼放到湖里。”

我答应她：“好哈。”却不知道这是我最后一次心甘情愿地为她做事。等到我也如金鱼一样沉入水底时，隔着厚厚的水层，却仿佛看见小悠和往常那样，在客人没来之前，抽着烟，趴在鱼缸前，有一搭没一搭和金鱼说话，然后，烟雾下面，是她忽然就潮湿的脸，然而，等到眼泪流出，她却浑不在意，像在做一个游戏，把睫毛拨落的水滴叩在鱼缸里，溅起一点涟漪，她的嘴角却露出隐藏的笑，她抬起脸，眼睛里总有一种雾状的东西。

那种东西，叫寂寞。

在把金鱼放生的第二天，我把自己也放生到了湖里。我知道，那是我自找的。

那一天，也是黄昏，浑圆的落日散发着温柔的光辉，照耀得人心里也金黄明亮。我沿着临湖广场走着，想去“美美足疗店”找小悠玩，顺便告诉她，金鱼在湖里活得很好，我放生以后盯着它看了半天，它确实很如鱼得水。她是对的，鱼在水，人应该往高远处飞。

但等我转到街上，在东边广场，我就改变了方向。因为我看见刘威这个孬熊在追赶那天和我一起奔跑的大姐。老刘跑得像是撒欢的狗，吠吠地吐着烟熏黄的舌头，一边亢奋地叫嚣：“不要跑，站住，你他妈的听见没？”——他之所以这么卖力，因为他的工作是临时的，他得在节骨眼上好好表现才能得到上级的赏识，也才能有几根骨头吃。不怪他。要怪就怪他太敬业了。刘威的烟盒都跑得甩出来了，他还在那里宜将剩勇追穷寇，对那位卖盗版光盘的妇女展开追击，以至于连我捡起烟盒在后面喊他他都没有听见。我也跑起来。完全是出于好奇，想看看他会不会气喘吁吁一不小心把自己一伸一缩的长舌头咬断。结果，他没咬断，前面的妇女却不行了，眼看着跑得越来越无力，往前是湖，她捂住自己手里的小包袱，也许那是她一天的辛苦钱，我看见她是犹豫了一下的，然后，在刘威即将抓住她衣角的刹那，她叫了一声，如同惊弓之鸟，情急之下跳入河水中。

老刘功亏一篑，气得跳脚，叉着腰，在岸上骂骂咧咧的："有本事你就在水里一直待着，我看你敢上来！"而那妇女，哭丧着脸，面色凄哀，向老刘申诉："我家孩子病了，要不我也不会这么早出来，这是孩子的救命钱……"老刘吐了一口唾沫，不屑地说，"编，接着编！"摸摸口袋，想找烟来抽，却遍寻不见。

我适时拿出他掉落的烟，递给他："你跑得真快，赶着投胎啊？"我嘻嘻笑。老刘作势要捣我一拳，我及时躲开了，问老刘也要了一支烟，在岸边抽。

这时候，夕阳收尽了余晖，夜黑着脸开始逼近，岸上的老刘还在和水里的女人对峙。湖水模糊，在晚风中翻动着，显得深不可测。女人大约知道对老刘这样冷漠的祸害求饶也没用，兀自在那里哭，因为冷水沁骨，她哭一半就打一阵哆嗦，所以哭得很破碎。

老刘应该是跑累了，狗拉屎的模样，撅着可观的屁股，半蹲在岸边，对我说："傻子，去找根树枝，把这娘们儿再往深水里推推，妈的，叫你跳水，叫你不上来！"

我在路边折了一根杨树枝，笑着踱过来，走到刘威身后，看着他蹲在那里，屁股弯出肥硕而粗鲁的弧度，那样可笑又那样美妙，诱惑着我伸出腿，在那弧度最饱满的点上使劲踹出一脚。果然，刘威在我恶作剧的一踹之下就姿势优美地落水了，他身体那样大、那样重，把深沉的湖水给砸出了一个黑窟窿。我哈哈笑了。他从水里浮出来，露出水淋淋的脑袋，胡撸了一把水："我操你妈，傻子哎，你敢耍老子，我上去弄不死你！"——但是，杨树枝派上用场了，我不断抽打旁边的水面，散落的水花溅他一脸。为了不被抽到，他只有一点点往远离岸边的深水里躲。我在岸上嘻嘻笑着，玩得很欢乐，并且命令老刘："把那大姐拉上来啊，拉上来啊……"可他根本没有拉的意思。那女人还在哭着，她的眼泪就和水面连接着，恍惚中好像这一湖的水都是她哭出来的。

夜色更浓了。

我就急了，待会我还要找小悠去玩呢。我往前扑了一点，想抽一下刘威的黑脸，逼他就范。都怪我忽略了脚下，这往前扑的一下没踩稳，一个打滑，杨树枝就被老刘抓住了，我也真傻，此刻要把树枝撒手也就没事了，可我只想着攥紧它，结果，被刘威猛地一拽，就把我也晃到水里了……

等我从水里浮起来，还没抹去脸上脏污的水，依稀看见岸上已经围观了一批路人。刘威忽然嘴角抽动笑了一下，笑得很复杂，在水下照我腿弯踹了一下，让我再度倒在水里，然后他就奔向那女子那里了。

我在水底挣扎着，脑子里懵懵的，岸上的声音隔着水层，凌乱的杂沓都成了嗡嗡之声，在恍惚中，我仿佛看到明天本地晨报的民生报道：

昨日下午6时许，北关城管分队队员刘威正在临湖广场巡视，忽闻湖里有一名女子落水。城管队员刘威立即下车赶到现场，发现一名中年女子在水中大哭，河水淹到其脖子下方，她不住地喊“救救我”。而岸边一名神智失常的男子拿着一根树枝作势推搡水中女子。

虽然夜色侵袭，湖水冰冷，但为了人民群众的安全，城管队员刘威立即上前，毫不犹豫地跳入水中，经过一番努力，成功将这名女子拉上了岸。

女子哭着说，刚才走到河边，一名男子走到她身边，追着她要钱，对于为何选择跳河，该女子颤抖着答道：“我怕被抢，所以就跳进了河里。”

据城管刘威说，追赶落水女子的就是北关那个傻子，当时傻子在岸边和水中女子对峙，在解救过程中，傻子试图阻止，在搏斗中，傻子不慎落水，至今未见踪影。对于傻子的打捞工作目前还在紧张进行中。

据悉，该傻子自其妻子走失之后，便神志不清，间歇性精神错乱，对社会治安造成了一定隐患，出事之前，常抄手徘徊于临湖广场，见人则问，你见到过一个叫梦瑶的女人吗？

一条金鱼从我身边游过，很熟悉地对我颔首晃晃脑袋，我试图抓住它，但它小腰一扭，就划走了，我也扑腾了几下，学着它那样动作优雅地在水中滑翔。这时，一个漩涡涌来，我恍然看到妻子的身影，以及小悠嘴角上扬的笑容，我伸出手，闭上眼，似乎再近一点就可以抓住了。

相思刑

一

那时候的乡村，山是青的，水是绿的，人们贫穷得均匀，这未必好，但牛羊成群，人丁稠密，伦理还在，兴兴旺旺的，是个村庄的样子。河水穿过村子，弯弯曲曲的，带着清凉的愿望，洇润着四季轮回里的村人。也润泽着云芝和孟远年轻的眼神。

等到后来，河水干了，人走散了，村庄也空了，孤身在外打工多年的孟远摇晃着残废之躯，站在那条旧旧的小河边，又想起她那皎洁的笑脸。他很想狠狠哭上一场，让眼泪把小河装满，然后扯一块岁月做帆，在河水叮当中逆流而上，趁着水流还清澈，再去看看她的样子……

二

初秋的时候，拾棉花是一项很惬意的活儿。当然，得是在不那么着急的情况下。想想看吧，午后的阳光洒下来，棉花洁白而繁华地盛开，煲了一个夏天的心事在秋天终于还是被烈日给烘焙了出来，每一株都挂满了蓬勃的棉穗。你只需要手法轻巧地那么一捏，顺势从棉荚里带出来，很丰满地抓一把，再放进围系在腰间的棉兜里，就好了。整个过程充满了温软的气质。棉花被太阳暴晒后的植物干净柔和的白，摸在手里，让云芝感觉心也很柔软。

她拾棉花拾得很快。云芝的手指细长，是一双很巧的手。她甚至觉得就用这双手就可以把生活的磕磕绊绊都抚平，都打理得像盛开的棉花一样温柔。春天，桃花开满枝头的时候，她嫁进了这个村子，一晃，也半年多了。这半年是她很美好的一段日子。丈夫地水对她好，公婆也没挑过她的错，重活儿没舍得让她做过，云芝比嫁来的时候都胖了。她觉得很好。虽然有时候她也会想想做姑娘的时候，那些在她身边花了许多心思的小伙子，但也只是想想，结婚了，就是安分的妇道人家了。以前的就都走远了。云芝想得很明白。

可是呢，有时候她还是会无端地转过身往后看看，当然后面什么也没有。但在棉花和荨麻地后面，在桃园之外，她有时想着还会有那一双漆黑的眼睛微露，偷偷注目着她。

她知道那个人在看她。

做姑娘的时候，许多次她都发现了。当她做着活儿，忽而一转身的时候，就会发现很远的地方，那个人掩藏在不起眼的角落，远远地看着她。云芝不认识他，但是知道他在看她。他看她的时候那副专注而痴迷的眼神，交织着明亮和忧伤，总是欲言又止的模样。

有几次，云芝故意装作没看见，希望那个人会走近一点，好让她看清他。结果，还是那样，他只是远远地看着，很踟蹰的样子，从来也没走近和云芝搭过讪。云芝看不清他的眉眼，只觉得他很高、很瘦，不难看，身上的衣服皱巴巴的，有点寒碜。有时候看着云芝，远远地看着，再低头看看自己，云芝能感觉到他忽然就是一声轻叹。叹息得似乎很沉重很无奈，以至于腰都弯了。

她不知道那个人是什么意思。云芝想，算了，连说个话都不敢，憨！直到嫁入地水这村子里，新婚后，云芝随着地水去地里给苹果花授粉，却发现他也在隔壁地里。再清楚不过了，不会错的，虽然他看到云芝投过来的眼神就慌忙躲闪去看别处，但还是被云芝认出来了。他那个落花一样飘零而伤感的眼神，云芝太熟悉了。

可他还是没和云芝说上一句话。

问地水，才知道他叫孟远，父母早亡，跟着哥哥长大。在这个以李姓为主的村子里，他是外家姓，家里很穷，穷得几乎寸草不生。云芝心底叹一口气，不知道为什么，那一瞬，云芝心里有丝丝疼惜的涟漪涌起。

之后也没主动和她说过话。见着面，他总是很远就躲着她。云芝觉得可笑，却忍不住叹了一声，算了，反正也见不了几次面。云芝没有什么旁逸斜出的心思，和地水的日子依然每天普通而踏实地铺展下去。每日里，她做好饭，让地水吃了去跟师傅们一起上莽山装石头；晚上，地水回来，带着一身热烈的汗味和温暖，她已经做好饭等着了。有月亮的晚上，憨厚壮实的地水会像马驹一样急吼吼地喷着鼻息爬上身来，浇灌她；大多数的时候因为地水在采石场累了一天，挨着枕头倒下来鼾声就是葱茏的一片……不出意外，这样平凡而踏实的日子大约会一直重复下去，一直到一辈子。

也没什么不好。云芝想。农村的妇人都是这么样过来的，并且还继续这样过下去。没什么不好的。只是，有时，云芝在洗衣服或者看田地里的野花时，会突然想一下子那个人痴傻而小心的眼神。水面如琴弦颤了一下，一掠而过，复又平静、端然。

就比如此刻，拾着棉花，云芝拾着拾着心思发了一点芽，就赶快掐断了。想着赶快把一垄拾完，好回家给地水做饭啊。抬眼看看，已是黄昏了。秋天的下午确实变短了，一小口袋棉花还没装满呢。不过还好，这一垄快到头了，最多再要一个小时，拾完就回家。云芝想，反正地水每天都回来得很晚，她回到家里也是一个人，空荡荡的，还不如在地里多待会儿呢，心也敞亮。

前面田埂上，有一株野生的凤仙花，因为向着阳光，又得雨水，所以长得倒比周围的棉株都粗大，云芝想把它拔掉，晚上用明矾泡一泡，捣碎，染指甲。拔它的时候，云芝用的劲有点大，拔掉了，就感觉带动得肚子里突然动了一下。过了一小会儿，反应越来越大，像一只小老鼠钻进了胃里，然后又四处冲撞，挣扎着往外逃窜，反复了几次，小老鼠带着翻涌的恶心，曲曲折折地抵达嗓门，她忍不住蹲在地上埋头呕了一声，是很干燥空旷的呕吐声，并没有吐出来什么。她刚要站起来，还没站稳，腹腔里又是一阵翻腾的恶心，蹲在地上，有股子酸苦的液体从口腔里冲突而至，并且带出参差的泪来。她困惑地左看右看，一时不知道怎么回事，用手捂着肚子，使劲掐着，恶心的感觉并没有减轻，接着她又呕出了一小股酸水，她看着地上，有点失神，一瞬间回过神来，她心里白光一晃，意识到什么……这些天没有胃口，云芝已预料到了，但真的到了跟前，还是想尖叫一声。太开心了。第一次要做妈妈了，云芝觉得日头好明亮，落日原来是这么辉煌，温柔的光线包裹着她，大片大片的碎金子，倾家荡产地洒在地上……云芝想快点回家，地水快点回来，她迫不及待要告诉他。云芝甚至能想象出地水那种憨傻和亢奋的笑……

天边，忽然有断续几声老鸹在叫，啊，啊，啊啊……乌鸦像是一枚黑色的流星，擦着棉花地飞走了。

云芝看看四围，也都没有人了，她还差一点就到田垄尽头，云芝从腰间取下布兜，不拾了，要回家啦。

就在这时候，云芝转过脸，看到了他们——为首的就是那个人。那个偷偷在远处看着她的人。只是他后面还有几个文着拙劣而凶狠的文身的人。他们一步步向棉花地逼近，云芝捂住肚子，想发出一些声音，却只是情急之下仓促地叫了一个锐利的尖音，“啊——”

布兜里的棉花抛着弧度洒落一地，像是一场突发的洁白的哭泣。

三

不喝酒的时候，孟远几乎一句话也说不出口。

喝了酒，他也只是对着夜幕上最遥远的星斗默默说上一会儿。哥哥小的时候告诉过他，在七月七这天，藏在葡萄架下对着天上的星星许愿，愿望就会实现。他从小到大许了许多年，可惜一次也没有兑现。尽管他很精明，连许愿的时候都是对着最微小的星，他怕那些大的光鲜的星星已经被那么多人霸占，轮不到他，饶是如此，仍然未能如愿。

和哥哥一样，他表面上一直也是个懦弱、安分的人。虽然他心里是不认同的。但没有办法，七十年代末期粮食不够吃的时候，父母把他俩安顿在邻居家，就和村子里的人一起出去玩马戏卖艺去了，却不想路上得了疫病死在去往开封的官道上，被同行的村人就地埋在道旁，至今连尸骨尚无力移归故土。更何况，他家是夹在大姓里的外家姓，一切都由不得他放纵。

他是在哥哥照看下长大的，哥哥说什么他都是听从的。大他十来岁的哥哥就是父亲。他是这么认为的。哥哥说，老二，好好干，我在家种地，你去采石场，多攒点钱，怎么也要给你说个媳妇，可不能再耽误了！

他不说话，哥哥也知道这几乎是一句空话。指望着这样辛辛苦苦挣钱，再加上哥哥还有家里这一摊子，缠着两男一女三个孩子，还想攒点儿留着给他说门亲事，门儿也没有。他早就看穿了。早几年还有人给他介绍，人是长得周正模样，可一看他住的那几间土坯房，就没了下文。到如今连大侄儿满仓都十六岁了，他都三十多了，还是他一个人。

他不怨谁。

哥哥能一边勤耕苦作一边照看着他没让他饿死病死就已经很了不起了。他不能再怨谁。只是，当他高高的眉峰下面阴郁的眼睛从外面看着这破败的屋子时，心里还是哀哀地叹了一口气，心里念着，房子是该修一修了……

许多的黄昏，他都会走上好几公里，来到离村子不算近的莽山上，在一个叫孤步岩的偏峰上坐下来。顾名思义，孤步岩是上山的路仅容一只脚的意思，但到了峰顶忽又阔大起来，他最喜欢在这个人迹罕至的荒凉地方坐下来,嘴里噙着一根茅草，眯着眼睛看落日，一直看着，直到夕阳隐没不见，再到星星次第开放于眼前。夏天的时候，他甚至会睡在孤步岩上，任一天凛冽的星光落满他孤僻的肩膀。

有时候憋不住了，他会趴在峰顶对着岩石之间封闭的缝隙使劲喊一嗓子，他不敢往山下喊，怕山脚采石场的人听见笑话他。到了夜里，当最深沉的黑色覆盖了整个莽山，只剩下他所钟爱的几粒寒星伴在头顶，他才敢对锋面上一朵月亮花小声地说出他的心里话，他说：我今天又见她了……她还是那样好看，从那一次在这莽山庙会上看到她以来，她一直就这么漂亮，月亮花，和你一样，好看得很。你别笑话，我一天不看见她心里就空空的，好像空掉一块，什么也补不上……你说是不是很好笑啊——他伏在地上，对着月亮花轻言细语，说他们俩之间的悄悄话。

他说：她今天戴了一个新发卡，她的头发真多、真黑啊……

他说：我听说我们村的地水去她家提亲了，我看见地水喝了酒从她们村走出来，地水快乐得走路都飘起来了……

他说：她今天出嫁了，你不知道她穿着鲜红的嫁衣多好看，哎呀，好看极了！……地水家殷实，娶得起她，地水人也好，她嫁了个好人家，按说我该替她高兴呢……可是，你说我怎么就是想哭呢……唉，也好，这样在村子里我就能多看她几眼了……

他说：我想挣钱，想挣好多好多的钱，虽然娶不上她了，我也要挣到钱，先把父母迁葬回来，完成哥哥的心愿，再盖一栋漂亮的大房子，穿得净净爽爽的，走在路上，不用再畏畏缩缩，而是可以大大方方地和她说话，喊她，云芝！对她说，我喜欢看你呢，你知道吗？

……

而月亮花从来不打岔，也不否定他，只是不悲不喜地开着淡淡的花。

四

他记得很清楚，那天黄昏，夜色还没升起，就有一颗流星率先闪过，划出一道好看的弧度。

三壮是他们的头目。三壮刚从劳改场出来。三壮很生气。

三壮生气是有原因的。在这几省交界的地方，二三十年前，确实有点乱，这样的偷偷摸摸上面也懒得管，可三壮越偷胆子越大了，搅得临近几个乡镇都不得安生。一个叫逢春的马仔原来也跟着三壮干，可惜他太软蛋，是个干啥啥不行的货，当小偷也只能在外面做个接应。有一回一看有风吹草动，还没来得及通知里面的人逢春就自个儿撒腿跑了，没被同伙打死算他命大。终于这一回喝了点酒，别人都跑散了，就他翻墙没翻过去，被人家毒打一顿擒到派出所。禁不住打，一五一十全都招了，何时何地和谁偷了什么，招了大半夜，密密麻麻地记了一案册。逢春挨了几顿，关了几个月出来了，但三壮他们犯的可不是光偷窃一项，糟践人家姑娘，抢劫行凶，都是有案底的，不死也得掉几层皮。

你想三壮他们出来会饶得了他？

本来他们上午为三壮喝了洗尘酒，趁着酒劲儿骑着改装后的大驾摩托车在三壮的带领下是去找逢春算账的，可逢春也不傻，早就逃得没人影了。从大王庄返回的路上，就路过了地水家的棉地，就看见了正在黄昏里拾棉花的云芝。

而逢春，是云芝不成器的最小的弟弟。

……

三壮眯着眼看了看棉花地里的女子，点点头，脸上的横肉抖动了一下，很阴鸷地笑了，说，以前只听说逢春有个姐，谁知道我坐这几年牢，一转眼不见，竟出落得这样好看了！三壮趋近一点，哥哥我还没尝尝呢，怎么不打个招呼就出嫁了？——三壮回过脸打个榧子，说，兄弟儿几个，怎么样呢？咱可几年没闻女人味儿啦！

云芝意识到突来的危险，连连往后退，情急之下，拔起一株棉花挥舞在眼前，大声喊道，你、你们想干什么？

三壮笑了。

云芝哭了。

孟远拨开棉花枝丫，冒失地喊了一声，大哥！

三壮厌恶地皱了一下眉头，按说还轮不到这个新加入的小兄弟说话，可刚吃饭的时候听弟兄们说他在这几次“做活儿”

中表现得很英勇，无论是翻墙、抢劫、接应，都干得干净利索，带着一股子狠劲儿，很不错，是个“好苗子”。所以三壮还是给他一个说话的机会，什么屁？放！

大哥，逢春做错的事儿，不该归……“她”字还没出口，一脚已经踹到孟远胸口。

滚！

三壮说，滚你妈的。给你点脸你还当真了，板起脸来教训老子！三壮生气得很，脸都气歪了，站在田埂上，扫视一干弟兄，以绝对的威严说，一个一个来，都他妈掏出东西练练，谁也不许临阵脱逃！

一听这么说，五六个人里还是有几个情不自禁地后退了一步。这可是强奸！要说出出气打逢春一顿教训一番都可以，但要这么对付一个已经嫁出去的弱女子，确实有点过了。人们纷纷看着自己的脚尖或者盯着似开未开的棉桃,不去和三壮对眼。

三壮发出号令的眼神没有人接住，就恼了，他妈的，老子才蹲了几天你们就不把我当老大了，岂有此理？三壮看一眼已经被吓傻的云芝，云芝一张惨白的脸像是风中的树叶，止不住地颤抖。待她反应过来，拨开棉叶想跑、想喊。三壮见状，上去一拳把她抡倒在地上，扯一把棉花堵在云芝嘴里。

谁先？他只是不想万一事发，而承担首要责任。三壮喊，谁先？

没人应声。

落日已彻底落入莽山后面,棉花地成了一块墨绿色的毡布，暗藏着凶险。

都死了？谁先来！三壮又喊了一声，气急败坏。

仍然没有人应。

孟远看着她惊恐已极的脸，再看看铁塔一样的三壮，他忽然想尖叫，就像在孤步岩上一样，因为恐惧因为无力因为悲愤而尖叫——几乎是带着翻卷的泪意，孟远往前走了一步，又看了看云芝的脸，还是这么熟悉的样子，和她未嫁时他远远在后面偷看的时候一样，一点也没有变……只是现在她躺在地上，嘴里塞满破败的棉花，云芝的眼睛睁开得那么大，似乎占满了整张脸，那么好看的一双眼写满巨大的恐惧和绝望，看着他，似乎是在乞求。在乞求他。

她在地上破碎地求他。即便在梦里，孟远从没想到和她第一次竟然是这样见面。云芝若溺在脏水里，在快要沉没之前，伸着颤抖的手，在用不甘又绝望的双眼，在向唯一认识的他，求救。

孟远就又往前走了一步。

三壮错错嘴唇，笑了。踢了孟远一脚，这才好嘛，对，就要这样，听大哥的话。拍拍孟远瘦硬的肩膀，去吧，便宜你小子了，一块好肉，让你先尝了！

孟远如同走在梦里，他走过去，看着瑟瑟惊颤的云芝，跪下来，把她小心地抱入怀里，往更深处的棉花地走去。

在走的过程里，云芝如一只小羊羔，在他怀里柔弱地颤抖着，一直颤抖着。几乎是不由自主，背对着三壮他们，孟远的眼泪落下来，一路落了一地。他想，我终于能将你抱在怀里……

孟远走进棉花地深处。绿色如河水，在一钩新月下，泛着幽深的黑色光泽。

开始时黑色的中心尖叫了一声，过了一会儿，声音消失了。三壮在外围颔首哈哈笑了，对身后的人说，真他妈便宜这愣头小子了！

又过了一会儿，孟远出来了。

三壮哈哈笑着，拍拍他，行啊，小子，这么长时间，爽吧？

孟远没有回答。缓缓坐在地上，好像被抽去了所有的骨头，坐在那儿，内部如坍塌了一样，看着锋利的残月，许久，才说，好像死了。

什么?

三壮踢踢他，说：什么？死了！

孟远点点头，嗯。弄的时候，她跟我挣，后来我就打了她几拳，一不小心打昏死过去了。

世界都安静了。就剩下几只蛐蛐在纺织着聒噪的歌。

……

三壮踹倒了他，踩过他，奔到里面看了一下，立刻跳出来扑上去揍孟远的头：我 × 你妈！还真弄得快断气了，我治死你！——看来事儿闹大了，他又得流窜跑路了。

那天夜里从村口突然传来的惨叫声其实村子里很多人都听到了，但谁也没有去管问。人们宁愿相信不过是三壮这些二流子发生内讧在打架，谁也不想趟这浑水。

先是沉闷的打砸，然后是噼里啪啦的各种杂物包括骨头的碎裂声，等人群散去，一切安静下来，后来则是哭声。那哭声却是来自一个男人，哭得特别得锥心和凄厉，真是伤了心的样子，一声一声哭泣高高地盘旋在村子黑魆魆的上空，久久不散……然后，据村里人说，孟远把云芝背到村医院门口，自己却疯了一样跑了，消失在巨大的夜幕里。

五

在孟远出事后的第三天，满仓当兵的希望被彻底断送。他毕竟还小，还抱着一丝念想去村子里打听。满仓一出现，所有人看他的目光都发生了改变，那眼神就像是吐痰，带着嫌恶又带着道德优越居高临下的怜悯感。仿佛那场沸反盈天的强奸案是他犯下的一样。一同在村委会等待征兵消息的人群，当他不存在却又纷纷躲避着他，在背后拿眼角嘀咕着瞟他，待满仓一回身，那些嘀咕的眼神赶快转移视线，说着其他的话题。没人理会他。

满仓干巴巴地笑着，看了一圈，眼睛没个落脚的地方。这时候他特别需要一个人能和他说上几句话，满仓近乎讨好地扔给满意一根烟。

满意没接。

满仓小心试探的笑脸就像糨糊一样糊在脸上，慢慢变干、变硬。满意可是他在村子里最要好的朋友，是那种一起卷着被窝搭伙的小哥们儿。满仓的眼泪在眼眶里打转，盯着满意，咬着牙说一句，好，满意！

扭头就回家里。

他刚转身一走，后面的议论就蜂拥而来，“强奸犯的侄子还想当兵呢！”“他还有脸来打探征兵的事儿，他家摊上这样的事，还有脸出来……”

想想也不怪满意，村里的男孩，正经的出路无外乎上学和当兵，村里每年就那几个可怜的名额，谁不梦寐以求呢，谁愿意承认和一个强奸犯的家人是朋友呢？

满仓一路走得霍霍作响，一呼一吸都像磨刀一样。满仓停下来狠狠地对着电线杆打了几拳，一下一下，直到拳头都红了……路过村中间地水家寂静的门前，满仓几乎是抱头鼠窜，逃也一般回到家中。刚进门就大号一声，随即眼泪崩散满脸，满仓声音都号叫得劈了，喊着：爹，你赶快找到那个畜生，将他碎尸万段！……满仓哭得无限地悲愤和委屈。

六

这座山其实是北方常见的那种低矮浑浊的小山，埋进黄昏里，伏在平原上不堪重负的样子，延伸很长，于是便显出一派蜿蜒的苍茫气象。孟远蹲下身，坐在孤步岩的积水坑边。水面倒映出他的脸，他把手指伸进水里，漫不经心地划了一下，他的脸在水里慢慢消散。

这几天以来，他有许多次这样的想象，想着自己从峰顶飞下去，如同一朵山花一样殷红地绽放。山下是开采石头之后留下的积水潭，看久了，有一种诱惑的眩晕感。他张开臂膀，有试一试的冲动。

大哥孟良顺就是在这个时候找到的他。

找到他孟良顺就后悔了。这已是第三天的傍晚，如果他想找到的话，是不用这么长时间的。他说，我以为你跑了。

孟远没有说话。

孟良顺还在那里念叨，你应该跑的。他们都跑了，你也该跑。孟良顺说这些的时候，一张枯萎的脸挂在落寞的夕阳里，显得很疲惫。

夕阳落得很快。天很快就黑了。

孟良顺抽完一袋旱烟，起身，说，我到下面等你。就下了山。身上藏的刀子，他怎么都拔不出来。他是大哥。孟良顺粗糙的眼泪落了下来，就像鸡蛋摔在石面上，终究还是忍住了，心里叹一句，别怪大哥狠心，事儿你做下了，就得担着。

下半夜，孟远带着一身星辉，虚弱得像是一缕烟，还是下了峰顶。

从孤步岩下来，这是唯一出口，孟良顺站在那里，如一堵石头。孟远试图往前走一步，感觉到了石头的固执，带着硬度。孟远喊：大哥。

孟良顺脸呈绝望而痛惜的黑色，我以为你跳下去了。孟良顺看着身后孤步岩的悬崖，痛苦地说，你怎么就不跳呢？

孟远却言不及义地说，大哥，你知道吗？每次看见她，就像在大片麦地里看见一朵白色的大烟花，好看极了。孟远说，我真是喜欢看她……

可你祸害了人家，还杀了她刚怀上的孩子！孟良顺抄在怀里的手亮了出来，随即刀锋上跳跃的光芒将孟远照亮。你不是人啊，村里医生说因为这次流产，她身子骨伤着了，很有可能这辈子都怀不上了！——你说你造的什么孽？他说，咱老孟家以后咋还有脸在这村里活？……

孟远在对面，沉默爬满眉头，一张脸缭绕在烟雾里。

孟良顺还在那里絮絮叨叨地说着，咱爹娘走得早，哥带着你一直小小心心地活着，生怕出点什么差错，你说你怎么会惹出这样的事呢……孟良顺逼近他，摇晃着他的身子，你怎么下得了手哇……

孟远的烟从嘴里掉下。几乎同时，眼泪兵分两路，颗粒粗大，流下来。他看着自己的手，难以置信地摇头，揪扯着自己的头发，他闭上了眼。云芝柔弱的样子又浮现在他面前……过了许久。平静下来，他说，我想回去，哥。

孟良顺仍然在那里痛苦而懦弱地为不成器的弟弟流着泪。

孟远拉住他的手，说，大哥，你带我回去吧，我想再看看她。

孟良顺抬起褶皱的眼，问他，你真要回去吗？说这句话的时候，他的眼泪又要落下来。

孟远点点头，说，嗯。

孟良顺还是抱着他的弟弟失声哭了，说，你知道做下这样孽事的惩罚规矩吗？

孟远说，我知道，大哥。

走在路上，孟良顺止住了涕泪，悲哀而感慨地说，要说你是得去她家当着面把这罪过应承下来，到现在，云芝这好姑娘都求着地水不让他去派出所报案哪，她对你……唉……

他们就下山了。一路上，流星不停划过天际，像是凋落的发光的颗颗眼泪。

按照这地方流传的规矩，对于极度残忍的元凶，只有用最极端的惩罚来处置。孟家在村子里是小姓氏，连个宗祠都没有，只有在地水家门前的空场上，在人群围堵下，孟远跪拜于地。他认罪。

孟良顺的眼泪糊住了双眼，但仍有泪滴往外沁出。他的手哆嗦着，使劲咬着牙，才不至于让自己摔倒。他不停地说着，老二，是你做错事在先，别怪哥哥对你狠心！

孟远裸露出瘦长的肩膀，跪在那里，没有说话。

然而，及至他颤颤巍巍撸起袖子，将那寒光映向孟远赤裸的肩膀时，孟良顺又一次功亏一篑垂下手来，眼泪挂在扭曲的脸上，像是两滴悲凉的海浪，似乎他承受不住这悲哀的重量，一下子瘫坐在地上，接着，再一次呜呜地哭起来，口中喊着早卒的爹娘，喊着孟远的小名，打着噎，几度背过气去。

孟远歉意地喊在旁边一直虎视眈眈的满仓，你来，叔给你丢了人，让你当不成兵……

满仓暴躁地打断，你是谁叔？满仓指着他的脸，你是不要脸的强奸犯！满仓果然抄起地上的尖刀，面对围观的人群，在孟良顺匍匐着喊他“住手，不要”之前，一刀就插进孟远的肩头锁骨处，然后，在旁边孟良顺撕裂一样苍老的哭声中，众人仍然清楚听见随着满仓插在血肉里的刀子的旋转，发出沉实迟钝的咬合声音，那骨头碎裂的铿锵之声，如同泪叩青铜。围观的人纷纷闭上眼睛，刀子、血、肉、骨头混合的声音，再掺杂着趴在地上的孟良顺好像从泥土里长出一样的哭声，让四周的人骨头里不禁发冷，简直要瘆得叫出声来。

满头大汗的孟远跪倒着，嘴啃着地上的石头，牙咬得咯嘣作响，一直连呻吟一声都无。随着满仓的刀子拔出，孟远右边肩头立刻涌出一道彩虹。血液喷出一股之后，就平缓了下来，但红色流淌一片，很是壮观，一时让满仓有点招架不住。对着源源不断出血的洞口，满仓很是恼怒，满脸都是浮躁之色，没有做任何止血措施，就手忙脚乱地捡起地上蜡烛，插进肩头上的伤口里。满仓点着了捻子，并且把蜡烛使劲往血洞里按了一下。满仓是那样地用力，年轻的脸都扭曲了，似乎是在刻意撇清什么。

然后，对着孟远左边的肩膀，满仓代替父亲，如上重复。

围观的人们叹息声浮满于地。但自始至终没有一个人制止，也没有人去派出所叫警察来。人们想，将新婚的云芝作践成这样，肚里刚怀上的孩子都掉了，她还满身是伤，也唯有这样点天灯才能抚平众怒。

人群里，唯有满仓最小的妹妹，看着叔叔，心疼地喊叫了一声，呜呜咽咽哭了起来。

孟远却模糊地笑了。也只是个笑的意思罢了。事实上，他脸色苍白如纸，已经看不出是笑还是哭。

孟良顺撇过头，说，你自己作的孽，山上你不跳，下来，就看命吧。

在极度的疼痛和屈辱中，孟远看着云芝紧闭的家门，似乎有大欢欣，嘴角涡着一丝笑色，肩膀上的火苗燃烧着，是用他的命在供着那一簇火。然而，他觉得自己心里一直都亮着，自从在莽山庙会上见到她的那一刻，他的心就被一盏灯点亮了。孟远跪在门前，脑子里已经出现幻觉。他觉得自己飞起来了。飞起来他也还是远远躲在后面看着云芝，那么远，却又像云芝就在他跟前，似乎还一转头就会对他笑，并且张着嘴说着什么，但他什么也听不清。他猜，云芝或许是在问他：为什么你不和我说话呢，我又不是老虎，这么可怕吗？

他想回答，嗫嚅了几下，他想说，我就这样看看你就好啊。可他觉得云芝会懂得，不用他说了。

他再一次想起那个傍晚，他把惊恐的云芝轻轻抱在怀里，像是抱着一片柔软的云……那是他第一次当着她的面，和她说话，还没开口呢，他的眼里就弥漫起了水花。他抱着她，往棉花地最深的地方走，他咬着牙，防止自己难过地哭出来，问她，你害怕吗？他说，你别怕，我不会伤害你的……他抱紧她，外面三壮他们都看不见了，他忽然极冷静而流利地说，待会我要你，你要反抗，我会打你，可能会打疼你，你要忍着点！他将她放在地上，你喊啊叫啊，我可要打你了！……他抓过她的手按在自己脸上，让她的指甲在他脸颊、脖子上都留下伤痕，他让她咬他，低声叱她，快啊！她知道就只有这一个办法了，张开嘴使劲咬住他的胳膊，然后，在她锐利的哭叫声中，他开始动手打她，从打第一下他就闭上了眼，只剩下一个手忙脚乱的动作，他没法不使劲打，要不被三壮看出破绽来，非但救不了她，反而会更加激怒那个孬种。他的拳头落在她的身上，他的眼泪也覆盖了她。他只是不想他们弄脏她……

……

而此刻，紧闭的大门后，因为妻子被侮辱而抬不起头出门见人的地水，愤怒地抠着门闩，看着满仓将刀尖插入孟远的双肩，他心里的愤怒，并没有因这极刑而减轻，但是已点天灯，他也不能再说什么。他转过身，望着卧室里躺着的妻子。自从孩子流了产，这些天，云芝昏迷着，发着高烧，不吃不喝，也不说话，只在昏迷的间隙里说胡话一样，断续喊了几次孟远的名字，然后就是牙齿哆嗦着打战……地水怕她想不开，一直关上院门在床前守着。他把镰刀磨了三天三夜了，他发誓等云芝稍一清醒，说出除了孟远，还有谁侮辱了她，他就要全部砍死他们！……地水忽而看见卧室里，虚弱的云芝听到外面的动静，挣扎着从床上爬起，踉踉跄跄地走过来，一直走到大门前。地水反身抱住她，不让她看那血腥的场面，但云芝还是从门缝里看到了跪在地上的孟远。似乎被涌出的血带走了生命的热量，他眼睛里的两盏灯像在冷风中摇晃不定，孟远梗着脖子，承受着那巨大的疼痛，他看见了她，忽然唇线绽开，跪着挪过去，挨近门板，他用痛苦得吐不出声音的口型，断续地对她说，对不起，我伤了你肚里的孩子……他说，我太笨了，不该打着你的肚子……

云芝忽然挣脱地水，拍着门板，在紧闭的大门后面哭号着，地水你开门啊，是他救了我，你怎么不相信呢，谁也没有糟蹋我，是他救了我啊……

孟远梗起的脖子终于支撑不住，倒在了地上，他安心地笑了，随即吐出一口殷红的花，像是那些在他心底藏着一直不曾说出口的话。

试探你的温柔

一

廖一凡知道，在陈蕊还没主动打开自己的那个夜晚之前，他就已经厌倦。倒不全都是针对陈蕊，还有对自己，对约定俗成的人世偏见。之所以还和陈蕊一阵冷一阵热地联系着，只出于来自亲友的压力和世俗的秩序：一个男的，到了他这个年纪，按照惯例，就要找一个女人结婚，在法定程序里按部就班地过着鸡零狗碎的婚姻生活，幸福与否另说。

最让他头疼的是，即便他忍得下所有成见，却躲不开亲友们的殷殷之意，特别是身边那些已经套牢在婚姻里的朋友们，常常摆着一副关切的面孔，询问他的婚姻问题。明明他们在各自的围城里过得灰头土脸，对着持续单身的廖一凡，却好像语气里都多了一份优越感。他真想对着这些关切的嘴脸骂一声，去你妈的，老子不想恋爱，也不想相亲，就爱单着，关你屁事？

但是恼火归恼火，厌倦归厌倦，廖一凡

到底还是打起精神，深明大义地对朋友们说，这不正处着呢，你看兄弟咱长得砢碜，收入也一般，得慢慢来，不急。朋友们于是长吁一口气，放心而鼓励地拍拍他的肩膀，好了，终于没有漏网之鱼。

他最后想，婚姻就像是一个火圈，我们都是被驯服了的兽，终究都免不了要钻一下子的，不如就配合点，也省得挨驯兽员的鞭子。你看，这不，过年回家的时候，父亲已经下达最后的通牒：来年要是再一个人带个影子的话就别回来了，转眼三十的人了，说出去，让村里的人笑话！

他其实已经受够了在家这几天的种种闲话，心里的厌倦又反弹回来，所以很想回一句：不回来就不回来，我还省得一路上挤得半死遭罪呢！——可看着父亲瘦得水落石出的颧骨和佝偻的身形，以及母亲头巾包裹下仍然掩藏不住的三尺白雪，廖一凡终究还是没说出来。

事实上，年前廖一凡原本就不打算回家的，再了解不过了，回到家肯定是被亲戚们包围着连番轰炸，质问他怎么迟迟还不结婚。犹豫着，推迟着，单位都放假了，他在屋里睡着，想念着母亲做饭的香味，又恐惧于那些咄咄逼人的追问，徘徊着，煎熬着，真是想回又不敢回。可腊月二十七大哥一个电话，他还是回了家，大哥说：娘上麦地里挖荠菜，摔着了……底下的话他没听清楚，眼泪当时就要下来了。冬天啊，哪有什么像样的荠菜，也许只有麦地里紧贴着地皮有那么几棵，而他是最爱荠菜饺子的……还能说什么，当天他就花了比平常贵几倍的价钱从票贩子手里买了一张大巴车票，一路颠簸着回了遥远的老家。

母亲的伤势并没有他想象的严重，只是身子骨老了，滑了一下，大胯扭着了。而回到家，还没有陪母亲说上一会儿话，第二天，左邻右舍堂兄堂弟和亲戚们的审问、质疑就上阵来了。到最后，甚至就连买菜时熟识的小贩和父亲说起话来，都不忘瞥他一眼现身说法：我儿子跟你家的差不多大，孙子都能买盐打醋了，所以，结婚还是要趁早啊，老人也好了一桩心思。他打着哈哈应着，却气得牙根痒痒。旁边的父亲胡子翘翘着，叹一口气就再不理他。

这些尚可敷衍过去，大不了他不去走亲戚串门。但村里的婚事家里不能没有男丁参加,父亲一甩手坐在那里闷着头抽烟。大哥呢，看着他们爷俩斗气，在那里嘿嘿地笑，大哥说，你家总得去个男人吧，得给人家帮忙呢！——大哥结婚生子，开枝散叶，已经是另一个家的了。父亲还是黑着一张脸，气冲冲地说，我不去！咬着烟卷还嘟嘟囔囔地抱怨：旁人说起话问起他来，我都没法回答，不去！

廖一凡气了，心情本来就不好，这会儿都吼上了，我又没干杀人强奸的罪过，有什么不能回答的，还丢你的人了！父亲也不是柔和的性格，梗着脖子回说，嗯，算你说对了，就是丢我的人了！

气得廖一凡吭哧吭哧地在原地打转。到底还是去了。那些平庸而交情不深的堂兄弟或者旧同学们，在乡村结婚生子的既定秩序里活得盲目而滋润，言谈之间，在他面前忽然都有了实实在在的优越感。廖一凡想,凭什么呢,上学的时候一帮子笨蛋，到现在也是狭隘得除了一点钱没有其他的世界观，过着吃喝拉撒千篇一律的生活，只因为顺应了人生的俗套，就好像站在了道德制高点上似的，带着一种同情的眼光看着他。甚至劝酒的时候还冷嘲热讽说出这样的话：该割麦的时候就不要种豆，该喝酒的时候就不要吃肉；该结婚就结，人哪，不能由着性子来。——他妈的！酒席没吃完廖一凡就冷着脸回家了。

回到家他收拾包袱就要走，拦都拦不住，才大年初四，他铁了心要走，内心的豹子憋屈得在栅栏里团团转了，再不走他想说不准会和谁干上一架的。母亲劝不住他，让他吃饭他也不吃，独自喝了几杯冷酒就到屋里昏昏沉沉郁闷地睡下了。

第二天他起来，母亲已经做好了饭，盛出来他就哭了。还是饺子。馅儿是荠菜和槐花的。槐花是母亲春天的时候晒下的，荠菜肯定是母亲打着灯大半夜没睡去地里现挖的。他发了火，很凶恶地对娘说，谁叫你做的这，夜里头路黑再摔着了咋办？——我早就不爱吃饺子啦,你记住了,我早就不爱吃啊……说着说着眼泪就堵满了喉咙。他喊了一声妈，忙转过头去。

母亲讪讪地在围裙上搓着手，做错事一样嗫嚅着说，是你爹打着矿灯去挖的，娘不行了，老了，眼花，看不清……都是你爹挖的，我就跟着……母亲把饺子盛在饭盒里，又用棉布包着保温，母亲的泪水已经在眼眶里打转，说，你爹脾气倔，你别和他较真，他也就是心疼你一个人在外面头疼脑热连个照应的都没有，他常念叨着，你一个人过得太孤了……话说回来，二小子，娘就说一句，要是有那合适的，就找一个吧，俺俩也都老了，就盼着你圆满了，我们老得也心安……

廖一凡咬咬牙，斩断一样说一句，我走了，过年再……他说得很硬，却还是没说完。一直到母亲的身影消失不见，他也没敢回过脸。

二

回到南方，许多次做梦，廖一凡都梦见那个早上，母亲站在村口，看着他上了通往县城的大巴，一直看着，走了很远的时候，他一回头，看见冷冽的晨风吹动母亲衰老的身影……仿佛母亲的衣服里也是荒凉的冷风，随时都可能飘散在更大的风中。他从梦里惊醒，脑子里仍然残留着一个场景：他梦到母亲的身体在收割生命的大风中慢慢凋零、飘落，直到化为尘埃，可母亲即便最后如蒲公英一样飘零，她的眼神仍如两粒火种，定定地看着他，看着他离开后的那片缥缈天空……廖一凡其实是心很硬的人，却因为这梦，几度湿了眼角，也湿了心。

三月的时候，他去深圳。是他在深圳时曾经最好的朋友离开前的一次聚餐。从莞城到深圳龙华不过一个多小时的路程，所以他反倒比市内的一些人到得要早。朋友人缘很好，陆续来了不少人，但看得出来，大多都是正在职场底层摸爬滚打的年轻人，也许因为还踩着点儿青春的尾巴吧，喝了些酒，气氛遂活跃了起来，甚至称得上嘈杂。朋友姓徐，他喊徐哥，对廖一凡是有点恩情的，要不然他也不会大老远跑来就为吃顿饭。廖一凡毕业的时候彷徨着是在家乡城市里混还是来南方打拼，偶然和徐哥在网上聊起，徐哥说读过他写的几篇小东西，很有灵气，趁年轻，不妨来南方闯闯。廖一凡那时候写一点报纸副刊，骗点钱好给小婉买衣服吃饭。之后，过了一段，等小婉彻底把他伤透了之后，廖一凡就背着一个包袱来找徐哥了。他在徐哥那里借宿了半个月，才在福田找到了一份工作，然后换了几个地方，直到去年来了莞城工作。廖一凡心里一直觉得，在和小婉分手之后的灰暗时光里，在他最低落彷徨的时候，是徐哥收留了他。虽然徐哥的收留也只是为他在狭窄的客厅靠近卫生间的地方提供了一张可折叠的行军床罢了,但在人情疏离的深圳，已经很难能可贵了。廖一凡知道感恩。

那天徐哥也喝高了点，他指着出租房对面商场上一贯挂着的“尾货处理、季末清仓”的标语，不无凄楚地说，我徐某人今天也被深圳彻底清仓了，打道回府，回老家去鸟！——徐哥上次在电话里说，打拼了五年，除了皱纹还是一无所获，正好老家某部门宣传口缺一写材料的合同工，累了，想回归老家松散庸常地混着。

喝酒的期间，廖一凡看着徐哥的脸，想从他脸上发现一些湛蓝和不甘。廖一凡失败了，徐哥脸上是松懈后的喜悦，是跳波的鱼终将回到静水里的怡然。即便底下这水是污浊的，但到底是水。这个曾经喝起酒来豪情万丈要把诗歌写到一柱冲天的“京基100”顶端的草莽诗人，最后，还是向生活缴了械投了降。廖一凡感慨地和徐哥碰了一下，杯子叮当碰在一起，一时无语。徐哥拍拍他，交代一句，早点找一个，结婚了一定给老哥说一声！

他笑。他和徐哥交流过，几乎是刚下了车眯眼看着头顶那片云朵蓝得发硬阳光猛烈倾泻的天空，他们就从心里恶狠狠地爱上深圳这个卷舒辽阔的城市了。可是他已经撤退到了莞城，徐哥现在也要逃离了。廖一凡举着酒杯，不知道为什么，竟然类似兔死狐悲地叹了一口气，想，是不是在并不遥远的一天，我也要想一想回去的事呢？

虽然，稍后廖一凡也想透了，生活正因其世俗庸常而滋味芳香，在小县城里，扯扯淡，喝喝酒，打打麻将，顺便制造出一儿半女，活得活色生香，比起他居无定所，为所谓的理想和生计奔波，没有什么不好的。廖一凡喝得猛了，晕晕的，心想，是挺好的，徐哥的选择或许是对的，徐哥说得对，人生一世，活得舒服才最重要。廖一凡再猛喝了几杯，和谁赌气似的，心说，算了，我也赶快找一雌性，结个婚，别再活得和那帮狗日的太不合群了。

廖一凡心不在焉地胡乱思量着，去冰箱里取冰块的时候，差点踩住了一只脚。连忙迎着笑脸说抱歉。是个女孩。

事实上刚一进门廖一凡就注意到她了。她可能怀有心事，一直坐在沙发上看着大家在那里和徐哥惜别着喧哗，把言不及义的酒杯碰得乒乓作响。女孩的眼睛有一丝凉气，气质便显得有一点郁郁寡欢的味道，好像在抱怨大家都不理她似的。她个子娇小，一张圆脸，称不上漂亮，但也不算难看。当她笑起来的时候，眼睛扑闪着，睫毛微长，有点人为的媚相。

廖一凡道了歉，并没有打算深谈。是女孩主动的，似乎她急于抓住一个人交谈，以表明在人群中并不是孤立无援。她笑了一下，笑得还是很温暖的，类似于黄昏的光线。女孩说，我叫陈蕊，徐哥以前女朋友的女朋友，你呢？

廖一凡也礼貌地笑着说，我啊，徐哥一直的“男”朋友。

这个开场不算坏，至少没有冷场，平常在公众场合廖一凡的话是很少的，经常说一句话就不知道接下来要说什么。陈蕊说，怎么样，头一次见，要不要喝点儿呢？

廖一凡也很和气地说，嗯，我正要拿冰块压一压这酒的烈性呢，你呢，要不要来一块？——酒是徐哥卖酒的朋友弄来的俄罗斯什么酒，味道还好，却性情猛烈，是要用冰块压压的。

陈蕊说，我就不用啦，我喜欢这股烈劲儿，就像从我老家冰河时期一下子过渡到深圳直射的太阳光里，够刺激！陈蕊用家乡话补一句，我老家哈尔滨那旮旯的。

廖一凡微笑着看她，慢慢觉得她还是有点意思的。接着的谈话就顺畅了许多。事后连他都觉得奇怪，不善言辞的他怎么那天那么该死，和她说了那么一通话呢。廖一凡后悔死了，那天去拿什么冰块啊，喝点酒就犯晕，怎么就和她扯上了，真是后悔得要死。但在当时，他们两个孤单的人也像模像样地攀谈了起来，并且气场还算融洽，以至于徐哥擎着酒杯站在了旁边，他俩仍陷在两人的话语组合的氛围里。

徐哥喝得有点多了，大着舌头说，正要介绍你俩认识呢，你们倒先攀上了，也好，这就是缘分！徐哥转身对陈蕊说，阿蕊，这是我好兄弟，也单着呢，不是我夸，我这兄弟人好，心不花，还会疼人，就是当着女孩子不会说话吃了亏，这下好了，好行市让你赶上了，八折发给你，怎么样，考虑考虑哈！

陈蕊笑了。

徐哥拍拍廖一凡，撮合地说，你俩接着聊，老哥就不打扰啦！就去旁边招呼其他人去了。

陈蕊抿一口酒，抬起眼睛，问廖一凡，这么说，你也单着？

廖一凡没回答，不置可否地笑笑。

陈蕊却接着说，我想可能是，你的眼光太高了吧……她说着，竟叹了一口气，很伤感的样子。廖一凡想，你这么着急叹什么气，好像是他的“眼光”看不上她似的。所以当陈蕊接下来试探地问他，听徐哥刚才说你这么好，你应该不难找吧，廖一凡当即斩断后路一样回答，难，难找！——他不想继续谈论这个话题。他想，也许在别人眼里，到这个年纪还没解决单身问题就是一种“残疾”吧，此刻，一上来就和一个单身女孩谈及这个沉重的话题，好像随时都有蓄谋似的，让他很不自在。

他只想喝酒。想喝就喝了，喝了好几杯。

陈蕊很识趣，替他倒酒，加冰块，在喝酒的间隙里，先是围绕着徐哥展开，然后他们的话题又回到当下上映的几部电影和新近发生的新闻上来，果然就轻松了很多。

谈到后来，当陈蕊提及对即将上映的一部影片很期待。廖一凡在酒气里随口附和着说，是啊，我也喜欢那个导演。陈蕊的反应有点激烈，瞳孔放大了一些，盯着他，说，嘿，真的？我最喜欢某某的片子了！

廖一凡稍后才意识到刚才的附和并不是最该死的，因为接下来的一句敷衍才是要命的，廖一凡说，既然你这么喜欢，等到上映的时候一起去看好了。

陈蕊可以说是惊喜了，眼睛睁大，问他，真的吗？

廖一凡酒醒了些，心想，我勒个去！怎么说着说着舌头就秃噜了，看来还是和女孩说话少，缺乏临场应变的能力。想想，以酒遮脸，找补一句话委婉拒绝算了，便说，可惜到那时候你不在莞城。

陈蕊笑了，看样子，那我们必须要再见面喽！

三

电影啥的没上映呢，他们就又见面了。还是在深圳，还是廖一凡去的。廖一凡酒醒以后，再次确认了陈蕊的照片：个子确实矮了点，脸确实大了点，怎么说呢，凑合还能看，廖一凡想，徐哥都甘做小城世俗的俘虏了，他还坚持个什么劲儿呢？摊开，放开，生活啊，婚姻啊，来吧！

于是和她在微信里聊了一个礼拜，她说想请他吃一顿“香吧辣”，他就坐车过来了。“香吧辣”是她喜欢的一家饭店，味道比较对口，她给他吹嘘好几次了，说要请他“实战”一下。这一个礼拜以来，廖一凡和她聊得熟了点，准确来说，一般的聊天模式是陈蕊在问，他在回答，类似如下：

你一个月工资多少呢？

三四千。

哦，这么少吗，够你“莞式”消费吗？哈哈。

还可以挣点外快，加起来大约六七千的样子，确实不怎么多。另外，我不去你说的那种消费的地儿。去不起。

切，真没趣，好啦，开个玩笑啦。哎，听说莞城的房价比深圳便宜多了，那个啥，你买房子的时候是什么价格？——问得多有技巧！

我？……还没买呢。

？！——和一个惊疑的表情——不会吧？

怎么不会？我不想按揭，还差点儿。廖一凡说，再等两年也不晚，反正现在也没有女朋友。

那可不一定，也许很快就会有的啊，嘻嘻。那，很好奇哦，你这么优秀的男生，应该谈过不少次吧？

没有。就一次。

切，谁信？

真的。

……

不过几个回合，廖一凡的基本配置她那边都摸得一清二楚；而陈蕊的，通过她主动的吐露，他才隐约可以推测出来一点。据她自己说的，是这样：她目前在市内一家知名软件公司做销售总监助理，年薪十万稍多点，爱旅游、爱看书、爱听音乐（基本上和求职简历上爱好一栏差不多），至于情感经历，则不见她提起。廖一凡处于被动的境地，他那性格，也懒得去追问。要不是想着家里下达的死命令和临别时母亲凄苦担忧的眼神，他其实并不想和陈蕊保持不温不火的聊天的。一想到母亲风中一寸寸飘零的衰老身影，他便想，算了，和她聊聊试试吧，能成最好，不能成也算是自己努力了。

在决定和陈蕊试着往下发展的时候，廖一凡征求了徐哥的意见。徐哥已经回到了老家，大约正在忙着打麻将，所以就匆匆回了几句话，徐哥犹疑了一下，说，具体的我也不好在背后编派人家，毕竟是女孩呢，就一句话，好像这女孩有点儿心计，兄弟你别让人骗色又骗财了，哈。

廖一凡也哈哈一笑，以为徐哥说笑，让他打好麻将，多胡几把买酒喝。

周末的时候，廖一凡去了深圳福田，在车上他睡着了，梦见许多的鸟在天上飞，醒来才发现是蓝色的云朵，在心里、也在天上飘浮着。廖一凡捶打了一下胸口，云朵就不见了，车辆穿梭，人声喧哗，剩下的都是惘然。

见了面，吃饭，“香吧辣”。没她夸耀得那么好吃，倒是辣得够味。廖一凡龇牙咧嘴享受不了这种猛辣，一个劲儿喝水。而陈蕊却吃得很欢。廖一凡擎着水杯看她吃饭的样子，像个贪吃的小猫，那一瞬间，他心里放大了她的好，甚至涌出一种愿意去纵宠着她的温情，她是个子矮了点，也不是自己喜欢的那种脸型，但是，廖一凡想，如果她一直这么乖巧，和她谈也不是不可以的。廖一凡用徐哥告诉他的悲观和了悟的口气在心底说服自己，结婚嘛，不就是那么回事，一道人生程序而已，凑合着能过,就行,也没必要非得喜欢得不行,一见就怦怦地心动。

怦怦心动……顺着这个词，廖一凡本来已经封严的心忽然出现一道裂缝，小婉的笑脸就蹦了出来，瞬间在他心里扩张地盘，以至于横亘在他心间、眼前，很顽固。虽然他已经把小婉从记忆里连根拔起，但还有一些盘根错节的东西，随时都可能生机勃勃地复辟出她清晰的身影。廖一凡知道，这是一种病，他还没彻底痊愈。再看对面的陈蕊，她的额头没她饱满，她的眼睛没她黑，她的鼻子没她挺拔，她的脸型没她顺眼……他就认真谈过那一次恋爱，这种本能的对比，几乎成了身体惯性的反应，总是让廖一凡很无奈。廖一凡闭上眼，无声地轻叹一声，起来去前台买单。

吃了饭，陈蕊提议去东门转转。廖一凡无所谓，但还是下意识地隔着裤袋捏了捏钱包，还好，来之前想到是初次约会，也许要给她买些礼物之类的，钱多备了点。可逛到第三个商店，廖一凡就觉出了虚无的累。而陈蕊和所有的女人一样，一旦进了商场就神采飞扬、如鱼得水，商品琳琅而来，眼神噼啪作响。廖一凡以男人的思维想，要买什么直接选选买就是了，大步流星地逛来逛去有什么意思？大约陈蕊注意到了他心不在焉的样子，转身问他，你累啦？廖一凡心里没好气地说，妈的，不累才怪！整个身体正松弛着，这会儿却不得不绷紧了一下，并且微笑着说，没，不累！但等到陈蕊踅进一家女装店里，他立马又松塌塌地垂在店前。等了一会儿，陈蕊还不出来，廖一凡索性席地坐在旁边台阶上抽起了烟。在烟气盘旋中，廖一凡似乎为他的累找到了答案，恍惚间，好像是重演了一遍，只不过是从大学城的小街道转换成了深圳最繁华的步行街……

那时候怎么就不觉得累呢，廖一凡想，那时候，每到周末就和小婉去学校附近小吃街吃一碗馄饨，然后买一串糖葫芦就哄得她小女孩一样开心，沿着狭小而拥挤的步行街来回穿梭，也不买什么，这看看那摸摸，有时候在地摊上淘个小玩意儿都高兴得什么似的……廖一凡想，那时候怎么没有觉得累呢，那样的好时光去哪里了呢？

廖一凡正沉浸在散乱的思绪片段里，陈蕊喊了两遍他才醒觉过来，陈蕊心里肯定有气，但脸上还笑得没有纰漏，探头喊他，好看吗？

陈蕊试穿了一件蕾丝花边复古样式的裙子，裙子很好，花边如水做的涟漪，很清新。然而，她身形矮小，臀部大而无当，老实说，穿裙子反而凸显出身材的缺点，并不好看。但廖一凡为刚才的出神而近于讨好地笑着，说，挺适合你的，碎花好看。廖一凡掏出钱夹，买吧，喜欢就好。

陈蕊灿烂地笑，上来一步挽住他的胳膊。旁边的服务员察言观色地奉承道，啧啧，你男朋友对你可真好！

能不好吗？一件裙子加上挂饰，小一千下去了。廖一凡心说，还真不见外哪！路过饰品店，陈蕊还想去看，廖一凡抢先疾走了几步，这才让陈蕊随着他没有停留。

晚上开了房，两间。看得出来陈蕊略略有些失望，好像好戏一场，演员还没展开演技呢，他先把片场给封了。当然，即便开一间双人房，以陈蕊的情商，她也不会和他上床；但两人同房，有一种紧张感，透着刺激和香艳，很适合谈出点什么。可逛了半天，再加上来的时候坐车，廖一凡觉得身上积攒了几重的累，进了单人房冲了个澡倒头就睡了。半夜里，睡意蒙眬中，似乎隔壁的陈蕊过来敲了几下门，他没应，敲门声就消失了。不过，天明起来看着对方什么也没发生的笑脸，廖一凡想，也许夜里头是幻觉吧。

四

再见面是两周之后的一个雨天。

这期间，廖一凡恍然间以为都对陈蕊动心了，但真到见了面，才知道他还是感觉泛泛。感觉真是个奇怪的东西，他努力说服自己，试着去接受陈蕊，心里却时时排斥。没办法的事情。他也曾冷静下来细细地分析，小婉那种类型要说很漂亮吗，也未必；而陈蕊呢，除了身高稍矮，长相、性格也还说得过去，可怎么就对她喜欢不上来呢？廖一凡想，是自己的问题，还要努力地改，刻不容缓地改！因为，虽然自从他“认清现实”，向生活妥协了，可现实却有点时不我待的意思；再拖一年不结婚，他怕要众叛亲离，引发众怒的。

本来，他只是把陈蕊的照片发给妹妹征求一下她的意见的，谁知道妹妹眼疾手快就给父母看了，陈蕊圆圆的大脸在老人的审美眼光里看上去很有福相。父亲让妹妹打来电话催促，就这个也挺好的，看着不浮浪，应该是个好女孩儿。父亲明确下达了命令，抓紧，争取年底把事办了。“事”当然是婚事。廖一凡哭笑不得，这个结了婚已怀孕五个月的妹妹，就像她此时的肚子，藏不住一点心事，对哥哥的婚事，比他还要着急、兴奋。没有几天的工夫，他的散落在各地打工的堂兄弟姐妹们在网上见了都要随口问他几句，怎么样，啥时候结啊，红包都给你备上了，单等你定日子办事了！

他应接不暇。在家养胎闲得发慌的妹妹隔三岔五地就扔来一个电话，以父母的名义咄咄地问他，哥，到哪一步了，手牵了没，那啥了没，还那啥了没。嘿嘿，哥，你得抓紧哦，要是缺乏实战经验随时打给老妹请求支援，我这手机二十四小时为你开通专线……妹妹兴奋而调侃的样子他想象得出来，不忍拂她的好意，廖一凡嗯嗯哈哈地应着，心里一派烦乱。

去车站接陈蕊的时候，廖一凡咬咬牙，心说，好吧，就是你了，算了，凑合着吧。为了巩固自己的想法，廖一凡还临时起意去花店买了一束鲜花。总站人来人往熙熙攘攘，廖一凡怀抱鲜花站在那儿，显得很傻，又莫名涌出一丝悲壮的情绪，我他妈都豁出去了，他想，来吧！

陈蕊下了城际大巴，远远看见他，掩住嘴巴，惊喜得眼里漾满水花。廖一凡只去看了她一次，在他明确回答她明年就买房之后的这个周末，礼尚往来，她就大义凛然地来了。廖一凡想，她也着急啊，都二十八岁了。在陈蕊迎着鲜花为他绽放脚步的时候，他有一瞬间心情灰暗，他们一个快三十岁一个至少二十八岁，都过了卖相最好的时段了，都掉价了，却还在暗地里讨价还价。廖一凡想叹一声，却笑了。

这个晚上没再虚晃一枪，在商场转了半天看了一个午夜场之后，就直接躺在了一张床上。都到这个年纪了，都不是第一次，再玩儿那一套清纯的把戏就虚伪了。虽然在一张床，但肉体仍然很谦让。或者说是廖一凡主动避让，他是这样想的，在自己没有肯定说服自己娶她之前，不想占用她的身体。他希望自己能坚持住。

于是尴尬的局面就出现了，晚餐的时候陈蕊建议喝了点红酒，这会儿正在上头，却都屏住呼吸在那儿卖弄着沉默，空气似乎都被拉紧了，仿佛两个人被并排烤在炉火上，散发的都是滋滋的肉香……是陈蕊率先打破局面的，她似是无意推了一下他的肩膀，她说，嘿，空调好像开得有点凉……廖一凡说，要不要调低点呢？说着就欲起身，陈蕊赶忙说，不用不用！她说得欲盖弥彰，以至于拉住了廖一凡的胳膊，用的力气似乎不小，廖一凡趔趄了一下，如愿以偿地倒在她身上。陈蕊笑了，伸开臂膀在他腰上扎了一圈篱笆，并把自己打开了，微长的睫毛闪了两下，很鼓励了，廖一凡撑在那儿疑惑地看了一下，转转眼珠，有点迷茫，一时懵了，但接着也就顺势叠在其上，接下来的事便顺理成章了……

时间持续得并不长。廖一凡总感觉身上隐隐驮着一种责任之类的东西，压得他喘不过气来。结束了之后，陈蕊凑过来依偎着他，廖一凡看着她一脸笃定的样子，有一瞬间，忽然心生恐惧，一辈子呢，他真要和身边这个前后认识不到两个月的女孩过一辈子吗？他想，也许他还没有像徐哥那样彻底顿悟了。因为仅仅是想象中婚姻那种漫长而平庸的琐碎日常生活真相，就让他提前领受到一份沉甸甸的责任，以及伴随责任衍生的倦怠和逃避。廖一凡想，也许是一个人过惯了，才会有这样自私的想法。真要改改了。

陈蕊靠着他，自恃着做过爱了，用恹恹的声音问他，你不是说谈过一次吗，给我讲讲你的恋情，好吗？陈蕊缠着他，拉长声调说，好吗？一句话被她拉出黏腻的软调，并且历历数着他裸露的肋骨，说，一根，一根，这么瘦，是想她想的吗？陈蕊说，说啊，说啊，我要听……

很嗲了。

廖一凡纠缠不过她，就讲了。讲的时候他才发现原来自己并不像想象的那样伤心，平静得倒像讲别人的故事。故事是这样的：

那时候刚毕业，他应聘到县城一个私立中学代课，而小婉，在省会一家公司里做文员。他们一个月也难见上一面。后来，小婉在做出决定时曾给他说，我只是厌倦了每天挤公交车的气味。隔了这些年，他终于觉出小婉这句话的道理——她那么美，他们都不知道彼此的喜怒哀乐，隔得太远了。他为了完成学校变态的教学任务，累得都顾不上累。而小婉，一个人，不论是美和寂寞，都太荒废。

同时，王卯昌趁机追小婉追得正紧。王卯昌据说是某个副局的儿子，上学的时候就觊觎小婉的容姿。他徒手赤脚奔跑，而王卯昌则开着车捧着鲜花，目的都是获取小婉那颗心的绿卡。廖一凡注定总是迟到，好在小婉偏向他。可是，在最后一次，他仍然迟到了。

廖一凡清楚记得那一天，他在校庆上陪校长、主任之类的王八蛋吃饭，主任拉上他只是为了挡酒罢了。其间手机响了许多次，他没去看，后来索性关机了，以为小婉又是小女生的脾气犯了，缠着他陪她，他想等吃完饭再给她打电话好了。但那天他喝得实在太多了，等他摇摇晃晃把自己搬回出租屋的床上睡到半夜时才猛然想起小婉的电话，打开手机，是二十三个未接电话，还有两条短信，一条是：我阑尾炎要手术了。另一条是隔了两个小时后发的：大木头，傻丫头不等你了……两条短信没有因果，但组合在一起了。他就都明白了。明白了他就猛扇了自己一个耳光，问合租的同事借了钱打的往火车站赶，买了最近一班的站票一路几个小时站了回来。其间小婉的电话打不通，一直处于关机状态。

而廖一凡不知道，王卯昌同样接到小婉的电话后，人正在外地玩儿，开车，一路高速超速，三小时跑了五百多公里，把小婉送到医院，支付了所有医药费。

廖一凡赶到后，已经什么也做不上了。王卯昌抢在前面。

小婉病好后，把身上所有剩余的钱，都夹在电脑包里给了廖一凡，还有他们所有的共同财产——一台笔记本、一个双插孔的情侣随身听、一起淘来的小物件——都送给他，借钱给他买了去深圳的机票，让他去更有发展机会的城市。

然后她接受了王卯昌。舒适的新工作，汽车，房子，立刻就都有了。

临走时廖一凡在医院问她，小婉，你都想好了？

小婉看着他，迟迟，还是点了头……这一个点头，成了廖一凡心底一生暗藏的痛。虽然后来小婉托同学向他解释，妈妈病了，需要钱，她没有办法，但廖一凡还是不能释怀，一想起来，心里就韧韧的，他疼。

……

故事讲完了，廖一凡反而放松了。陈蕊盯着他，抚摸着他的头发，可怜的孩子，她说，要是我，就选择你。

廖一凡不置可否地说，是吗？

她还未来得及回答，电话响了，她看了一下，眼神里有了躲闪，挂断，过了一会儿，又响了，陈蕊光着身子起身仓皇说了声，不好意思，公司部门经理打来的，真烦人！就进了卫生间，关上门。

廖一凡不想戳穿，百无聊赖地躺在床上盯着天花板傻看、抽烟。过了一会儿，陈蕊出来了，想解释什么，他没留给她时间，就进了卫生间冲洗。冲洗完了，他出来，对她说，你也冲冲睡吧。

陈蕊笑笑，就去冲洗了。水声隔着门哗啦啦地传来，把房间都充满了。她冲洗的时候，被她设置成振动的电话又响了，嗡嗡嗡，嗡嗡嗡，很执拗的样子，廖一凡不该好奇去看那一眼的，但他还是看了，来电的号码前面备注的姓名是：阿方明。前面加个“阿”，当然是为了在电话簿上显示在第一格，看来对她来说是比较重要的人了。电话又响一会儿，廖一凡的唇角诡谲地动了一下，看着洗浴室里模糊的身影，手指跳动着滑了一下，电话接通了，廖一凡把它羽毛一样贴在耳边，是一个男声：

喂？喂！怎么不出声？搞什么呢？喂，你是不是和别人在一起？喂！喂……

五

廖一凡记得当时他有一两分钟，站在那里一动不动，他张大了嘴巴，却没有发出任何声音，从嘴里吐出来的只是呼呼作响的气流。他没想到她是这么大胆而又不检点，显然，她和上一场感情尚未纠缠清，甚至连备注姓名都未曾更改，就投入到他这一段里来。

廖一凡抽着烟，烟雾遮住他的脸。他觉得自己很失败，是悲哀的那种失败。回想起送她走的时候，她临上车走过来拥抱他，他的心里都是深深的厌恶。仿佛那种厌恶根植在心里了，一连好几天他都没有胃口吃饭。

许多天，他没有再联系她。陈蕊打来电话他直接挂了，打一次挂一次。后来就拉到黑名单里去了。拖了将近一个月，也不是办法，于是就有网上这一段对话：

陈蕊：怎么了，你这人怎么回事啊？……

廖一凡：没什么。我觉得咱俩不合适。——廖一凡觉得自己还是太软弱了，弄不出来鱼死网破。

不合适？笑话！上床之前也没见你说不合适啊？

……

怎么不说话？

……

我哪里惹你了，你不会想上了床提上裤子就不认账了吧！

认账。你要什么赔偿？

你是不是就没打算和我结婚？就是玩玩，对吗？

不对。

那你喜欢我吗？

廖一凡觉得没必要再装什么也不知道像个负心汉一样被审

问下去了，他回复道：喜欢。但也许有人更喜欢你。你应该储备了不止一个喜欢你的吧。

你什么意思？

你自己知道。

我不知道！！！

那就再想想好了。

……

这些天他一直做梦，梦里的小婉身影那么清晰，她依旧在美丽地哭泣，她说王卯昌玩腻了，不要她了，她问他，你呢，还要我吗……廖一凡醒了，知道自己只是在做梦罢了，反手擦擦眼角，却湿湿的一片。无数次在脑海里他曾想过这个场景，他也无数次咬牙切齿地问自己，会吗？但，每一次恨过之后，满脑子都是她当初回头笑的样子，心里有一种空空的忧伤，他还是愿意不争气地说，会。

隔了几天，陈蕊在网上给他留言：现在问你一句，要是我怀宝宝了，你会怎么办？

廖一凡心里一惊，那天是太仓促了，什么措施也没有，不会真怀了吧？廖一凡回：你怀孕了吗？

陈蕊：嗯哼。

是我的吗？那我会负责到底。你和上一场的男人掰扯清了，我可以接受你。

过了很久，陈蕊打出一行字：我很想恶毒地骂你，可是，突然又有点心疼你……你是一个优柔寡断却不算坏的大傻叉。

廖一凡自始至终对她都没有恨意，呵呵笑了，对她说，你总结得好。

陈蕊说，你先别着急，我想了想，觉得你初恋的故事还没完，你想过没，也许你爱着的那个女的当时所谓的阑尾炎是假的，就为了骗你这个大傻瓜呢？

廖一凡呆呆地坐在原地，心里五雷轰顶一样，他的眼泪几乎要缤纷落下，似乎陈蕊正在对面恶狠狠地看他的笑话，在世界崩塌之前，他颤抖地回了一句话：那，你所谓的怀孕是不是也是假的呢？

最后的夜舞

她的眼里映射着窗外的灯火，在他身下，一跳一跳的，然后慢慢定住，“今儿咋啦，”她说，“累了？要不歇会儿再来？”她说着，甚至拍了拍他的背。他的背很干，是被岁月压榨后那种水分流失的干涩。但是他闷声不响，翻到她身上，摸摸索索地又试了一次，带着一种决绝的狠劲儿。“你把我弄疼了！”她叫，“发神经呀，对我这么凶？”她收紧双腿，有点疲惫。收纸皮破烂的老黑刚光顾了她，老黑有点抠门，花的每一分钱都不想亏了，所以弄了很久，她有点累。但是她没跟他提老黑来过，她怕他嫌恶老黑。他掰开她收住的腿，力气不是很大，但很执拗，他是有点认死理儿，她知道。所以没等到他熟稔地挠她腋窝，就妥协了，摊开身子，像一张破旧的地图，任他小岗平阜地去找路。毕竟，她是他花了四十块钱的身体。他翻检了一番，仍然徒劳。其间，她是帮了他的，也没有用。她笑了，笑得很不合时宜，简直管不住自己，也不知道要笑什么。他却负气，回敬她，“松了，旷荡，进去就跟划桨一样，没意思……”没说完，她就卸货一样把他从身上扇下来，“老梆子，滚！”

他没滚。他笑，笑得很坏，也很默契，翻过身，躺在床上看着黑污污的天花板出神，一张心不在焉的脸缭绕于烟雾后面。她拨过来烟，也抽了几口，“都收拾完啦？”她问。他没吭，从她手上接过烟接着抽。她刚想再夺回来呢，伸出手，摸摸，却探到他脸上零碎的潮湿。她一时有点回不过神来，“眼里咋尿啦？”她的心钝钝地，疼了一下，麻麻的。这种疼真好，如红花。她的心好久好久没有起过波澜了，更不用说这样柔软而温暖的疼痛了。生活把人糟践得早没感觉了，她只负责叉开腿躺在那儿，垃圾、污水、咬噬，都来吧，无所谓了，都来好了。她探起身子，抱着他的头搁在乳房上，乳房没有他说的“塌方了”那么严重，当然已很垂了，低眉顺眼的，但因为规模较大，所以品相尚可观摩。此刻，她就这样，把他的头使劲往乳房中间的凹槽摁着，“你个狗日的啊，还说走真就走了……”她的眼里也起了一层雾，掐着他，又恨又妩媚。他呢，丢了烟，忽然一扭头咬住她的乳穗，很用劲。她“哎哟”尖叫了一声，叫声很华丽，像是上好的布匹撕裂了。“疼！”她说，“我又不是你娘，哎呀，还咬，你个龟儿子，疼哟……”他们闹，闹也就是一会儿，孩子气，即兴的，一忽儿。“唉。”她叹一口气。“咻啦”，他又点一支烟。她胸口被他咬过的地方，坚持着它的疼，就像窗台上的那盆半死不活的虞美人，坚持着它的红。

她打他，揪他灰白而粗糙的短发，“你个无赖，还欠我两回的钱没给呢，就说走就走了。”她说。但她那意思，并没有追究钱的事儿。“好了吧，”男人说，“老子给你扛过几回煤气？给你修过几次电灯？你还说呢！”显然他领会错了她的意思，她说，“怎么说你都是一抠门，抠脚唆手指头的货！”男人把烟撤离嘴唇，针锋相对，“你不抠？明明心里对老子有意思，却没一次不收老子钱的，免费一次能死？”“哎，你说清楚，谁对你有意思，又老又瘦的，喂狗狗都嫌硌牙！”“对我没意思你会叫得声音比谁都大，对老子没意思你做饭给我吃干啥……”“老娘是看你天天吃快餐可怜，别的我也给他做饭呢，你忒自作多情了吧……”“行了吧，别不好意思，承认了又不丢人，没啥……”他笑，薄薄的嘴唇笑得也很轻佻，然而，这轻佻是珍重的。她扇了他一巴掌，也笑，“美得你，老娘是公用的，对你好？——美死你！”

她手脚麻利地穿上了衣裳，把电扇拧开，破旧的电扇摇摇摆摆转了起来，他避开，因为在电扇下抽烟最煞风景，烟气都被吹散不见了。“上午我包了饺子，喊你你不来，还剩这几个，老娘吃剩下的，喏，爱吃不吃！”盘子里明明还有很多。他捏起一个，眯起眼睛，放在嘴里，咀嚼了两下，“咸了。”她作势撤走盘子，他护住，嘿嘿笑。

她倚住柜子，看他吃，看着看着脸上的神情就悠远了，眼里浮现出一缕梦幻般的柔和。有一瞬间，她想，有个男人也好，踏踏实实的，看着他在屋里，心里就不那么空。但她很快就自嘲地笑笑，对自己哼了一声，她仰着头，喃喃地说，“你楼里之前住着的那个写书的小李，说得挺准的，他说我‘五行纳音里，你是炉中火命人，一生多有艰辛’，可不是……”

男人正往嘴里大动作地填塞饺子，所以出声含混着，说，“你听那小子胡咧咧，他要有那本事，真能看准喽他还会租我那破屋住着，整天窝在出租屋里写什么劳什子小说，也没见他搞出名堂……”“那也比你强，人家至少识文断字，你呢，除了会记个账，名字能写全乎不？”“好像你能似的！”“噫，狗眼看人低，小瞧你姑奶奶了喽，上回小李给我本他的杂志，写那个酒店女孩的，看得我吧嗒吧嗒掉眼泪哭噢！”他吃完了，不置可否地笑笑，笑了一半，无以为继，露出凄凉的底子，“老婆子，以后没人给你拌嘴喽，老子打道回府不回来啦！”

他是二房东，这个城市相对分散，高楼和星级酒店转几个街巷，可能后面就是一圈低矮拥挤的民房，五行八作的人杂居在那里，所以他这样的二房东很多。他承包的那一栋被房主收回租给一家肠粉公司做员工宿舍了，所以，他无房转租，再加上高血压又严重了，“兴许哪一会儿一抬头眼前一黑，就毙了，死倒不怕，可没人埋我呀，还是死在家里比较踏实。”他就收拾收拾要回老家了。

她的心又被谁敲了一下，在疼上又开了一朵花，但她嘴仍不输他，“爱回不回，老娘男人多的是，又不差你一个俩的，赶快回吧！”她弯着身子收拾他吃空的盘子。他忽然直起身莽撞地抱住她，掐住她的肩膀，嘴里不依不饶地说着：“我叫你男人多的是，我叫你不差一个俩的，我弄死你！”她尖叫着，“是啊，就是不缺你这歪瓜裂枣的货，有本事你来啊，弄死我啊！”很挑衅，也很浪。仿佛是带着所有的恨和爱，男人扑了过来。带着一身汗味，她便被他孟浪地打开了，他瘦硬的身子死死扳住她的腰，撩开睡衣，一下子就从后面进入了她的身体……像是协奏曲里被注入了最关键的一个高音，她无比恣意地尖叫了一声，这叫声像某种耀眼的瓷器，带着彩虹一样的弧度绽开在半空中，最后落在地面，明亮而性感地碎裂开来……她反过来凶狠地抱住他，她把指甲嵌进他瘠薄的肩膀上，抠着他，和他一起在绝望中坠落，又被巨大的浮力弹起，一起飞升，直至锐利而痛快的叫声破碎一片……盘子从桌上落在地下，碎得一地荼蘼……

“刚一开始做的时候，与客人交易时我都会不由得夹紧双腿，有时候客人甚至不能进入我的身体。我害怕，本能地抗拒。毕竟，那是我的身体。可是，我却给你打开了，你会懂吗？”她的胳膊上文着她的名字，她说，这是唯一能陪伴她到死的东西。

烟雾弥漫开来，交织着温暖、心酸和廉价的香艳。外面路灯昏黄的光蹲在窗户上，乍一看，好像月光，那么安详，映着窗，也洒在他们的脸上，好像看到了幸福的模样。她拨开自己的头发，“你看我又有白头发了吗？”她问他。

“又长了，再过几年就全白喽。”

“那也挺好的，老了就好了。”她说。

其实她也不过就四十负多一点。但是，就是这样，岁月流走了，却留下了沉渣。眼角的鱼尾纹呈几代同堂的兴旺之状；眼袋肿胀；嘴唇发暗，劣质的口红涂抹出来，如同一场火灾。

“你也不定非要干这个啊，这个毁身子。”

“那我能干哪个？一个老女人，还想多挣一点，也就干这个了，你又不包我不是？”

“我得包得起哪！”

“看你吓的，说句骗骗耳朵的话都不会呀，让我开心一下。”

“好，我包你！——别的男人谁都不许碰，你个老娘们属于我！”

“你还怪霸道。”

“不好啊？”

“好啊，好。”

她向他展露了一个很小、很矜持的微笑，让他觉得特别温暖。他忽然想到什么似的，爬起来，从裤兜里摸索了半天，扯出一串颜色暗黄的手链，初一看也看不出是真玉还是仿制品，他嘿嘿一笑，“给你，小玩意儿，留个念想。”她接过来，惊喜而又怀疑的模样，“不会是假的吧？”然而却欢实地戴在了手腕上，还举着胳膊左看右看，再看也不过是一二十块钱的地摊货。她知道的，但是她仍然那样开心，“难为你了，老何，还有这份心。”老何嘬嘬嘴，“嘿，咱不是那没有良心的人。”她孟浪地在他老脸上亲了两下，发出湿润空洞的水声。她眼神流波，手指春蛇一样在他身上游走着，撩一撩头发，露出职业的小小魅惑，“再来一回吧。”她发出邀请。“咋啦，你还没够？”这话说得很煞风景，挨了一巴掌，他才坦承，“我不行了，老啦！”“老死算了，去你妈的！”她生了气，露出脾气的质地。“嘿嘿，我是怕你收我两回钱哪！”“滚！爱弄不弄！”“这么说是买一送一，有这好事？”老何笑眯眯的，看着她的身子，满眼的丰收却不着急的样子，甚至都很慈祥了，但终于还是说出了真心话，“不行了，明天还要赶火车呢！”

她把身子转过去，对着墙，留给他一个宽阔而寂寥的后背。

“生气了？”他试探地推推，“嘿，这生啥气，好啦，我摸摸就算弄了，给你两回的钱，不让你吃亏，行了吧？”

“我就多图你一回的钱？”她转过脸，“你看我多贱！”

他自知失言，说，“嗐，越说越弄不清了。我问你，刚才老黑是不是来过了，这狗日的！”

“我身上又没专写着你的名，人家不能来？谁来我是谁的！”

“你也不嫌他恶心，他收个垃圾一星期都不洗一回澡，那个熊样儿看着就倒胃口，你也怪好的承受力！”

“我不也是收垃圾的，只要给钱。”

“你个老娘们儿就爱给老子抬杠，”他说，“抬吧，也抬不了几次了。”他给她磕出一支烟，“我看以后谁陪你拌嘴去！”

“和我相好的又不是只有你，嘁……”她的嘴被他亲住，弄了一嘴的烟臭，“呸，老不正经的！”

他哈哈笑了，报了仇似的。过了一会儿，忽然没头没脑地说，“你说，人活在这世上，吃穿度用，生老病死，苦情着哩，为啥还都这么钩心斗角、兴兴头头的？”他是有感慨的，他的合同没到期房主就不算数了，那家工厂租金给得比他多。

“那还能咋？”她说，“你来这世上了，挣着爬着，不还得活嘛，难不成还能拐回去？——回不去啊！”

他说，“嗯。”唉了一声。“咱都是小蚂蚁，寻口吃的都搭上一辈子了。”他说，“可也奇怪，是不是，吃饱了，就又想找个能说说话的，人老了，就是个这，差个说话的，都五十三了，到哪里都快招人嫌了……”

“你少抽点烟，兴许还不那么显老。”

“管它呢，爱老老去！你说我还能抓住点什么，可不就这点儿烟嘛！”

“倒也是。”她说。

“我老婆那么早死了，一个小子心早野了，一会儿说在北京一会儿说在上海，跟着人家道上的瞎混，飞得没有影儿，老子挣点钱，我看透了，肯定到最后还不够他败的呢。”

“也不一定，兴许将来给你带一大胖孙子回来孝敬你呢！”

“算啦，没那命。”他站起来，“我下去弄点小酒，你陪老哥喝喝。”老何说着下去了，走到门前又折回身问，“今黑没有别的客人了吧？”

她把枕头掷向他，“我有那么畅销吗？”笑了，“多买点，我也好些日子没喝酒啦！”

老何就下楼去了。夜正深，然而路上人来人往，仍然喧嚣，在南方的城市都是这样，夜生活才刚刚开始。老何想，回到老家七八点钟就睡觉，不知道自己还能过习惯不呢。买了点熟食和酒，回去的路上老何忽然想很感慨地骂一句，他妈的，都道是婊子无情戏子无义，这两年却多亏这个老娘们儿陪老子解闷呢，真是这世上的情缘深浅难定。老何走了一段，想再给她买件什么东西，那个手链太寒酸了，其实也不是他买的，收拾屋子的时候一个房客落下的——她就高兴成那个样子。傻女人！他伤怀而又慰藉地叹一口气，走到街角的一家内衣店，想给她买件睡衣，她的那个都皱巴巴的了，还有几个烟烧的破洞，她还穿着。他转了一圈，却恨恨地骂了一句，都他妈这么贵啊，看上眼的都要一百多，真是的，怎么敢要？——一百多都够他回家的路费了，狠了几次心，咬了咬牙还是没买，贵了点，再说他买的衣裳，穿她身上，他走了，还不知被谁给一夜一夜地脱下来呢。算了，他心说，跟她也不过是熟识一点的皮肉客罢了。这样想，他心里悲哀而又好受了一些。

说到底，他们都是卑微得自顾不暇的蚂蚁。他们习惯了被生活碾压，却忘了怎么去爱和施舍。

老何买肠粉的时候给她多加了两个蛋，心里也就坦然了，让她吃饱。

进了门，老何忽然惊住了。他甫一把门阖上，就看到她在屋里背着他，对着镜子化妆。老何在一旁看她，他从未见过女人这样化妆，更未见过一个女的在这样烂糟糟的屋子里化妆，他忽然觉得她也很美，梳头发、擦粉、描眉，那种女人家常的温暖属性，让他忽然心生感动。亲嘴楼外面的吵嚷、小孩的啼哭关在门外，世界在狭小的屋子之内，忽然别有洞天。他在一旁看得有些入神。

老何看着那个被灯光照得昏黄的墙面,映着她孤独的身影,她的影子在墙上影影绰绰的，寂寥而妩媚。外面粗劣的霓虹灯光穿透过玻璃窗，把玻璃变成了水晶，水晶的光芒折射到她的脸上。

她转过身，问他，“好看不？”

她的脸上似乎蒙着一层水雾，朦朦胧胧的，而在迷雾后面，眼睛亮亮的，像星辰的精光。老何有些失神，盯住看，眨了眨眼，雾退去了，剩下她已不年轻的脸，她的脸轮廓柔软，带着一种柔和的光彩，红晕晕的，很家常的那种好看。老何咽了咽喉结，样子很傻。她笑了。站起来，把桌上的手机打开，划拉一会儿，放出一个DJ曲子，她说，“我给你跳个舞看哈，我跟着人家电视上学的，你看看好看不。”

音乐在响，粤语，他来这里几年了还是听不懂。可她懂，还跟着抑扬顿挫地唱：

……
你我在等天亮
或在沉默酝酿
以嘴唇揭开
讲不了的遐想
你我或者一样
日夜寻觅对象
却朝夕妄想来日方长
意乱情迷极易流逝
难耐这夜春光浪费
难道你可遮掩着身体
来分享一切
愈是期待愈是美丽
来让这夜春光代替
难道要等青春全枯萎
难道要等一千零一世
才互相安慰……

跟着曲子，她扭动着胯，晃动着胳膊、腿，一身的赘肉也参与进来，头发散落。她的身体如站立的河水，有一种流动性，被灯光斜抻出一道长长的阴影，在一段的间隙里，她说，“我年轻时可喜欢跳舞啦，那时候刚时兴伦巴、恰恰。哎呀，给你这土老帽说你也不懂，来呀，你也跟着扭扭啊，我一不开心就自个儿在屋里扭几步，来呀……”

他干涩地笑笑，摆摆手，“来不了，来不了。”他把加了几个蛋的夜宵打开，“你来吃吧，这家的挺好吃的。”他说。

她还在那里跳，跳得寂寥而美好。好像音乐不停，她就可以一直跳下去，一直跳下去，直到天荒地老。她跳着，还冲他浪浪地摆摆手，使出解数魅惑他，看他在那里吞咽着喉结的傻样子，她很欢乐地笑。

他终于受不住，忽然冲上去，低垂在她的腹部，突然而至一阵亢奋的幸福。小心把鼻子凑上去，他闻到一种风尘而清香的气味。他动情地说，“别做这一行了，跟我回去吧，我养你……”

她笑了。笑得很凄凉，很破碎，也很美。她说，“别闹了，吃夜宵吧。”末了，她又说，“预报的明天有雷阵雨呢，我这有雨衣，待会儿走的时候，你记得带上。”

图书在版编目（CIP）数据

孤步岩的黄昏 / 寒郁著. -- 北京：作家出版社，2018. 12（2023.2重印）

（21世纪文学之星丛书·2017年卷）

ISBN 978-7-5212-0308-0

Ⅰ. ①孤… Ⅱ. ①寒… Ⅲ. ①短篇小说 - 小说集 - 中国 - 当代 Ⅳ. ①I247.7

中国版本图书馆CIP数据核字（2018）第294861号

孤步岩的黄昏

作　　者： 寒　郁
责任编辑： 史佳丽　李亚梓
特约编辑： 赵　蓉
装帧设计： 守义盛创
出版发行： 作家出版社有限公司
社　　址： 北京农展馆南里10号　　**邮　　编：** 100125
电话传真： 86-10-65067186（发行中心及邮购部）
86-10-65004079（总编室）
E-mail:zuojia@zuojia.net.cn
http://www.zuojiachubanshe.com
印　　刷： 固安兰星球彩色印刷有限公司
成品尺寸： 142×210
字　　数： 193千
印　　张： 8.25
版　　次： 2019年5月第1版
印　　次： 2023年2月第3次印刷
ISBN　978-7-5212-0308-0
定　　价： 38.00元